Editora **Charme**

MEU QUERIDO
meio-irmão

IRISH PRIDE

CB006508

AUTORA BESTSELLER DO N

PENELOPE WARD

Copyright © 2014. STEPBROTHER DEAREST by Penelope Ward
Direitos autorais de tradução© 2022 Editora Charme.

Todos os direitos reservados.
Nenhuma parte desta publicação pode ser reproduzida, distribuída ou transmitida sob qualquer forma ou por qualquer meio, incluindo fotocópias, gravação ou outros métodos mecânicos ou eletrônicos, sem a permissão prévia por escrito da editora, exceto no caso de breves citações consubstanciadas em resenhas críticas e outros usos não comerciais permitido pela lei de direitos autorais.

Os direitos morais do autor foram afirmados.
Este livro é um trabalho de ficção.
Todos os nomes, personagens, locais e incidentes são produtos da imaginação da autora. Qualquer semelhança com pessoas reais, coisas, vivas ou mortas, locais ou eventos é mera coincidência.

1ª Impressão 2022

Capa - Penelope Ward
Adaptação da capa e Produção Gráfica - Verônica Goes
Imagens do miolo - AdobeStock
Tradução - Laís Medeiros
Preparação e Revisão - Equipe Charme

Esta obra foi negociada por Brower Literary & Management, Inc.

FICHA CATALOGRÁFICA ELABORADA POR
Bibliotecária: Priscila Gomes Cruz CRB-8/8207

W256m	Ward, Penelope
	Meu Querido Meio-Irmão / Penelope Ward; Tradução: Laís Medeiros; Adaptação da capa e Produção Gráfica: Verônica Góes. – Campinas, SP: Editora Charme, 2022. 288 p. il.
	Título original: STEPBROTHER DEAREST
	ISBN: 978-65-5933-076-8
	1. Ficção norte-americana | 2. Romance Estrangeiro - I. Ward, Penelope. II. Medeiro, Laís. III. Góes, Verônica. IV. Título.
	CDD - 813

www.editoracharme.com.br

Editora
Charme

MEU QUERIDO
meio-irmão

Tradução - Laís Medeiros

AUTORA BESTSELLER DO NEW YORK TIMES
PENELOPE WARD

CAPÍTULO 1

O ar frio embaçava a janela da nossa sala de estar com vista para a baía enquanto eu esperava diante dela, nervosa, com dificuldades para enxergar o lado de fora. A qualquer minuto, a caminhonete Volvo de Randy estacionaria ali em frente. Ele tinha ido ao Aeroporto Logan para buscar seu filho, Elec, que ia morar conosco enquanto sua mãe passava um ano no exterior a trabalho.

Randy e minha mãe, Sarah, estavam casados há dois anos. Meu padrasto e eu nos dávamos bem, mas não diria que éramos próximos. O pouco que eu sabia sobre a vida anterior de Randy era: sua ex-mulher, Pilar, era uma artista equatoriana que morava em São Francisco, e seu filho era um punk tatuado que, de acordo com Randy, só fazia o que queria, com permissão da mãe.

Eu ainda não conhecia o meu meio-irmão pessoalmente, e só tinha visto uma foto dele tirada há alguns anos, pouco antes de Randy se casar com a minha mãe. Pela foto, pude ver que ele tinha cabelos escuros e pele bronzeada, provavelmente de sua mãe sul-americana, mas os olhos claros e traços finos eram de Randy. Na imagem, ele parecia bem normal, mas Randy disse que Elec havia entrado em uma fase rebelde, desde então. Isso incluiu fazer tatuagens quando tinha apenas quinze anos e se meter em problemas por beber e fumar baseado sendo menor de idade. Randy culpava Pilar por ser descuidada e focada demais em sua carreira artística, permitindo, com isso, que Elec se safasse.

Randy disse que encorajara Pilar a aceitar um cargo temporário dando aulas em uma galeria de arte de Londres para que Elec, agora com dezessete anos, pudesse vir morar conosco.

Embora Randy o visitasse duas vezes por ano em viagens curtas, ele não estava presente diariamente para disciplinar Elec. Isso era difícil para ele, então estava ansioso pela oportunidade de colocar seu filho na linha no decorrer do ano.

Senti frio na barriga enquanto encarava a neve suja que delineava a rua. O tempo frio de Boston seria uma mudança severa para o meu meio-irmão criado na Califórnia.

Eu tinha um meio-irmão.

Aquele era um pensamento estranho. Eu esperava que nos déssemos bem. Sendo filha única, eu sempre quis um irmão ou irmã. Dei risada do quão ridícula eu era, fantasiando que isso seria um relacionamento de contos de fadas do dia para a noite, como Donny e Marie Osmond ou Jake e Maggie Gyllenhaal. Pela manhã, ouvi uma música antiga do Coldplay que eu nem ao menos sabia que existia chamada *Brothers and Sisters*. Não é exatamente sobre irmãos e irmãs, mas me convenci de que era um bom presságio. Tudo ia dar certo. Eu não tinha nada a temer.

Minha mãe parecia estar tão nervosa quanto eu, subindo e descendo as escadas várias vezes para deixar o quarto de Elec pronto. Ela havia transformado o escritório em um quarto. Mamãe e eu fomos ao Walmart comprar lençóis e outras coisas. Era estranho escolher coisas para alguém que você não conhecia. Decidimos por roupas de cama azul-marinho.

Comecei a murmurar comigo mesma, pensando no que diria a ele, sobre o que conversaríamos, o que eu poderia mostrar a ele por aqui. Era empolgante e estressante ao mesmo tempo.

Ouvi a porta do carro bater, fazendo-me pular do sofá e alisar minha saia amassada.

Acalme-se, Greta.

A chave fez um som na fechadura. Randy entrou sozinho e deixou a porta entreaberta, permitindo que o ar congelante se infiltrasse na sala. Após alguns minutos, pude ouvir o som de passos contra a camada de gelo que cobria o caminho até a entrada de casa, mas nada de Elec ainda. Ele devia ter parado do lado de fora antes de entrar. Randy colocou a cabeça para fora:

— Entre logo, Elec.

Um bolo formou-se em minha garganta quando ele apareceu no vão da porta. Engoli em seco e o assimilei por alguns segundos, sentindo meu coração martelando cada vez mais forte ao me dar conta de que ele não parecia nada com o garoto da foto que vi.

Elec era mais alto que Randy, e os cabelos curtos dos quais eu me lembrava da foto agora eram uma bagunça preta que quase cobria os olhos. Ele tinha cheiro de cigarro, ou talvez fosse fumaça de cachimbo, porque era mais doce. Uma corrente estava pendurada em sua calça jeans. Ele não estava olhando para mim, então usei a oportunidade para continuar a examiná-lo enquanto ele jogava sua mala no chão.

Tum.

Foi a mala ou o meu coração?

Ele olhou para Randy, e sua voz era rouca:

— Onde fica o meu quarto?

— Lá em cima, mas você não vai a lugar algum sem antes cumprimentar a sua irmã.

Cada músculo do meu corpo se contraiu quando me encolhi ao ouvir aquela palavra. De jeito nenhum eu queria ser irmã dele. Primeiro, quando ele finalmente me olhou, parecia querer me matar. E segundo, assim que dei a primeira olhada no rosto perfeito dele, ficou abundantemente claro que, enquanto minha mente estava desconfiada, meu corpo foi colocado instantaneamente sob um feitiço, do qual eu daria qualquer coisa para sair.

Seus olhos lançaram adagas em minha direção, e ele não disse nada. Dei alguns passos à frente, engoli meu orgulho e estendi a mão.

— Eu sou a Greta. Prazer em conhecê-lo.

Ele não disse nada. Vários segundos se passaram antes de ele, com relutância, colocar a mão na minha. Seu aperto foi desconfortavelmente forte, quase doloroso, antes de soltar rapidamente.

Tossi e disse:

— Você é diferente... do que imaginei.

Ele estreitou os olhos para mim.

— E você é muito... sem graça.

Senti como se minha garganta fosse fechar. Por um rápido segundo, pensei que ele ia me fazer um elogio antes de dizer "sem graça" depois de dizer "muito". A parte triste era que, se você me perguntasse como eu me senti ali, diante dele, "sem graça" seria o termo que eu teria usado.

Os olhos dele me percorreram de cima a baixo com frieza. Apesar de ter detestado sua personalidade, eu ainda estava admirada com sua aparência física, e isso me deixou enjoada. O nariz dele era perfeitamente reto, e sua mandíbula era definida. Seus lábios eram perfeitos — perfeitos demais — para todas as coisas sórdidas que eu tinha certeza de que saíam por eles. Fisicamente, ele era meu sonho, e em todos os outros aspectos, meu pesadelo. Ainda assim, recusei-me a deixá-lo ver que suas palavras me afetaram.

— Você gostaria que eu te mostrasse o seu quarto? — ofereci.

Ele me ignorou, pegou a mala e seguiu para as escadas.

Ótimo. Isso está indo muito bem.

Minha mãe desceu as escadas e imediatamente puxou Elec para um abraço.

— É tão bom finalmente conhecê-lo, querido.

O corpo dele enrijeceu antes de se afastar dela.

— Queria poder dizer o mesmo.

Randy aproximou-se bruscamente e apontou o dedo para ele.

— Pare com essa merda, Elec. Diga olá para Sarah de um jeito decente.

— Olá para Sarah de um jeito decente — Elec repetiu em um tom monótono ao seguir para o segundo andar.

Minha mãe colocou a mão no ombro de Randy.

— Tudo bem. Ele vai se acostumar, em algum momento. Deixe-o ficar sozinho. Essa mudança para o outro lado do país não deve estar sendo fácil. Ele ainda não me conhece. Só está um pouco apreensivo.

— Ele é um babaca desrespeitoso, isso sim.

Nossa.

Eu tinha que admitir, fiquei surpresa por ouvir Randy falando daquele jeito sobre seu filho, independentemente do quão mal Elec estava agindo. Meu padrasto nunca havia usado palavras como aquelas comigo, embora eu nunca tivesse feito alguma coisa para merecer. Mas Elec *estava* mesmo agindo como um babaca desrespeitoso.

Naquela noite, Elec ficou em seu quarto com a porta fechada. Randy foi até lá uma vez, e ouvi os dois discutindo, mas mamãe e eu decidimos deixá-los se resolverem e ficamos de fora do que quer que estivesse acontecendo entre eles.

Quando eu estava a caminho do meu quarto, não pude evitar e parei diante da porta fechada do quarto de Elec. Me perguntei se o jeito com que ele estava nos afastando era um indicativo de como o ano inteiro seria, ou se ele ao menos duraria o ano inteiro aqui.

Pretendendo escovar os dentes, abri a porta do banheiro e me sobressaltei ao ver Elec enxugando seu corpo molhado do banho. Vapor e cheiro de sabonete masculino preenchiam o ar. Por algum motivo que só Deus sabia, ao invés de sair correndo, eu congelei. E para piorar, ao invés de se cobrir com a toalha, ele a derrubou no chão, despreocupadamente.

Meu queixo caiu.

Meus olhos ficaram fixos no pau dele por alguns segundos antes do meu olhar subir até os dois trevos tatuados em seu torso definido e seguir para as tatuagens que cobriam o seu braço esquerdo como uma manga comprida. Seu peito estava todo molhado. Seu mamilo esquerdo tinha um piercing. Quando meus olhos pousaram em seu rosto, encontrei um sorriso malicioso. Tentei falar, mas as palavras simplesmente não saíam.

Por fim, virei o rosto para o outro lado e disse:

— Hã... ai, meu Deus... eu... eu sinto... é melhor eu sair daqui.

Quando virei, a voz dele me interrompeu.

— Está agindo como se nunca tivesse visto um cara pelado antes.

— Na verdade... eu nunca vi.

— Que pena para você. Vai ser *dureza* o próximo cara superar isso.

— Você é convencido, hein?

— Me diga você. Não mereço ser?

— Deus... você está agindo como um...

— Um grande escroto?

Era como um acidente de carro terrível, impossível de desviar o olhar. Olhei para baixo, para *ele*, de novo. Qual era o meu problema? Ele estava completamente nu na minha frente, e eu não conseguia me mexer.

Puta merda... tinha um piercing na ponta. Que belo jeito de ser apresentada ao primeiro pau que já vi ao vivo.

Ele me fez desviar o olhar.

— Agora não tem mais volta, então, a menos que você esteja planejando fazer alguma coisa, é melhor ir embora e deixar que eu termine de me vestir.

Sacudi a cabeça, incrédula, e bati a porta ao sair.

Minhas pernas tremiam conforme segui com pressa para o meu quarto.

O que acabou de acontecer?

CAPÍTULO 2

— Como está o seu querido meio-irmão hoje? — Victoria perguntou.

A cama rangeu quando me deitei de bruços e suspirei ao telefone.

— Babaca como de costume.

Eu não tinha contado para minha melhor amiga sobre o showzinho de Elec no banheiro na sexta-feira à noite. Aquilo me deixou extremamente constrangida, e decidi guardar somente para mim. Uma pesquisa no Google sobre piercings em pênis acabou me deixando acordada durante toda aquela noite. Se quer saber, qualquer pessoa que inocentemente pesquisa "Príncipe Albert" acaba se deparando com uma tremenda surpresa.

O domingo havia chegado, e, no dia seguinte, Elec começaria a frequentar a minha escola, onde nós dois faríamos o último ano do ensino médio. Muito em breve, todo mundo conheceria o otário do meu meio-irmão.

Victoria soou chocada.

— Ele continua sem falar com você?

— Continua. Ele foi à cozinha hoje de manhã apenas para pegar uma tigela de cereal e a levou para o quarto.

— Por que você acha que ele é tão pau no cu?

Se você visse o pau dele...

— Tem algum problema entre Randy e ele. Estou tentando não levar para o lado pessoal, mas é dureza.

Sim, é dureza mesmo. Deus, não consigo tirar da cabeça!

Um piercing na cabeça do pau.

Merda.

— Você acha que eu poderia gostar dele? — Victoria indagou.

— Como assim? Eu te disse... ele é o capeta — vociferei.

— Eu sei... mas você acha que eu poderia *gostar* dele?

Sinceramente, eu sabia que ele era exatamente o tipo de Victoria. Ela adorava caras sombrios e fechados, até mesmo quando não eram tão bonitos quanto Elec. Esse era outro motivo pelo qual eu tinha que manter os detalhes sobre o encontro no banheiro em segredo. Se ela soubesse que o pau dele tinha um piercing, eu nunca mais conseguiria tirá-la da minha casa. Mas ela descobriria em breve como ele era, então decidi ser sincera.

— Ele é muito gato, ok? Gato... pra... caralho. Na verdade, a beleza é basicamente a única coisa que ele tem de bom.

— Ok, estou indo para aí.

— Não está, não. — Eu ri, mas, lá no fundo, pensar em Victoria se jogando em Elec me deixou realmente desconfortável, mesmo que eu achasse que ele não retribuiria a atenção.

— Quais são os seus planos para hoje à noite, então?

— Bem, antes de conhecê-lo e saber que ele era um cuzão, combinei de fazer o jantar de domingo para todos nós. Você sabe... a minha única especialidade.

— Frango Tetrazzini.

Dei risada, porque era a única coisa que eu sabia fazer bem.

— Como você adivinhou?

— Talvez você possa servir uma surra como acompanhamento para o querido meio-irmão.

— Não vou encorajá-lo. Vou vencê-lo com a minha gentileza. Não importa o quanto ele queira ser babaca comigo. A pior coisa que posso fazer é demonstrar que ele me afeta.

Mamãe me ajudou a pôr a mesa enquanto esperávamos o frango Tetrazzini assar. Meu estômago estava roncando, mas era mais de nervosismo do que pelo cheiro de molho cremoso e alho que emanava do forno. Eu não estava nem um pouco a fim de sentar à mesa de frente para Elec, isso se ele ao menos concordasse em se juntar a nós.

— Greta, por que não vai lá em cima e vê se consegue convencê-lo a descer?

— Por que eu?

Minha mãe abriu uma garrafa de vinho. Ela era a única que ia beber, e provavelmente precisava. Ela serviu um pouco em uma taça, tomou um gole e disse:

— Olha, entendo por que ele não gosta de mim. Ele me vê como uma inimiga e provavelmente me culpa de alguma forma por seus pais não estarem mais juntos, mas não há motivo para ele te tratar mal. Continue tentando se dar bem com ele, veja se consegue fazê-lo se abrir um pouco.

Dei de ombros. Ela não fazia ideia do quão *abertas* as coisas estavam no banheiro naquela noite; com as bolas para fora e tudo.

Conforme subi as escadas, a música tema do filme *Tubarão* começou a tocar em minha cabeça. Pensar em bater à porta dele me apavorava, e eu não sabia o que me aguardava se ele ao menos a abrisse.

Bati.

Para minha surpresa, ele abriu logo em seguida. Um cigarro de cravo estava em sua boca. O cheiro doce da fumaça penetrou rapidamente em minhas narinas. Ele deu um longo trago e, então, soprou a fumaça intencionalmente na minha cara.

— O que é? — Sua voz era baixa.

Tentei fazer de conta que aquilo não tinha me afetado, mas comecei a tossir descontroladamente.

Muito legal, Greta.

— O jantar está quase pronto.

Ele estava usando uma regata branca justa, e meus olhos viajaram até uma tatuagem que dizia *Lucky* em um de seus bíceps musculosos, que, no momento, estava apoiado na porta. Seus cabelos estavam úmidos, e sua calça jeans, baixa em seu quadril, exibindo o cós da cueca boxer branca. Seus olhos acinzentados encararam os meus. Ele era de tirar o fôlego... para um cretino.

— Por que você está me olhando assim? — ele perguntou, e percebi que eu havia entrado em transe.

— Assim como?

— Como se estivesse tentando se lembrar de como eu estava naquela noite... como se preferisse *me* ter como jantar. — Ele deu uma risadinha debochada. — E por que está piscando para mim?

Merda. Meu olho espasmava sempre que eu ficava nervosa, como se eu estivesse piscando.

— É só um tique nervoso. Pare de se achar.

Sua expressão se transformou em raiva.

— Ah, é? Eu deveria mesmo? Minha beleza é a única coisa que tenho de bom, não é? Então, eu deveria me aproveitar disso.

Do que ele estava falando? Fiquei paralisada.

Ele continuou:

— Qual é o problema? O gato comeu a sua língua? — E então, com um tom de zombaria, ele disse: — Gato... pra... caralho. — E abriu um sorriso perverso.

Merda.

Aquelas foram as palavras que eu havia usado para descrevê-lo ao telefone para Victoria mais cedo.

Ele estava ouvindo a minha conversa!

Meu olho espasmou.

— Você está piscando para mim de novo. Estou te deixando nervosa? Olhe só para o seu rosto! Vermelho fica bem em você.

Eu imediatamente saí dali para voltar para o andar de baixo.

Ele gritou:

— Nós combinamos, já que eu sou o CAPETA!

Elec ficou revirando sua comida sem dizer uma palavra, enquanto eu olhava fixamente para o piercing em seu lábio. Randy estava olhando para ele com uma expressão de desdém. Minha mãe encheu sua taça de vinho mais de uma vez. Sim, nossa própria versão de *A Família Brady*, a série da grande família formada por dois viúvos e os três filhos de cada um deles.

Fingi estar curtindo o Tetrazzini enquanto ruminava o fato de que ele havia me ouvido falando sobre ele daquele jeito e, portanto, agora sabia que eu me sentia atraída por ele.

Mamãe foi a primeira a falar.

— Elec, o que você tem achado de Boston, até agora?

— Como ainda não fui a lugar algum além desta casa, é uma porcaria.

Randy soltou seu garfo com força.

— Será que você pode demonstrar um pouco de respeito pela sua madrasta por cinco segundos?

— Isso depende. Ela pode parar de encher a cara pela mesma quantidade de tempo? Eu sabia que você tinha se casado com uma traidora, *papai*, mas, além disso, também é uma pinguça?

— Seu merda desprezível — Randy disparou.

Nossa.

Mais uma vez, Randy me assustou com sua escolha de palavras para dirigir-se ao filho. Elec estava sendo um babaca, isso com certeza, mas ouvir aquele tipo de linguagem sair da boca do meu padrasto ainda me chocava.

A cadeira de Elec arranhou o chão quando ele a empurrou para trás, jogou seu guardanapo sobre a mesa e se levantou.

— Cansei. — Ele olhou para mim. — O frango titico ou seja lá como se chame essa porra estava maravilhoso, *maninha*. — A palavra "maninha" rolou por sua língua com sarcasmo.

Depois que ele se retirou da mesa, o silêncio ficou ensurdecedor. Minha mãe tocou a mão de Randy, e fiquei ponderando o que podia ter acontecido entre Elec e seu pai para causar um relacionamento tão conturbado.

Impulsivamente, levantei-me e subi as escadas. Meu coração estava martelando enquanto eu batia à porta de Elec. Ele não me respondeu, então lentamente girei a maçaneta e o encontrei sentado na beira da cama, fumando um cigarro de cravo. Ele estava com fones de ouvido e não me viu entrar. Dei apenas um passo para dentro do quarto e fiquei observando-o. Ele estava balançando as pernas de um jeito nervoso, parecendo frustrado e derrotado. Em determinado momento, ele apagou o cigarro e imediatamente estendeu a mão para pegar outro na gaveta.

— Elec — gritei.

Ele se sobressaltou e retirou os fones.

— Que porra é essa? Você me deu um susto do caralho.

— Desculpe.

Ele acendeu o cigarro e gesticulou em direção à porta.

— Saia.

— Não.

Ele revirou os olhos e balançou a cabeça lentamente, colocando os fones de volta nos ouvidos e dando um longo trago.

Sentei-me ao lado dele.

— Isso vai te matar.

— Perfeito — ele disse, com fumaça saindo da boca.

— Você não está falando sério.

— Por favor, me deixe em paz.

— Tá bom, então.

Saí do quarto e tornei a descer as escadas. Vê-lo tão para baixo quando ele não sabia que eu o estava observando me deixou mais determinada do que nunca a quebrar suas barreiras, de alguma forma. Eu precisava saber se isso era apenas uma fachada ou se ele era um babaca de verdade. Quanto mais ele me tratava mal, mas eu queria fazê-lo gostar de mim. Era um desafio.

Voltei para a cozinha e pedi a Randy o número do celular de Elec para registrá-lo no meu. Então, digitei uma mensagem.

Greta: Já que você não quer falar, vou mandar mensagem.

Elec: Como conseguiu o meu número?

Greta: Seu pai.

Elec: Foda-se ele.

Decidi mudar de assunto.

Greta: Você gostou da refeição?

Elec: Sabe como é refeição em inglês? Meal. Embaralhe as letras de meal. Dá "lame". TOSCA. A sua refeição = tosca.

Greta: Por que você é tão maldoso?

Elec: Por que você é tão tosca?

Que panaca. Isso não ia dar em nada. Joguei o celular na bancada e subi as escadas pisando duro. Agora, ele tinha me deixado de mau humor o suficiente para fazer algo para irritá-lo.

Ele ainda estava sentado na cama fumando quando abri a porta de seu quarto, sem me dar ao trabalho de bater. Fui direto até a gaveta, peguei a caixa de cigarros e saí correndo.

Rindo, segui para o meu quarto. Mas então, minha porta se abriu bruscamente. Enfiei os cigarros dentro da minha blusa rapidamente. Elec parecia prestes a me matar, embora, admito, a irritação em seus olhos brilhantes fosse muito sexy.

— Me dê — ele disse entre dentes.

— Não vou te devolver.

— Você vai sim, porra. Senão vou enfiar a mão na sua blusa e arrancá-los à força. Você que sabe.

— Sério, por que você fuma? Isso faz tão mal.

— Você não pode simplesmente roubar as minhas coisas. Mas é isso, tal mãe, tal filha.

— Do que você está falando?

— Vá perguntar à sua mãe — ele murmurou e estendeu o braço tatuado e musculoso. — Me dê os meus cigarros.

— Não até você explicar por que disse isso. Ela não roubou Randy. Os seus pais estavam divorciados antes mesmo da minha mãe conhecer o seu pai.

— Isso é no que Randy quer que você acredite. Ela provavelmente também estava chifrando o seu pai, não é? Que filho da puta tapado.

— Não chame o meu pai de filho da puta.

— Bem, onde ele estava enquanto Sarah estava fodendo com o meu pai pelas costas da minha mãe?

Meu sangue começou a ferver. Ele ia se arrepender de perguntar aquilo.

— No cemitério. Meu pai morreu quando eu tinha dez anos.

Ele ficou em silêncio e, então, esfregou as têmporas, frustrado. Seu tom abrandou pela primeira vez desde que o conheci.

— Merda. Eu não sabia disso, ok?

— Tem muita coisa que você deve estar apenas presumindo. Se pelo menos conversasse comigo...

Elec quase pareceu estar prestes a pedir desculpas. *Quase.* Mas então, sacudiu a cabeça e voltou a ser o malvado Mr. Hyde, do livro *O Médico e o Monstro.*

— Não vou conversar com você porra nenhuma. Me dê os meus cigarros, ou então vou arrancá-los da sua blusa.

Meu corpo vibrou quando ele disse isso. *Qual era o meu problema?* Parte de mim queria ver como seria, ver suas mãos ásperas puxando o tecido da minha blusa, rasgando-a. Sacudi a cabeça para me livrar desse pensamento e recuei conforme ele avançava. Agora, estava a apenas centímetros de distância de mim. O calor irradiou de seu corpo conforme ele o pressionou contra mim, amassando a caixa de cigarros em meu peito. Meus mamilos de imediato ficaram duros feito aço. Nunca senti tanta falta de controle sobre o meu próprio corpo, e estava silenciosamente implorando que ele parasse de reagir tão intensamente a Elec. Eu tinha que admitir, meu corpo era um imbecil com péssimo senso de julgamento. Como ele poderia querer tanto algo que o odiava na mesma proporção?

O hálito dele tinha cheiro de cravo.

— Era a última caixa dessa marca. Eles são importados da Indonésia. Ainda nem sei onde comprá-los por aqui. Se você acha que está difícil lidar comigo agora, não vai querer ver como vou ficar se não tiver meus cigarros.

— Eles fazem tão mal para você.

— Quer saber se dou a mínima? — ele retrucou, tão perto da minha boca que estava desconfortável.

— Elec...

Ele recuou alguns centímetros.

— Olha... fumar é a única coisa que me trouxe um pouco de paz desde que entrei nesse inferno. Agora, estou pedindo educadamente. Por favor.

Os olhos dele suavizaram, e a cada minuto que se passava, minha determinação enfraquecia.

— Tudo bem.

Seu olhar acompanhou o movimento da minha mão entrando em meu sutiã para pegar os cigarros. Eu os entreguei para ele e instantaneamente senti o ar frio tomar o lugar do calor de seu corpo quando ele se afastou.

Se achei que devolver os cigarros a ele daria início a uma trégua, eu estava enganada.

Ele virou para mim uma última vez, e seus olhos não estavam mais suaves. Estavam perfurantes.

— Você vai pagar por isso.

CAPÍTULO 3

O início do ano letivo ocorreu exatamente como eu esperava. Elec me ignorava sempre que estávamos na mesma aula ou na cantina. Ele estava sempre cercado por garotas por onde quer que fosse, e de cara tornou-se popular sem mal precisar dizer uma palavra. Provavelmente, a coisa menos surpreendente foi a reação cobiçosa de Victoria em relação a ele.

— Você acha que tenho chances?

— De quê?

— De pegar o Elec.

— Não me envolva nessa, por favor.

— Por que não? Eu sei que você não se dá bem com ele, mas é a única pessoa que pode me ajudar com isso.

— Ele me odeia. Como vou poder te ajudar?

— Você poderia me convidar para ir à sua casa, armar um jeito de ficarmos todos no mesmo cômodo e, depois, nos deixar a sós.

— Não sei. Você não entende como ele é.

— Olha, eu sei que vocês não se dão bem, mas vai mesmo te incomodar tanto se eu tentar algo com ele? Talvez eu até ajude a melhorar o relacionamento entre vocês, se acabar namorando ele.

— Não acho que Elec seja do tipo que namora.

— Não... ele é do tipo que *fode*, e por mim, tudo bem também. Posso aceitar isso.

Meu coração acelerou, e me odiei por isso. Toda vez que Victoria tocava nesse assunto, eu ficava cheia de ciúmes. Era uma luta secreta que eu estava constantemente travando. Eu nunca poderia admitir isso para ninguém. Mas não estava claro para mim qual parte me incomodava mais. Era a ideia da minha amiga transar com Elec, poder tocá-lo e viver a minha fantasia mais sombria? Isso me incomodava, claro, mas acho que o que mais me chateava era a ideia de Elec se conectar em um nível mais profundo com outra pessoa, enquanto continuava a aparentemente me desprezar.

Eu odiava me importar assim.

Tirei minha mochila do armário.

— Você é louca. Podemos mudar de assunto, por favor?

— Ok. Fiquei sabendo que o Bentley quer te chamar para sair.

Bati a porta do armário diante da notícia.

— Ficou sabendo como?

— Ele falou com o meu irmão sobre isso. Ele quer te chamar para ir ao cinema.

Bentley era um dos caras certinhos e populares. Eu não entendia por que se interessaria por mim, já que ele costumava sair somente com garotas de seu próprio círculo. Eu não pertencia ao grupo dele, nem a grupo nenhum, na verdade. Em um deles, estavam pessoas como Bentley, do lado rico da cidade. Em outro, estavam as pessoas artísticas e teatrais. Em outro, havia os estudantes de intercâmbio. E em outro, havia aqueles que só eram populares porque eram bonitos, intrigantes ou rebeldes — Elec. Victoria e eu éramos nosso próprio grupo. Nos dávamos bem com todo mundo, tirávamos boas notas e evitávamos encrencas. Contudo, diferente da minha melhor amiga, eu era virgem.

Eu só tivera um namorado, Gerald, que acabou terminando comigo porque não deixei que ele fizesse nada além de tocar meus seios. O fato de que eu ainda era virgem se espalhou por aí e certas pessoas pela escola faziam piadas sobre isso pelas minhas costas. Mesmo que eu ainda visse Gerald pelos corredores vez ou outra, sempre tentava evitá-lo.

Victoria fez uma bola com o chiclete e a estourou.

— Então, se ele te chamar para sair, a gente devia chamar o Elec. Ele poderia ir comigo, e você, com o Bentley. Poderíamos ir ver um filme de terror.

— Não, obrigada. Morar com Elec já é todo o terror de que preciso.

Minhas palavras voltaram para me assombrar na manhã seguinte. Estava me vestindo para ir para a escola, e quando abri minha gaveta de calcinhas, estava vazia.

Vesti uma calça de yoga sem calcinha mesmo e marchei até o quarto de Elec, que estava vestindo uma camiseta.

— O que você fez com as minhas calcinhas?

— É ruim quando alguém pega as suas merdas, não é?

— Eu peguei uma caixa de cigarros por menos de cinco minutos e devolvi. Você pegou todas as peças íntimas que eu tenho! Tem uma pequena diferença nisso.

Não acreditava que tinha presumido que ele não ia se vingar de mim por isso. Ultimamente, ele vinha me ignorando totalmente, e apenas deduzi que tudo estava esquecido.

Comecei a procurar em suas gavetas. Minha mão recuou rapidamente depois de encostar em uma fileira de camisinhas.

— Você pode procurar aí o dia inteiro, até o sol se pôr. Elas não estão aí. Não perca o seu tempo.

— É melhor que você não tenha jogado fora!

— Eram peças muito sensuais. Eu não faria isso.

— Isso é porque custam uma fortuna.

Roupas íntimas eram provavelmente a única coisa com que eu não tinha pena de gastar muito dinheiro. Cada peça havia sido comprada em uma butique on-line cara de lingeries.

Quando me ajoelhei para olhar debaixo da cama, ele riu.

— A propósito, a calça está enfiada na sua bunda.

Ergui o tronco de uma vez e cerrei os dentes.

— É o que acontece quando você não tem nenhuma calcinha, porra!

Eu queria tanto puxar a calça do meio da minha bunda, mas isso só pioraria tudo. Levantei-me e fiquei de frente para ele. Elec me olhou de cima a baixo.

— Você as terá de volta quando eu estiver pronto para devolvê-las. Agora, se me der licença... — Ele passou por mim e desceu as escadas correndo.

Eu nem ao menos me dei ao trabalho de detê-lo, porque não adiantaria nada. Fui a Target a caminho da escola e comprei calcinhas baratas para usar até descobrir como conseguiria as minhas de volta.

Voltei para casa da escola naquele dia sentindo muita ansiedade. Entre as calcinhas desaparecidas e Bentley ter realmente me chamado para sair, estava precisando muito de um sorvete — não somente qualquer sorvete, mas o tipo caseiro que eu fazia ocasionalmente na sorveteira que ganhara de Natal ano passado.

Coloquei nele todos os doces de Halloween que haviam sobrado, o que resultou em uma mistura de sorvete de baunilha com barras de chocolate Snickers, Heath e Almond Joy.

Assim que estava pronto, sentei-me à bancada com minha tigela gigante e fechei os olhos, saboreando cada colherada.

A porta da frente bateu e, instantes depois, Elec entrou na cozinha. O cheiro de cigarros de cravo e colônia preencheu o ar. Eu odiava o cheiro dele.

Eu amava o cheiro dele pra caralho, queria me afogar nele.

Como sempre, ele me ignorou, indo até a geladeira, pegando o leite e bebendo direto da caixa. Ele olhou para o meu sorvete e veio até mim, pegando a colher da minha mão. Ele a colocou na boca, devorando uma colherada enorme. O metal de seu piercing labial tilintou contra a colher, que ele lambeu até não sobrar mais nada. Senti uma agitação por dentro só de ver aquilo. Então, ele me devolveu a colher. Sua língua passou levemente pelos dentes como uma cobra. Até mesmo seus malditos dentes eram sexy.

Abri a gaveta, peguei outra colher e entreguei a ele. Ficamos tomando o sorvete da minha tigela, sem dizer nada um para o outro. Uma coisa tão simples, mas meu coração estava batendo a quilômetros por minuto. Essa foi a maior quantidade de tempo que ele já havia me agraciado com sua presença.

Finalmente, no meio de uma colherada, ele olhou para mim.

— O que aconteceu com o seu pai?

Engoli o sorvete e tentei lutar contra as emoções que estavam surgindo. Sua pergunta me pegou completamente desprevenida. Pousei minha colher na tigela.

— Ele morreu de câncer de pulmão aos 35 anos. Fumava desde os 12.

Ele fechou os olhos brevemente e assentiu para si mesmo em compreensão. Obviamente, agora ele entendia por que eu odiava tanto quando ele fumava.

Após vários segundos de silêncio, mantendo o olhar na tigela, ele disse:

— Sinto muito.

— Obrigada.

Continuamos dividindo o sorvete até não sobrar nada. Elec pegou a tigela, lavou na pia, enxugou e guardou. Depois, ele saiu dali e subiu as escadas sem dizer mais nada.

Fiquei na cozinha sozinha por um tempo, repassando mentalmente aquele momento estranho. O interesse dele no meu pai realmente me surpreendeu. Também pensei de novo em quando ele lambeu a minha colher e em como me senti quando a lambi em seguida.

Meu celular apitou. Era uma mensagem de Elec.

Elec: Valeu pelo sorvete de merda. Estava muito bom.

Quando voltei para o meu quarto naquela tarde, havia uma única calcinha cuidadosamente dobrada na cômoda. Se essa era sua versão de erguer uma bandeirinha de paz, eu aceitaria.

A versão "doce" de Elec durou pouco. Alguns dias após o nosso momento com o sorvete, ele apareceu na cafeteria onde eu trabalhava, bem no horário de pico depois das aulas. A Kilt Café ficava na rua da nossa escola e servia coisas como sanduíches, saladas e café.

Como se a presença de Elec ali não fosse ruim o suficiente, ele estava acompanhado de uma garota que devia ser a mais bonita da escola inteira. Leila tinha os cabelos loiros platinados, era alta e tinha seios enormes. Ela era o total oposto de mim, em relação à aparência. Eu tinha um corpo mais tipo dançarina ou ginasta. Meus cabelos loiro-avermelhados eram lisos e simples, o contrário das madeixas onduladas dela. A primeira impressão podia ser a de que ela era uma vaca devido à sua aparência, mas, na verdade, ela era muito legal.

Leila acenou.

— Oi, Greta.

— Oi — eu disse, colocando os cardápios diante deles. Elec fez um contato visual rápido comigo, mas estava tentando não reconhecer minha presença. Acho que ele não sabia que eu trabalhava aqui, porque eu nunca contei a ele.

Uma pontada de ciúmes me apunhalou quando notei Elec prendendo as pernas de Leila entre as dele sob a mesa.

Eu não tinha certeza se Leila sabia que ele era meu meio-irmão. Nunca falei sobre ele para as pessoas na escola, e deduzi que ele também nunca havia me mencionado.

— Vou dar alguns minutos para vocês — falei antes de voltar para a cozinha.

Fiquei observando Leila esticar-se sobre a mesa e beijar os lábios dele. Senti-me enjoada. Ela puxou o piercing labial dele com os dentes. Pareceu até ter ronronado. *Aff*. Nunca quis tanto desaparecer.

Relutante, voltei até eles.

— Já decidiram o que vão querer?

Elec olhou para o quadro de giz que listava os especiais do dia e abriu um sorriso sugestivo.

— Qual é a sopa do dia?

Filho da puta.

— De frango.

— Não é, não. Você está distorcendo.

— É a mesma coisa.

Ele repetiu:

— Qual é... a sopa... do dia?

Eu o encarei por um longo momento e, então, cerrei a mandíbula.

— Sopa *Cock-a-Leekie.*

O proprietário da cafeteria era da Escócia, e aparentemente, essa era uma especialidade por lá.

Ele abriu um sorriso maquiavélico por ter conseguido me obrigar a dizer algo que poderia significar "sopa de pinto".

— Obrigado. Vou querer essa sopa. Leila?

— Vou querer a salada verde — ela disse, olhando alternadamente para Elec e mim, confusa.

Enrolei o máximo que pude antes de levar a comida deles. Não me importava se a sopa estava fria.

Após alguns minutos, Elec ergueu o dedo indicador para me chamar até a mesa.

— Sim? — bufei.

— Esse pinto está fraco. Além de muito mole e frio. Você pode, por favor, me trazer outro e pedir à pessoa que cozinha que coloque sabor de verdade nele?

Ele parecia estar tentando reprimir uma risada. Leila estava atônita.

Levei a sopa de volta para a cozinha e a joguei violentamente na pia, junto com a tigela de cerâmica. Ao invés de falar com o chef, uma ideia me surgiu e eu decidi dar um jeito nisso com minhas próprias mãos. Peguei a concha e servi sopa em uma nova tigela. Abri um frasco de molho picante e coloquei uma quantidade mais do que generosa nela.

Estava queimando, em vários sentidos. Saí da cozinha e a coloquei com cuidado diante de Elec.

— Mais alguma coisa?

— Não.

Caminhei de volta em direção à cozinha e esperei em um canto para observá-lo. A expectativa estava me matando. A língua dele ia praticamente cair quando sentisse um gostinho da minha especialidade.

Elec tomou a primeira colherada. E não teve reação alguma.

Como isso era possível?

Ele tomou mais uma colherada e, então, seus olhos procuraram por mim. Sua boca curvou-se em um sorriso malicioso antes de ele pegar a tigela e começar a tomar a sopa como uma bebida. Ele limpou a boca com o dorso da mão, sussurrou algo para Leila e pediu licença.

Leila estava de costas para mim quando Elec se aproximou e me arrastou pelo braço até o corredor escuro que levava aos banheiros.

Ele me encurralou contra a parede.

— Você se acha tão esperta, não é? — Meu coração estava martelando no peito. Atônita, sacudi a cabeça, e ele disse: — Bem, fique sabendo que não é tanto assim.

Antes que eu pudesse responder, Elec segurou meu rosto entre as mãos e esmagou os lábios nos meus. O metal do piercing em seu lábio arranhou minha boca conforme ele a abriu com a língua, com urgência, e começou a me beijar intensamente. Gemi em sua boca, tanto chocada quanto excitada diante da surpresa de sua língua quente me atacando. Meu corpo estava tremendo. Senti como se fosse entrar em colapso a qualquer momento devido ao excesso de sensações.

Eu nunca fui beijada assim.

E então, de repente, ele afastou a boca da minha.

— Ainda não aprendeu que não deve foder comigo?

Ele saiu dali, e eu fiquei ofegando no corredor, com a mão sobre o peito.

Puta merda.

Minha boca estava queimando, junto com todos os meus outros orifícios. O local entre minhas pernas estava pulsando. Quando finalmente consegui reunir compostura suficiente para sair dali, percebi que eles precisariam da conta, em algum momento.

Decidi acabar logo com isso e levei a pequena capa de couro com a conta dentro até a mesa deles, colocando-a diante de Elec sem fazer contato visual.

Eu o ouvi pedindo a Leila que o esperasse do lado de fora enquanto ele cuidava do pagamento. Ele enfiou a mão no bolso, colocou algo dentro da capa e, logo depois, foi embora.

Ele provavelmente nem me deixou uma gorjeta. Abri a capa e arfei quando vi que, junto a uma nota de vinte dólares, estava minha calcinha favorita preta de renda e algo escrito no papel da conta:

> *Fique com o troco, ou melhor, troque-se e vista isso. Aposto que a que você está usando agora está um pouco molhada.*

CAPÍTULO 4

Elec e eu nunca falamos sobre o beijo, embora o momento passasse pela minha cabeça com frequência. Eu tinha quase certeza de que não havia significado nada para ele, que ele estava apenas tentando provar um ponto. Ainda assim, vivenciei as mesmas sensações de um beijo baseado em paixão de verdade. Saber como era sentir os lábios dele nos meus não era uma lembrança que poderia ser apagada tão facilmente. Eu desejava sentir aquilo de novo. Isso deixava a batalha entre minha mente e meu corpo muito mais difícil do que antes.

Era uma maldição se sentir atraída por alguém com quem você tinha que morar, principalmente quando ele trazia garotas da escola para casa.

Certa tarde, enquanto nossos pais não estavam em casa, ele trouxe Leila, e eles ficaram no quarto dele, dando uns amassos. Outra tarde, foi Amy. E depois, na semana seguinte, foi outra Amy.

Eu ficava no meu quarto tapando os ouvidos para não ter que ouvir o som da cama dele rangendo ou a garota idiota dando risadinhas. Naquele dia, em particular, depois que Amy número dois saiu do quarto dele e foi embora, mandei mensagem para ele imediatamente.

Greta: Sério? Duas Amys? Amy número três virá amanhã? Onde você está com a cabeça?!

Elec: Estou achando que você queria que o seu nome fosse Amy... "irmã".

Greta: Meia! Meia-irmã.

Elec: Sabe como é meia-irmã em inglês? *Stepsister*. Embaralhe as letras de *step*. Dá "PEST". Peste.

Greta: Você é um imbecil.

Elec: Você é uma peste.

Levantei da minha cama irritada e fui direto até o quarto dele, entrando sem bater. Ele estava jogando videogame e nem ao menos olhou para mim.

— Eu preciso mesmo colocar uma tranca nessa porta.

Meu coração estava acelerado.

— Por que você é tão babaca, porra?

— Bom te ver também, maninha. — Ele deu tapinhas na cama ao lado de onde ele estava sentado, com os olhos ainda focados no jogo. — Se não vai sair, sente-se, então.

— Não tenho vontade alguma de sentar na sua cama imunda.

— Isso é por que você prefere sentar na minha cara imunda?

Meu coração quase parou.

Sua boca abriu um sorriso torto enquanto ele continuou jogando. Ele me deixou sem fala. Na verdade, eu mesma tinha me deixado sem fala, porque assim que as palavras "sentar na minha cara imunda" saíram da boca dele, tive vontade de cruzar as pernas para refrear minha excitação. Minha vagina era uma burra desesperada. Quanto mais rude ele era, mais forte se tornava a minha atração por ele.

Ao invés de honrar sua pergunta com uma resposta, olhei em volta do quarto, fui direto até suas gavetas e comecei a vasculhar as coisas dele.

— Onde estão as minhas calcinhas?

— Eu te disse, não estão aqui.

— Não acredito em você.

Continuei procurando, olhando em todo lugar, até que me deparei com algo que chamou minha atenção. Era um fichário, com uma pilha enorme de papéis dentro. Impressas na frente, estavam as palavras *Lucky e o Garoto, de Elec O'Rourke.*

— O que é isso?

Pela primeira vez, Elec pausou seu jogo de videogame e praticamente saiu voando da cama.

— Não encoste nisso.

Passei as páginas o mais rápido que pude antes de ele arrancar o fichário das minhas mãos. Havia diálogos e algumas linhas estavam marcadas e corrigidas com caneta vermelha.

Arregalei os olhos.

— Você escreveu um livro?

Ele engoliu em seco e, pela primeira vez desde que o conheci, Elec pareceu desconfortável de verdade.

— Isso não é da sua conta.

— Talvez você tenha mesmo alguma vantagem além da sua aparência — brinquei.

Meus olhos focaram na palavra "Lucky" tatuada em seu bíceps direito, e comecei a juntar as peças do quebra-cabeça. Aquela tatuagem tinha relação com a história que ele aparentemente escreveu.

Elec me lançou um último olhar mortal antes de ir até seu closet e guardar o fichário na prateleira mais alta. Ele tornou a sentar na cama e tirou o videogame da pausa.

Desesperada para me conectar com ele de alguma forma, sentei-me ao seu lado e fiquei assistindo-o destruir seu inimigo virtual em um combate.

— Pode ser um jogo para duas pessoas?

Ele parou por um momento e congelou, antes de suspirar em exasperação e me entregar um controle. Ele mudou a configuração para dois jogadores e começamos a jogar.

Levei um tempo para entender como jogar aquilo. Após múltiplas vitórias dele, meu personagem finalmente matou o seu, e ele virou para mim com uma expressão de diversão e, ouso dizer... admiração. Ele abriu um pequeno sorriso relutante, mas genuíno, e percebi que eu era um caso perdido. O que eu faria se ele realmente fosse legal comigo: surtaria de vez ou começaria a me esfregar na perna dele? Com esse pensamento, decidi que estava na hora de voltar para o meu quarto.

Passei o restante da noite tentando desvendá-lo e concluí que meu *querido meio-irmão* tinha muito mais a oferecer do que aparentava.

Várias semanas se passaram antes que eu aceitasse o pedido de Bentley para sair. Finalmente concluí que: a) não havia alternativas melhores no momento e b) uma distração da minha obsessão nada saudável pelo meu meio-irmão seria muito útil.

Minha atração por Elec estava mais forte do que nunca. Quase todas as noites após o jantar, eu ia para seu quarto e jogava videogame com ele. Era uma maneira inofensiva de descontarmos nossas frustrações um no outro sem realmente machucar ninguém. A parte surpreendente era que, agora, ele que parecia estar tomando a iniciativa. Em uma noite em que decidi ficar no meu quarto e ler, ele me mandou uma mensagem.

Elec: Você vem jogar ou não?

Greta: Eu não ia.

Elec: Traga sorvete de merda também, e coloque mais Snickers nele.

Aquela mensagem pareceria muito estranha para alguém que não conhecesse a história. Ela me fez dar risadinhas.

Naquela noite, dividimos mais uma tigela de sorvete e jogamos videogame até eu não conseguir mais manter os olhos abertos. Consegui matar Elec duas das dezessete vezes que jogamos. Embora ele não se abrisse realmente comigo, as sessões de jogos pareciam ser seu próprio jeito especial de dizer que ele não achava mais a minha companhia deplorável e que, talvez, até gostasse.

Mas, ao estilo típico de Elec, quando eu estava começando a sentir que estávamos nos conectando, ele teve que arruinar tudo.

Faltavam alguns dias para o meu encontro com Bentley, na sexta-feira à noite. Victoria e eu estávamos na cozinha quando Elec chegou e foi à geladeira tomar leite direto da caixa, como de costume.

Os olhos de Victoria se fixaram na camiseta de Elec subindo quando ele virou a caixa de leite para bebê-lo. A tatuagem dos dois trevos em seu abdômen durinho ficou exposta.

Ela estava praticamente babando.

— Oi, Elec.

Elec grunhiu em resposta, ainda com a caixa de leite na boca, antes de devolvê-la à geladeira. Em seguida, ele começou a vasculhar o armário de lanches.

Victoria mergulhou um pretzel em um pouco de Nutella e falou com a boca cheia:

— Então, você já decidiu qual filme vai ver com o Bentley na sexta à noite?

— Não, ainda não falamos sobre isso.

Do outro lado da cozinha, não pude evitar notar que Elec parou de mexer no armário por um momento e congelou. Ele parecia estar tentando ouvir o que estávamos falando. Ele me lançou um olhar rápido, com uma expressão aborrecida.

— Bom, eu acho que vocês deveriam ver aquela comédia romântica nova com a Drew Barrymore. Fazê-lo sofrer com um filme meloso. O que você acha, Elec?

— O que eu acho sobre o quê?

— Qual filme a Greta deveria ir assistir quando sair com o Bentley?

Ele ignorou a pergunta dela e olhou para mim.

— Aquele cara é um imbecil.

Ele começou a sair dali, mas Victoria o chamou.

— Ei, Elec...

Ele virou para ela.

— Você gostaria de ir também? Quer dizer... nós poderíamos ir com eles. Pode ser divertido. Como um encontro duplo.

Ele deu risada e ficou apenas encarando a minha amiga por bastante tempo, com uma expressão que gritava: *sem chance.*

Sacudi a cabeça.

— Não acho que seja uma boa ideia.

Ele virou para mim, com um sorriso malicioso.

— Por que não?

Por que não?

— Porque é o meu encontro. Não quero ninguém indo junto.

— Você ficaria mesmo chateada se eu fosse?

— Sim.

Ele olhou para Victoria.

— Nesse caso, eu adoraria ir.

A expressão de satisfação dela me deixou enjoada. Ela pensava que essa seria sua grande chance de dar em cima dele. Enquanto isso, ele tinha acabado de admitir que só ia fazer isso para me torturar.

— Te vejo na sexta à noite — ele disse antes de desaparecer.

Victoria abriu a boca em um grito silencioso e bateu o pé animadamente no chão, e aquilo me deu vontade de vomitar. Agora, eu tinha que me preparar para o que certamente seria um dos encontros mais desconfortáveis da minha vida. Mas nada poderia ter me preparado para o que realmente ocorreu naquela noite.

CAPÍTULO 5

Elec combinou de nos encontrar no cinema. Ele estava trabalhando em uma loja de bicicletas e ia para casa tomar banho primeiro.

Victoria, Bentley e eu compramos o ingresso dele antes que esgotasse.

— Victoria, você tem certeza de que o cara vai aparecer? — Bentley riu.

— Ele vai, sim. — Ela olhou para mim com incerteza.

Sendo sincera, eu não fazia ideia se Elec estava mesmo pretendendo aparecer, e rezei para que ele não viesse. Quando Victoria mandou mensagem para ele dizendo que íamos entrar na sala de cinema mais cedo para guardar assentos, ele não respondeu.

Enquanto esperávamos na fila, Bentley colocou o braço em volta dos meus ombros, fazendo-me enrijecer. Aquilo pareceu precoce, já que estávamos apenas nos conhecendo. Ele cheirava bem e estava muito bonito usando calça jeans e uma camisa preta. Seus cabelos castanho-claros curtos estavam espetados com gel. Eu costumava achar Bentley um gatinho. Hoje em dia, todo cara que eu via parecia sem graça em comparação a Elec no meu medidor de atração física. Eu queria esmagar esse medidor com uma marreta.

Victoria estava estritamente instruída a não contar a Bentley que Elec era meu meio-irmão. Como Elec nunca falava comigo na escola, a maioria das pessoas ainda não fazia ideia de que morávamos juntos. Eu preferia que ficasse assim.

Senti alívio quando a sala de cinema escureceu, e os trailers começaram na tela. Coloquei meu celular no silencioso. Talvez ele não fosse mesmo aparecer, afinal. Meu corpo começou a relaxar, enquanto Victoria checava seu celular a cada dois segundos e ficava olhando em volta, procurando por ele.

Os créditos do filme começaram. Afundei mais no assento e apoiei os pés na cadeira vazia à minha frente. Bentley me ofereceu um pouco de sua pipoca. Fiquei comendo por um tempo e estava realmente curtindo o filme, até que quase engasguei ao sentir o cheiro de cigarro de cravo misturado com colônia.

E então, ali estava ele.

Meu joelhos tremeram quando ele passou perto deles no escuro, indo para o assento vazio do outro lado de Victoria.

Eu queria bater na cara dela para desfazer aquela expressão de alegria. Quando Elec inclinou-se e a beijou na bochecha, meu apetite pela pipoca transformou-se rapidamente em náusea. Entreguei o saco para Bentley e fingi estar interessada no filme. Para ser sincera, eu estava encarando diretamente a tela, mas Drew Barrymore parecia estar falando mandarim.

Tudo o que eu estava realmente fazendo era ruminando e inspirando o cheiro de Elec. Sua presença me deixou mais irritada do que eu previra.

Em determinado momento, Bentley segurou minha mão, envolvendo-a com a sua. Congelei.

Victoria, que tinha bebido uma Coca-Cola Diet enorme antes de Elec chegar, sussurrou no meu ouvido que ia ao banheiro.

Meu coração começou a martelar com mais força depois que ela saiu, porque assim eu não tinha mais como bloqueá-lo de vista. Eu podia sentir pelo canto dos meus olhos que ele estava olhando para mim. Mesmo com as risadas das outras pessoas em volta, o peso de seu olhar parecia engolir todo o resto. Recusei-me a olhar para ele, até mesmo a me mexer.

Apenas continue olhando para a tela, Greta.

Meu celular vibrou na minha perna.

Você está treinando para ser um manequim de vitrine?

Eu não podia exatamente responder à mensagem, porque Bentley poderia ver. No entanto, cedi e olhei para Elec, me arrependendo na mesma hora. Seu cabelos, normalmente desordenados, estavam arrumados com gel. Ele também estava mais bem-vestido do que o normal, usando calça jeans escura e uma jaqueta de couro.

Sua boca se abriu em um sorriso genuíno e raro, que me fez sentir como se algo estivesse apertando meu coração. Então, ele riu, fazendo com que eu risse de mim mesma também. Ele estava certo. Eu estava ali sentada tão dura quanto uma tábua. Estava sendo ridícula.

Victoria interrompeu meu momento com Elec quando passou por mim e sentou-se, obstruindo minha vista mais uma vez. Ela inclinou-se em direção a ele, e aquela foi minha deixa para voltar a fitar a tela.

Queria que eu estivesse com ele aqui.

Isso não fazia sentido, mas era a prova de que desejo e lógica eram duas coisas muito distintas.

E se Victoria tentasse beijá-lo? E se ele correspondesse? Nada havia acontecido ainda, e eu já estava sem controle sobre esses ciúmes. Eu tive que me forçar a aceitar quando ele começou a sair com garotas da escola. Quer dizer, ele era meu meio-irmão, supostamente não gostava de mim e voltaria para a Califórnia depois da formatura. A realidade era que nada poderia acontecer entre nós. Apesar disso, eu não ficaria bem com ele se envolvendo com a minha melhor amiga. Ela me contaria cada detalhe, sem esconder nada.

Em algum lugar, no meio dos meus pensamentos, o filme finalmente acabou. Drew Barrymore estava sorrindo, então devia ser um final feliz.

Bentley pousou a mão na parte baixa das minhas costas ao sairmos do cinema. Nas luzes florescentes brilhantes do saguão cheio de gente, Elec estava ainda mais incrível. Victoria segurou o braço dele possessivamente. Eu queria odiá-la por isso, mas ela não fazia ideia dos meus sentimentos por ele.

Essa situação estava me sufocando. Eu precisava ficar sozinha por alguns minutos.

— Gente, vou ao banheiro rapidinho. Podem decidir onde vamos comer.

Após entrar na segurança do banheiro, respirei fundo. Depois que fiz xixi e lavei as mãos, fiquei relutante em voltar para fora, então fiquei encarando meu reflexo no espelho.

Raiva e frustração me percorreram, quanto mais eu pensava nesse encontro idiota. Peguei meu celular e mandei uma mensagem para Elec.

Greta: Por que você está aqui? De verdade? Você ao menos gosta da Victoria?

Me arrependi imediatamente desse ato impulsivo. Meu celular vibrou.

Elec: E se eu gostar?

Desejando nunca ter dito nada, não tive resposta para aquilo, e fiquei apenas encarando a tela do meu celular. Ele mandou outra mensagem.

Elec: Eu não gosto.

Eu não tinha percebido que estava prendendo tanto a respiração até um suspiro enorme de alívio me escapar.

Greta: Então, por que você está aqui?

Elec: Para te provocar.

Greta: Por quê?

Elec: Porque eu sinto prazer nisso.

Greta: Por quê?

Elec: Não posso responder a essa pergunta, assim como você não pode me dizer por que me olha do jeito que olha, mesmo que eu te trate feito lixo.

Oh. Deus. Até agora, eu não tinha percebido o quanto meus sentimentos eram óbvios, o quanto eu devia ter parecido burra e desesperada para ele o tempo todo.

Elec: Tenha um pouco de amor-próprio.

Puta. Que. Pariu. Agora, ele tinha me deixado zangada de verdade. Nossa.

Greta: Não se preocupe. Não vou mais olhar para você.

Eu não conseguia acreditar no que ele tinha me dito. Meus olhos começaram a marejar, mas eu estava determinada a não deixá-lo me ver chateada. Levei alguns minutos para me recompor antes de voltar para o saguão do cinema. Por mais difícil que fosse, eu me recusei a olhar para ele. *Me recusei.*

— Por que você demorou tanto? — Bentley perguntou.

— Tive um probleminha, mas já acabou.

Victoria colocou a mão em meu ombro.

— Está tudo bem?

— Aham. Vamos.

Victoria e Elec foram na nossa frente. Ela ainda estava agarrada ao braço dele, enquanto ele mantinha as duas mãos nos bolsos.

Nós quatro entramos no Prius de Bentley e fomos para uma lanchonete vinte e quatro horas. Evitar meu meio-irmão tornou-se um desafio ainda maior quando tínhamos que estar confinados em uma mesa pequena em que ele estava sentado de frente para mim. Ainda assim, me mantive firme. Foquei na tatuagem que cobria todo o seu braço, brinquei com os saleiros, mas nunca ergui o olhar. Fingi estar gostando de conversar com Bentley, que estava sentado à minha esquerda.

Nós pedimos nossas comidas e, até então, estava me saindo muito bem na minha missão de não fazer contato visual com Elec.

— Então, Greta, vai ter uma festa na próxima sexta-feira na casa do Alex Franco. Eu queria que você fosse comigo — Bentley disse.

— Claro. Parece divertido.

— Ótimo. — Ele se aproximou e deu um beijo leve na minha bochecha.

Elec estava brincando distraidamente com alguns pacotinhos de açúcar. Se eu fosse Victoria, acharia peculiar o fato de a pessoa com quem eu estava saindo nem ao menos falar comigo. Mas o que eu sabia?

Ela tentou puxar conversa.

— Elec, quais são os seus planos depois que se formar?

— Dar o fora de Boston.

E foi tudo que ela conseguiu.

Alguns minutos depois, ele pareceu estar digitando uma mensagem sob a mesa.

Em seguida, meu celular vibrou.

Elec: Aposto que consigo fazer você olhar para mim.

Eu o ignorei e não respondi.

Alguns segundos depois, nosso jantar chegou, e todos começamos a comer. Eu estava toda feliz entretida com minhas panquecas quando ouvi Elec dizer para Victoria:

— Você está com um pouco de milkshake aqui.

— Onde?

— Aqui — ele disse antes de puxá-la para si e beijá-la de língua bem na minha frente.

Fiquei assistindo horrorizada enquanto ele fazia com a boca dela as mesmas coisas que tinha feito com a minha durante o nosso confronto na cafeteria onde eu trabalhava. Meu rosto queimou de raiva enquanto ele movia a boca sobre a dela lenta e sensualmente.

— Ei, vocês dois, arrumem um quarto, caramba — Bentley falou.

Quando Elec finalmente se afastou, Victoria cobriu a boca e reagiu:

— Uau... e eu aqui pensando que você não estava interessado.

Meu olhar queimou no de Elec, e ele movimentou a boca para dizer sem som "Eu te disse".

— Com licença — pedi a Bentley ao sair da mesa, perguntando rapidamente para a garçonete onde ficava o banheiro. Antes que eu pudesse me recompor, Victoria veio atrás de mim.

— O que foi aquilo? — ela perguntou.

Encostei-me na pia.

— O que foi o quê?

— Aquilo tudo... Elec me beijando daquele jeito e você fugindo em seguida. Ficou chateada por ele ter me beijado?

Desviei da pergunta.

— Ele pode fazer o que quiser. Ele só me irrita.

— Você não respondeu à minha pergunta.

Claro! Que tal eu simplesmente admitir que sou obcecada pelo meu meio-irmão, tanto que fiquei um pouco excitada por vê-lo te beijando, porque diante de qualquer coisa que ele faça, meu corpo parece reagir?

— Você sabe que as coisas entre ele e mim são conturbadas, Vic. Além disso, não quero ver você se magoar.

— Não se preocupe. Sou bem grandinha. Estou apenas me divertindo um pouco. Eu sei que ele vai embora.

Era exatamente disso que eu tinha medo.

— Não ligue para mim, ok? É que o Elec me incomoda. Não é nada de mais. Eu só precisava de uma pausa.

— Ok, se você diz... — Ela cruzou os braços. — Mas você está se sentindo bem em relação ao Bentley?

— Veremos. Ele é... legal. Acho que vou dar uma chance a ele.

— Ótimo.

Quando Victoria me abraçou, pude sentir o cheiro de Elec nela, e aquilo me enlouqueceu. Foi a minha reação àquele aroma almiscarado que serviu para me lembrar de que ele estava me fazendo perder o juízo e aquilo precisava parar. Jurei, naquele momento, que faria o que fosse preciso para me livrar do que eu sentia por ele.

— Está pronta para voltar lá para fora? — ela perguntou.

— Sim. — Assenti e respirei fundo. — Sim, estou pronta.

Os eventos que ocorreram em seguida pareceram acontecer muito rapidamente. Quando saímos do banheiro para voltar para a mesa, ouvi talheres voando e, então, um som alto de batida. Algumas pessoas arfaram antes que eu finalmente visse Bentley no chão e Elec o chutando repetidamente. O rosto de

Bentley estava ensanguentado, e a boca de Elec também estava sangrando.

— Elec, o que você está fazendo? — gritei.

Ele continuou chutando Bentley com toda a sua força.

O gerente do restaurante correu em nossa direção junto com um garçom, que o ajudou a puxar Elec para longe de Bentley, que estava encolhido de dor no chão.

Abaixei-me.

— Bentley, o que aconteceu?

— Aquele lunático me deu um soco sem motivo algum, daí eu o acertei de volta. E então, ele começou a me encher de porrada. Eu tropecei, e ele veio me chutar quando eu estava no chão.

— Você está bem?

— Vou ficar bem.

— Você não parece bem.

Eu o ajudei a se levantar, e ele se apoiou em mim. Os dois homens ainda estavam segurando Elec, enquanto sirenes de polícia podiam ser ouvidas à distância.

O que estava acontecendo?

Victoria se aproximou de Elec.

— O que diabos está acontecendo?

Ele cuspiu um pouco de sangue no chão.

— *Não* a deixe ir embora com ele.

Olhei para Bentley.

— O que causou isso tudo? Eu não entendo.

— Nada. Esse maluco simplesmente me atacou.

— Seu mentiroso do caralho — Elec vociferou ao avançar para frente e tentar alcançar Bentley novamente, mas os homens que seguravam seus braços o impediram.

Dois oficiais de polícia entraram e começaram a interrogar cada um deles, em cantos separados. Victoria e eu ficamos esperando em outro canto, perdidas e confusas, sem entender o que poderia ter acontecido durante o espaço tão curto de tempo em que ficamos no banheiro para ocasionar tudo isso. Eu queria poder ouvir o que eles estavam dizendo aos policiais, mas estavam muito longe para que isso fosse possível.

Após eles serem liberados, Elec passou direto por Victoria e veio até mim.

— Vamos. Você não vai entrar no carro dele.

— Quem você pensa que é para levar a minha garota para casa, porra? — Bentley gritou.

— Eu *moro* com ela, imbecil.

CAPÍTULO 6

A volta para casa de táxi com Elec e Victoria naquela noite foi extremamente desconfortável. Bentley surtou e foi embora em seu carro depois de descobrir que Elec era, na verdade, meu meio-irmão. O motivo do que aconteceu no jantar continuava um mistério para mim. Durante o caminho inteiro, Elec não disse uma palavra para nenhuma de nós. Ele foi no banco da frente, enquanto nós duas fomos no de trás.

Chegamos em casa, e ele subiu para o quarto. Elec bateu a porta com tanta força que me fez pular. Pensei em ir tentar conversar, mas meu instinto me disse para deixá-lo em paz.

Quando acordei na manhã seguinte, era sábado, e Elec já tinha saído para trabalhar o dia inteiro na loja de bicicletas.

Minha mãe sentou-se à bancada da cozinha, no banco ao lado do meu.

— Você quer me dizer o que aconteceu ontem à noite? Randy recebeu uma ligação de um amigo policial dizendo que Elec se envolveu em uma briga na lanchonete e que você estava com ele.

Pousei meu café na bancada e massageei as têmporas.

— Nós estávamos jantando... Elec, Victoria, eu e um cara da escola, Bentley. Elec e ele começaram a brigar. Nós não sabemos qual foi a causa, porque aconteceu quando Vic e eu fomos ao banheiro. Então, não sei muito mais do que você.

— Bem, o seu padrasto está furioso, e eu não sei o que fazer.

— Ele só precisa deixar isso para lá. Garotos se envolvem em brigas mesmo, às vezes, e pode nem ter sido culpa do Elec. Você precisa explicar isso a ele.

— Não tem como conversar com o Randy quando se trata do Elec. Não entendo isso.

— Nem eu.

Eu tinha decidido que ia falar com Elec naquela noite e passei o dia inteiro esperando-o voltar para casa. A loja de bicicletas fechava às seis, então eu esperava que ele estivesse em casa pelo menos até às sete, mas ele não apareceu.

Sem conseguir dormir, fui tomada por uma sensação de temor. Finalmente, por volta da meia-noite, ouvi passos e a maçaneta do quarto de Elec girar lentamente.

Pelo menos, ele estava em casa.

Cerca de um minuto depois, ouvi o som de sua porta se abrindo abruptamente.

— Que porra é essa, Elec? Você está fedendo a álcool. — Ouvi Randy gritar.

Levantei em um salto e grudei minha orelha à parede.

— Oi, *papaizinho*. — Elec parecia estar com a fala arrastada.

— Garoto, você só me orgulha cada vez mais. Primeiro, arruma uma briga e me humilha na frente de toda a comunidade e, agora, tem a insolência de pisar na minha casa bêbado? Você vai desejar nunca ter vindo.

— É mesmo? O que você vai fazer? Me bater? É a única coisa que você não fez ainda. Estou mais do que pronto para isso.

— Você adoraria isso, não é? Não. Eu não vou te bater.

— Certo... você não vai me bater. Vai só destilar *ódio* em mim... como sempre fez. Às vezes, eu queria que você simplesmente me batesse de uma vez por todas e me deixasse em paz, porra.

— Você é um desgraçado, Elec.

— Me diga algo que nunca disse antes.

— Ok, nesse caso, tenho uma notícia para você. Eu não vou te ajudar a pagar pela sua faculdade. Você vai ter que se virar. Tomei essa decisão esta noite. Vou pegar o dinheiro que estava guardando para você e dar todo para Greta.

O quê? Não!

— Não vou gastar meu suado dinheiro com um fodido que quer ser um escritor de merda. Se algum dia você decidir que quer ter uma carreira de verdade, venha falar comigo. Até lá, não vou gastar um centavo com você.

— Você não pretendia pagar a minha faculdade de qualquer maneira, e sabe disso.

— Por que eu iria querer? Para alguém que não fez nada além de decepcionar desde o dia em que nasceu?

— Foi aí que começou, não foi? No dia em que eu nasci? Nunca tive a mínima chance, não é, porra? Porque *mami*[1] não me abortou, como você pediu que ela fizesse.

— Isso é mentira. Ela te disse isso?

— Mesmo que ela não tivesse me dito, eu poderia ter adivinhado. Foi por isso que você passou a vida inteira me matando aos poucos com as suas palavras? Para compensar isso?

Meu coração estava doendo.

— Foi isso que eu fiz? Então, por que você ainda não está morto, Elec?

Arfei de horror. Não podia mais ficar de fora ouvindo isso. Corri até o quarto e fiquei ainda mais horrorizada ao encontrar Elec sentado na beira da cama com a cabeça apoiada nas mãos. O cheiro de álcool nele era pungente. Suas costas estavam subindo e descendo com as respirações pesadas que escapavam dele.

— Randy... pare! Por favor, *pare!* — Meu padrasto ficou de braços

---

1   Forma carinhosa de chamar mamãe, em espanhol. (N.E.)

cruzados, olhando para mim sem expressão. Naquele momento, o homem diante de mim poderia muito bem ser um estranho qualquer. — Ele é seu filho. Seu filho! Não me importa o que quer que você tenha se convencido que ele fez para merecer isso, não há nada que justifique falar com seu filho desse jeito.

— Greta, você não entende a nossa história... — Randy disse.

— Eu não preciso saber de nada para entender que as palavras que saíram da sua boca esta noite machucaram muito mais do que qualquer outra arma. E eu não vou simplesmente ficar aqui e deixar você abusar dele dessa maneira.

Nenhum dos dois disse nada. O quarto ficou silencioso. A respiração de Elec parecia ter se acalmado e, com isso, a minha também.

Virei-me novamente para Randy.

— Você precisa sair daqui.

— Greta...

— Saia daqui! — gritei a plenos pulmões.

Randy sacudiu a cabeça e saiu do quarto, deixando-me sozinha com Elec, que ainda estava na mesma posição.

Corri até meu quarto e depois voltei com uma garrafa de água, colocando-a em sua boca.

— Beba isto.

Ele a bebeu inteira de uma vez, amassando o plástico em seguida e jogando no chão. Ajoelhei-me para retirar seus sapatos.

Ele estava com a fala arrastada e murmurando algo que não consegui entender.

Levantei-me e puxei suas cobertas.

— Deite-se.

Ele tirou a jaqueta, jogando-a de qualquer jeito no chão, e arrastou-se sobre a cama para deitar no travesseiro. Ele ficou de bruços e fechou os olhos.

Sentei-me na beira da cama, ainda me sentindo abalada com o que o encontrei quando entrei aqui. Estava com tanta dó de Elec e com tanta vergonha de Randy. Eu sabia que precisava conversar com a minha mãe no dia seguinte. Como ela podia ter ouvido tudo sem intervir?

A respiração de Elec ficou mais cadenciada. Ele tinha adormecido. Passei a mão uma vez por seus cabelos pretos sedosos, apreciando a chance de tocá-lo livremente sem que ele soubesse. Meu dedo indicador tocou levemente o corte em seu lábio, da briga com Bentley. Era bem perto de seu piercing labial, e estremeci ao perceber que seu lábio devia ter rasgado.

A razão da raiva constante que ele sentia agora estava mais clara para mim do que nunca, e ainda assim eu sentia que não sabia nada sobre a vida de Elec.

Ele parecia tão inocente dormindo. Sem o sorriso irônico ou o olhar irritado, era mais fácil relevar sua severidade exterior para ter um vislumbre do garoto que se escondia por baixo disso — o mesmo garoto que agora eu sabia que havia sido danificado pelo homem que casou com a minha mãe.

Uma lágrima desceu por minha bochecha enquanto eu ajustava seu cobertor antes de sair do quarto.

De volta à minha cama, pensei no quão irônico era o fato de que o cara que não havia feito outra coisa além de me afugentar e me intimidar era a única pessoa no mundo que eu queria proteger.

Quando acordei na manhã seguinte, Randy e minha mãe já tinham saído para viajar para o oeste do estado.

Mamãe tinha me deixado um bilhete na bancada da cozinha:

> Randy me fez uma surpresa nas primeiras horas do dia com uma viagem para Berkshires, como presente adiantado de aniversário. Ele já tinha arrumado tudo no carro quando acordei! Eu não quis acordar você. Será somente por uma noite. Voltaremos na segunda-feira antes do jantar. Tem bastante comida para você e Elec na geladeira. Ligue para o meu celular se precisar de alguma coisa.
>
> Te amo.

Que conveniente. Eu tinha certeza de que meu padrasto tinha feito isso para evitar ter que lidar com o que aconteceu na noite anterior. Imediatamente, peguei meu celular e mandei uma mensagem para ela:

Greta: Aproveite a viagem, mas, quando você voltar, precisamos conversar sério sobre o que está acontecendo com Randy e Elec.

Elec só desceu às duas da tarde. Ele parecia um morto-vivo ao se arrastar até a cafeteira, com os cabelos desalinhados e os olhos vermelhos.

— Bom dia, flor do dia — eu disse.

— Oi — ele sussurrou, com a voz grogue. Colocou café em uma caneca e tomou.

— Então, aparentemente, nossos pais foram fazer uma viagem. Eles voltarão na segunda à noite.

— Isso é uma pena.

— Eles terem viajado?

Elec tomou um gole de café e respondeu:

— Não, eles terem que voltar.

— Eu sinto muito por...

— Não dá. — Ele fechou os olhos e ergueu a palma. — Não dá para falar com você. Toda vez que você fala, parece uma serra elétrica.

— Desculpe. Eu entendo. Você está de ressaca.

— É, tem isso também.

Revirei os olhos, e ele piscou para mim, fazendo meu coração palpitar.

Sentei-me com as pernas cruzadas no sofá adjacente à cozinha.

— Quais são os seus planos para hoje?

— Bom, primeiro, eu tenho que encontrar a porra da minha cabeça.

Dei risada.

— E depois?

— Sei lá. — Ele deu de ombros.

— Quer pedir comida mais tarde? — sugeri, tentando parecer casual.

Ele pareceu apreensivo e esfregou a barba em seu queixo.

— Hã...

— O quê?

Ele checou seu celular.

— Não. Na verdade, err... eu tenho um encontro.

— Com quem?

— Com, hã...

— Você não sabe? — Dei risada.

Ele coçou a testa.

— Me dê um minuto...

Sacudi a cabeça.

— Que triste.

— Oh! Com a Kylie... é... Kylie.

Se Kylie ao menos soubesse o quão substituível ela era... Eu estava secretamente aliviada por ele não ter dito Victoria, porque sabia que ela ainda estava pensando em contatá-lo, apesar da cena que ele causou no nosso "encontro duplo". Ela tinha mandado pelo menos uma mensagem para ele no dia anterior, e seu desespero me irritou demais.

No início daquela noite, eu estava aconchegada no sofá com um livro quando Elec desceu as escadas. Instintivamente, endireitei as costas e alisei minha roupa. O cheiro de sua colônia flutuando pelo ambiente foi afrodisíaco o suficiente antes que eu ao menos virasse e olhasse para ele. Ele estava usando uma calça preta e uma camisa marrom justa com as mangas enroladas até os cotovelos. Seu cabelo estava penteado em uma bagunça controlada, e apesar do corte que ainda tinha no lábio, ele estava mais lindo do que nunca. Na verdade, até o maldito corte era sexy. A energia no cômodo parecia mudar sempre que ele chegava. Todos os meus sentidos ficavam hiperconscientes à sua presença.

Lembrei-me da mensagem que ele me mandara na outra noite: *Tenha um pouco de amor-próprio.* Aff. Forcei-me a voltar para a leitura, já que, aparentemente, não conseguia esconder a atração que sentia sempre que olhava para ele. Só de pensar naquela mensagem já fiquei de mau humor. Eu meio que tinha esquecido meu juramento de nunca mais olhar para ele depois de tudo o que aconteceu com Bentley e Randy.

Ele pegou suas chaves.

— Estou saindo.

— Ok — eu disse, certificando-me de manter os olhos fixos no livro.

A porta fechou, e soltei um suspiro de alívio. Fazia muito tempo que eu não tinha a casa inteira só para mim, e embora meu lado patético desejasse que Elec tivesse ficado em casa, ter privacidade era muito bom.

Acabei pedindo comida chinesa. Pouco tempo depois de abrir a caixa de lo mein com camarão, meu celular apitou com a chegada de uma mensagem.

> **Elec:** Tive um flashback da noite passada.
>
> **Greta:** Foi?
>
> **Elec:** Você estava ajoelhada ao pé da minha cama. Você se aproveitou de mim?
>
> **Greta:** É melhor que esteja brincando. Não! Eu estava tirando os seus sapatos, pinguço.
>
> **Elec:** Que pervertida. Fetiche por pés?
>
> **Greta:** Você não está falando sério...
>
> **Elec:** ;-)
>
> **Greta:** Não era para você estar em um encontro?
>
> **Elec:** Eu estou.
>
> **Greta:** Então, por que não dá atenção a ela?
>
> **Elec:** Porque eu prefiro te encher o saco.

Uma ligação interrompeu meus pensamentos antes que pudesse responder sua última mensagem. Era Bentley. *Merda.* Eu não sabia se deveria atender.

— Alô?

— Oi, Greta.

— Oi. Tudo bem?

— Elec não está aí, está?

— Não. Por quê?

— Você deixou o seu casaco no meu carro naquela noite. Posso passar aí e te entregar?

— Hã... claro. Tudo bem, eu acho.

— Ótimo. Devo chegar em uns vinte minutos.

Desliguei e notei que Elec tinha mandado várias outras mensagens enquanto eu estive falando com Bentley.

Elec: Na verdade, essa garota é um carinha.

Elec: Uma chatinha! Eu quis dizer que ela é uma chatinha.

Elec: HAHAHAHA

Elec: #nãoéumcara #ElecAmaBoceta

Elec: Cadê você, porra?

Rindo histericamente, digitei uma resposta.

Greta: Desculpe. Era o Bentley. Ele ligou. Esqueci meu casaco no carro dele naquela noite e ele vai vir aqui deixar.

Alguns segundos depois, meu celular tocou.

— Porra nenhuma! Você não vai deixar aquele cara entrar em casa.

— Ele só vai vir me entregar o casaco.

— Ligue para ele e peça que deixe do lado de fora da porta.

— Eu não vou fazer isso. Não há motivo. O que quer que tenha acontecido foi entre você e ele.

A ligação caiu. *Não, ele desligou na minha cara!*

Era muita coragem mesmo ele vir me dizer o que fazer sem me dar uma boa explicação.

Dez minutos depois, levantei em um salto do sofá quando a porta da frente se abriu. Elec estava sem fôlego.

— Ele já veio?

Que droga é essa?

— Ainda não. Por que você está aqui?

— Você não estava me dando ouvidos. Então, não tive escolha a não ser vir para casa.

— Se não vai me explicar por que quer que eu fique longe do Bentley, como espera que eu te dê ouvidos?

Ele passou as mãos pelos cabelos em frustração.

A campainha tocou, e Elec foi na minha frente e abriu a porta. O rosto de Bentley empalideceu.

— O que você está fazendo em casa? Ela disse que você não estava aqui.

Elec arrancou o meu casaco das mãos de Bentley e bateu a porta na cara dele. Em seguida, ele a trancou.

— Eu vou atrás dele. Saia da minha frente — eu disse.

Ele cruzou os braços e ficou em frente à porta.

— Você vai ter que passar por mim. E não está ouvindo o carro dele indo embora agora mesmo? Esse cara é um bunda mole.

Soltei uma respiração e desisti, decidindo deixar para lá. Eu não queria mesmo ver Bentley, mas continuava irritada diante do comportamento controlador de Elec. Ele não tinha o direito de interferir na minha vida e me retribuir se fechando.

A tensão no ar estava pesada quando voltei para meu prato de comida na mesinha de centro. Não falamos por vários minutos, até que quebrei o gelo.

— Tem comida chinesa na bancada, se você quiser um pouco.

Ele ainda parecia estar irado e não respondeu. Foi até a bancada, pegou a caixinha de lo mein e começou a devorá-lo.

— Que fome é essa? Você não comeu no seu encontro?

Ele sorveu um macarrão audivelmente.

— Não.

— Ela ficou chateada por você ter basicamente a abandonado?

— Não — ele disse com a boca cheia.

Apoiando os cotovelos na bancada, perguntei:

— Se você não comeu, o que vocês fizeram? Ou será que quero mesmo saber?

— Hã... Riley quis ir jogar boliche.

— Pensei que você tinha dito que o nome dela era Kylie.

Ele abriu um sorriso culpado ao morder um rolinho primavera.

— Ops.

Incerta sobre o que achar daquilo, revirei os olhos e peguei o último rolinho primavera antes que ele o devorasse também. Dei uma mordida.

— Vou assistir a um filme na Netflix, se quiser se juntar a mim.

Ele parou de comer por um momento e, então, ficou me olhando irritado.

— Qual é o seu problema, porra?

— Como é?

— Não importa o quanto eu te trate feito lixo... você ainda tenta passar tempo comigo.

Senti como se estivesse saindo vapor das minhas orelhas.

— Ninguém pediu que você voltasse para casa! Eu estava curtindo ter a casa toda só para mim.

— É mesmo? Você ia deitar no sofá com o seu vibrador ou algo assim?

Meu coração parou. *Meu vibrador.*

Merda!

Ele também estava na minha gaveta de calcinhas. Eu tinha esquecido que o tinha colocado lá depois que arrumei a minha mesa de cabeceira. Fazia um tempo que eu não o usava, e tinha me esquecido completamente dele.

Ele também tinha pegado o meu vibrador!

— Olhe só a sua cara — ele continuou. — Só percebeu agora que ele tinha desaparecido? Como tem se masturbado? Seus dedos devem estar doloridos ou você deve estar precisando muito aliviar a tensão.

Meu rosto deve ter ficado de vários tons de vermelho.

— Seu filho da puta.

Meu olho espasmou.

— Você está piscando para mim de novo. Desculpe, não posso te ajudar. Talvez você precise assistir... a um tipo diferente de filme esta noite, que tal? Pode te ajudar a gozar. Tenho alguns, se quiser pegar emprestado para, sabe... entrar no clima.

As palavras que ele dissera na outra noite passaram novamente pela minha cabeça. *Tenha um pouco de amor-próprio.*

Decidi que já estava farta dele. Eu ergueria a cabeça e voltaria para o meu quarto sem dizer mais nenhuma palavra, mas não antes de pegar a caixinha de macarrão e derramar tudo no colo dele.

— Quem vai ficar molhado é você, seu escroto.

Sua risada rouca me perseguiu conforme subi as escadas.

Naquela noite, fiquei me revirando na cama, ainda furiosa. Quem ele pensava que era com todo aquele comportamento passivo-agressivo? Ele tentou fazer parecer que era eu que estava buscando atenção, quando foi ele que ficou me mandando mensagens durante seu encontro e voltou para casa cedo para se meter na vinda de Bentley aqui.

Meus pensamentos obsessivos continuaram até cerca de duas da manhã, quando fui interrompida pelo que pareciam gritos vindos do quarto de Elec.

CAPÍTULO 7

Elec estava agitado, remexendo-se na cama, gritando:

— *Mami*, por favor. Não! Acorde! Acorde! — Sua respiração estava errática, e toda a sua roupa de cama tinha caído no chão. — Por favooooor! — ele gritou.

Meu coração estava batendo com força quando o sacudi.

— Elec! Elec. É só um sonho.

Ainda semiconsciente, ele agarrou e apertou meu braço com tanta força que doeu. Quando seus olhos se abriram de uma vez, ele ainda parecia estar confuso. Gotas de suor brilhavam em sua testa. Ele sentou na cama e olhou para mim em choque, como se não soubesse onde estava.

— Sou eu. Greta. Você estava tendo um pesadelo. Eu ouvi você gritando e pensei que havia algo de errado. Está tudo bem. Você está bem.

A respiração dele ainda estava rápida, e foi regularizando aos poucos. Quando seu aperto afrouxou em meu braço, pude ver a clareza retornar aos seus olhos.

Ele me soltou.

— Essa é a segunda vez que eu te pego no meu quarto quando estou em um estado semiconsciente. Como vou saber se você não está fazendo coisas comigo enquanto durmo?

Só pode ser brincadeira.

Já estava farta das merdas dele.

Talvez tivesse sido o fato de que eu estava tensa por dormir pouco ou porque eu tinha acabado de chegar ao meu limite com as provocações dele, mas, ao invés de responder, eu o empurrei com toda a minha força. Podia ser algo imaturo, mas eu já estava morrendo de vontade de fazer isso, e aquele momento foi a gota d'água.

Ele riu com vontade, o que me irritou ainda mais.

— Já estava na hora, né?

— Como é?

— Eu estava esperando você perder a paciência comigo.

— Você acha engraçado ter me feito recorrer a isso?

— Não, eu acho que *você* é engraçada... tipo, muito engraçada. Nada me diverte mais do que te pentelhar.

— Bem, que ótimo. Fico feliz por poder ter feito isso por você.

Merda. Lágrimas estavam se formando nos meus olhos.

Isso não podia estar acontecendo.

Estava de TPM, e não havia nada que eu pudesse fazer para controlar essas emoções. Tentei cobrir meu rosto, mas sabia que ele tinha visto minha lágrima cair.

O sorriso de Elec desvaneceu.

— Que porra é essa?

Eu precisava sair dali. Não ia conseguir explicar minha reação ridícula para ele, já que nem eu mesma conseguia entender.

Virei e saí do seu quarto, fechando a porta do meu quarto com força. Subi na cama, puxei meu cobertor até a cabeça e fechei os olhos, mesmo que eu tivesse certeza de que seria impossível dormir.

Minha porta se entreabriu lentamente, e a luz acendeu.

— Oferta de paz? — Ouvi Elec dizer.

Quando me virei, para minha mortificação, ele estava ali com um pau na mão. E não qualquer pau. *Meu pau.* Meu vibrador. Meu pênis de borracha roxo em tamanho real.

Elec o balançou.

— Nada diz "me desculpe" melhor do que um pau e um sorriso.

Dei as costas para ele novamente e me escondi debaixo do cobertor.

— Qual é. Você estava mesmo chorando?

O quarto ficou silencioso, enquanto eu continuava sob o cobertor. Presumi que ele iria embora se eu o ignorasse. Mas soube que estava errada quando ouvi um clique e um zumbido antes de sentir o peso dele sobre mim.

— Se não sorrir, vou ter que fazer cócegas em você com o seu namoradinho aqui. — Ele encostou o vibrador no meu quadril, e eu me encolhi, tirando o cobertor de cima de mim. Tentei agarrar o vibrador, mas ele não soltava. Elec continuou a me fazer cócegas com o objeto em movimentos rápidos: na parte de trás da minha perna, no pé.

Eu estava lutando contra a vontade de rir.

— Pare!

— Sem chance.

Perdi todo o controle quando ele o colocou na minha axila, o que me fez rir histericamente. A risada dele vibrou na minha orelha.

Como eu vim parar aqui, rolando na cama no meio da noite com Elec segurando um pau de borracha contra mim?

Eu estava rindo tanto que pensei que morreria.

Morte por dildo.

Ele finalmente desligou o botão, e levei vários minutos para recuperar o fôlego e me acalmar.

— Por que parou agora?

— O objetivo era te fazer rir. Missão cumprida. — Ele me entregou o vibrador. — Tome.

— Valeu.

Ele ergueu uma sobrancelha.

— Vai ter festinha no meio das suas pernas amanhã à noite? Quer que eu traga uns petiscos?

— Muito engraçado — eu disse, colocando o objeto na gaveta da mesa de cabeceira e me lembrando de encontrar um esconderijo melhor para ele.

Elec ficou deitado ao meu lado, com a cabeça apoiada na cabeceira da cama. Mesmo que não estivéssemos nos tocando, eu podia sentir o calor do seu corpo ao permanecermos deitados lado a lado em silêncio.

Conforme meus olhos viajaram para seu peito bronzeado e abdômen definido, o desejo começou a se formar dentro de mim. Sua cueca estava aparecendo pelo cós da calça de moletom cinza. Seus pés grandes estavam descalços, e me dei conta pela primeira vez do quão sexy eles eram. Forcei meus olhos a desviarem dele e fiquei encarando o teto.

— Eu realmente não queria vir para cá, Greta. — Sua voz era baixa.

Era a primeira vez que ele dizia o meu nome.

Soou tão bem saindo da sua boca. Virei-me para ele, enquanto ele continuava com o olhar longe do meu ao falar.

— Cheguei muito perto de não entrar no voo e ir para algum outro lugar.

— O que te fez mudar de ideia?

— Eu não podia fazer isso com a minha mãe. Não queria que ela se preocupasse comigo enquanto estivesse fora.

— Agora entendo por que você não queria vir. Eu não compreendia, no começo, mas depois de ouvir como Randy falou com você, entendo por que tem tanta raiva dele. Mas o que não consigo entender é por que descontou em Bentley naquela noite.

— Por que está deduzindo que a briga foi culpa minha?

— Porque você não quer me explicar, e era você que o estava chutando quando ele estava no chão.

Ele soltou uma risada brava.

— Eu também tenho a *aparência* do cara mau, não é? Então, cada pessoa naquela lanchonete simplesmente deduziu que perdi a porra da cabeça por nenhum motivo além de querer bater naquele garoto por diversão. Eu posso até ter passagem na polícia... por beber quando era menor de idade e fumar maconha uma vez. Mas nunca, na minha vida inteira, ataquei alguém ou dei um soco antes daquela noite.

Uau.

— Por que não quer me dizer o que aconteceu?

— Porque apesar do que você pensa e do fato de que adoro mexer com você... não quero te ver se magoar.

— Não entendo.

Ele finalmente virou o corpo na minha direção e me olhou pela primeira vez.

— Naquele primeiro dia, quando você me flagrou no banheiro, eu quis te deixar chocada. Você disse que nunca tinha visto um cara pelado antes. Pensei que estava brincando. Agora, realmente me sinto culpado por ter feito aquela merda com você.

Ajustei minha posição, sentindo-me um pouco nervosa com a direção que isso tomaria.

— Ok... o que isso tem a ver com o que estávamos falando?

— Aquele imbecil não sabia que eu era seu meio-irmão, então quando você saiu da mesa, ele começou a se gabar, dizendo que ia te levar para aquela festa semana que vem, te embebedar de algum jeito e te foder. Seu ex-namorado fez uma aposta de que ele não conseguiria te levar para a cama, porque você é virgem. Se você acabasse cedendo ao Bentley, o seu ex ia dar quinhentos dólares para ele.

Cobri a boca.

— Ai, meu Deus.

Elec assentiu lentamente, com um olhar de empatia.

— Então, é... eu desci o cacete nele.

— Você deixou todo mundo achar que a culpa era sua. Teve que aguentar o Randy soltando os cachorros em cima de você por causa disso! Você só estava me protegendo?

— Eu não sabia como te contar o que eles estavam planejando. Mas, claramente, meu aviso para ficar longe dele esta noite não foi suficiente para te convencer, então eu precisava te contar.

— Obrigada.

— Eu gosto de te fazer penar. Começou como uma forma de me vingar do meu pai... torturar a filha de Sarah. Mas, no fim das contas, te irritar meio que se tornou um joguinho divertido. Hoje, quando você chorou, eu soube que tinha ido longe demais e que, para você, isso não era um jogo. Por mais difícil que seja de acreditar, eu nunca quis te magoar e, porra, pode ter certeza de que eu também não ficaria de braços cruzados e deixaria outra pessoa te magoar.

Ele olhou para o teto novamente, e seus lábios franziram enquanto ele ponderava sobre o que tinha acabado de dizer.

Ergui meu dedo indicador e rocei suavemente o local no seu lábio que rasgou durante a briga. Ele fechou os olhos, e meu coração começou a martelar furiosamente conforme sua respiração acelerou a cada vez que meu dedo acariciava seu lábio quente.

— Sinto muito por você ter se machucado.

— Valeu a pena — ele disse sem hesitar.

Parei de tocá-lo, e ele olhou para mim. O olhar irritado e sarcástico com que ele costumava me encarar tinha sido substituído por um olhar de sinceridade.

Já que eu tinha sua atenção, usei a oportunidade para mudar de assunto.

— Você quer ser escritor?

Ele voltou a olhar para o teto.

— Eu *sou* escritor. Escrevo desde que era pequeno.

— Sobre o que é *Lucky e o Garoto*? Por que ficou com vergonha de me mostrar?

Parecendo desconfortável, ele ajustou sua posição.

— Eu só não estava pronto para falar sobre isso. — Ele sorriu e, hesitante, disse: — Lucky era meu cachorro, na verdade.

Não pude conter o meu sorriso.

— Você escreveu uma história sobre ele?

— Mais ou menos. É como uma versão sobrenatural da minha vida com ele. Lucky não só era meu melhor amigo, como também era a única coisa capaz de me acalmar quando eu era mais novo. Fui diagnosticado com TDAH severo naquela época e tive que tomar remédios por um tempo. Quando minha mãe levou Lucky para casa, meu comportamento melhorou drasticamente. Então, mesmo que a história seja baseada em Lucky e mim, na verdade, é sobre um garoto que tem superpoderes que ele usa para ajudar a solucionar crimes, mas só consegue decifrar todo o barulho dentro de sua cabeça quando seu cachorro está com ele. O cachorro é sequestrado para ser usado como chantagem em determinado momento, e o resto da história gira em torno do resgate de Lucky. Se passa na Irlanda.

— Uau. Por que na Irlanda?

— Eu sempre tive uma obsessão estranha com tudo relacionado à Irlanda. — Ele apontou para os dois trevos em seu abdômen. — Aqui está um exemplo. Acho que é meu jeito de tentar me conectar com esse meu lado, o lado de Randy, já que não tenho conexão real com ele. Isso parece bizarro, mas é a única explicação que tenho.

— O que aconteceu com Lucky?

— Lucky morreu pouco tempo depois que Randy deixou a minha mãe. Então, foi muita coisa acontecendo ao mesmo tempo.

Coloquei a mão em seu braço.

— Eu sinto muito, Elec.

— Tudo bem.

Baixando o olhar para minha mão pousada sobre a tatuagem que cobria seu braço, pensei bastante na minha pergunta seguinte.

— Por que ele te trata daquele jeito?

Ele olhou para mim.

— Obrigado por me defender ontem à noite. Eu não estava tão bêbado assim. Ouvi tudo que você disse, e nunca vou esquecer. — Ele fechou os olhos. — Mas não quero falar sobre ele, Greta. É uma longa história, e é complicada demais para ser discutida às duas da manhã.

Eu não ia abusar da minha sorte. Já tinha conseguido fazê-lo se abrir bastante.

— Ok. Não precisamos falar sobre isso. — Após um longo momento de silêncio, pedi: — Eu posso ler o seu livro?

Ele riu e sacudiu a cabeça.

— Nossa. Você está cheia de perguntas esta noite.

— Acho que só estou animada por finalmente estar conhecendo meu meio-irmão.

Ele assentiu, compreensivo.

— Eu não sei se quero que você leia o livro. Ninguém nunca leu. Fico dizendo a mim mesmo que vou procurar uma maneira de publicá-lo, mas nunca procuro. Não é perfeito, mas é a história com a qual estou mais satisfeito. Tenho quase certeza de que tem vários erros que deixei passar.

— Eu adoraria ler. E se encontrar algum erro, posso te avisar. Sou boa em gramática.

Ele sorriu e revirou os olhos.

— Vou pensar no assunto.

— Ok. É justo.

Quando ele virou para mim novamente, o cinza dos seus olhos brilhou à luz da lâmpada. Ele se aconchegou e relaxou contra o travesseiro.

— Me conte sobre o seu pai.

Ele estava me olhando com muita atenção, e fiquei tocada por ele querer saber sobre o meu pai.

Suspirei e fiquei encarando o vazio.

— O nome dele era Keith. Ele era um bom homem, um bombeiro de Boston, na verdade. Minha mãe tinha dezessete anos quando o conheceu, mas ele era mais velho, tinha mais de vinte anos, então foi um tabu. Ele foi o único amor verdadeiro da vida dela. Nós vivíamos uma vida simples, mas muito boa. Eu era a princesinha dele. Um dia, ele começou a reclamar de uma tosse e, em um mês, foi diagnosticado com câncer de pulmão avançado. Nós o perdemos seis meses depois.

Ele pousou sua palma quente em minha mão, que ainda estava em seu braço. E então, ele entrelaçou os dedos nos meus. Seu toque era eletrizante. Nunca imaginei que simplesmente segurar a mão de alguém podia me fazer sentir mais coisas do que qualquer outra situação, até então.

— Sinto muito por você ter passado por isso — ele disse.

— Eu também. Ele deixou algumas cartas para mim, uma para cada ano até eu fazer trinta anos. Então, no meu aniversário, eu as leio.

— Ele estaria orgulhoso de você. Você é uma boa pessoa.

Eu não sabia bem o que tinha feito para merecer esse vislumbre de como Elec era por trás da pose de durão, mas adorei. Ao mesmo tempo, eu esperava que acabasse a qualquer momento.

— Obrigada.

Percebi que meus olhos estavam se demorando nos dele, e desviei abruptamente. Ele retirou sua mão da minha, e eu a senti no meu queixo erguendo meu rosto para encontrar seu olhar novamente.

— Não faça isso.

— O quê?

— Você desviou o olhar de mim. Isso é culpa minha. Eu fiz você sentir que não queria que você olhasse para mim, com toda aquela bobagem sobre amor-próprio. De todas as coisas que já falei para você, aquela foi a *maior* das mentiras, e da qual mais me arrependo. Eu tinha começado a baixar a guarda, e isso me assustou. Nunca tive problema com o jeito que você olha para mim. Meu problema é com a maneira como *eu* me sinto quando você olha para mim; coisas que eu não deveria sentir, coisas que *não posso* me permitir sentir por você. E ao mesmo tempo... nada foi pior do que você ter parado de olhar para mim, Greta.

Ele sentia algo por mim?

— O que parece que estou pensando quando olho para você? — perguntei.

— Eu acho que você gosta de mim, mesmo que pense que não deveria. — Sorri, concordando em silêncio, e ele continuou: — Você está constantemente tentando me desvendar.

— Você não facilita, Elec.

— Às vezes, você também me olha como se quisesse que eu te beijasse de novo, mas não saberia o que fazer se eu te beijasse. Aquele beijo... foi por isso que fui embora da cafeteria tão rápido. Começou como uma brincadeira, mas foi real pra caramba, para mim.

Meu coração saltou ao saber que ele tinha sentido o mesmo que eu naquele dia.

— Você está atraído por mim? — Imediatamente, senti-me burra por ter feito a pergunta. — Quer dizer... eu não me pareço com as garotas com quem você sai. Não tenho seios grandes e não pinto o cabelo. Eu sou, tipo, o total oposto das garotas que você traz para casa.

Ele riu.

— Isso com certeza. — Ele inclinou-se para mim. — O que te faz pensar que eu as prefiro só porque as trago para casa? Aquelas garotas, elas são... fáceis... por falta de uma palavra melhor, mas não me fazem sentir nada, de verdade. Elas não tentam me conhecer melhor. Elas só querem transar comigo. — Ele balançou as sobrancelhas. — Porque eu sou muito bom nisso.

Dei uma risada nervosa.

— Imaginei.

A tensão no ar foi ficando cada vez mais densa. Nada nunca me deu tanto tesão quanto a confiança sexual que ele estava exibindo naquele momento.

Eu estava para lá de intrigada... e curiosa.

Os olhos dele percorreram meu corpo, da cabeça aos pés.

— Mas, respondendo à sua pergunta, prefiro o seu corpo ao delas.

Completamente excitada, enterrei os dedos no travesseiro ao ouvi-lo dizer aquilo.

— Por quê? — A pergunta saiu mais como um sussurro.

Ele baixou o tom de voz.

— Você quer detalhes, hein? — Seus lábios se curvaram em um sorriso. Ele se aproximou mais de mim, como se fosse me contar um segredo. — Ok... você é pequena, tonificada, flexível, e os seus peitos... são naturais e do tamanho perfeito. — Ele desceu o olhar para lá. — Posso ver que os seus mamilos são lindos, porque estão me cumprimentando nesse momento. E também não é a primeira vez que isso acontece.

Coloquei as mãos sob minha bochecha e relaxei contra o travesseiro, como se ele estivesse me contando uma história erótica para dormir.

— Eu adoraria chupá-los, Greta — ele sussurrou ainda mais baixo.

Inebriada de tesão diante das palavras que estavam saindo da sua boca, senti a umidade se formar entre minhas pernas, onde também começou a pulsar. Querendo muito que ele continuasse, sussurrei:

— O que mais?

— Você também tem uma bunda incrível. Na noite em que fomos ao cinema, você estava usando uma saia vermelha. Toda vez que aquele panaca deslizava a mão até a sua bunda quando estávamos andando, eu perdia a cabeça. Queria que eu estivesse tocando você.

Não pude evitar. Fiquei ainda mais perto dele e coloquei a mão na sua barba.

— É mesmo?

— Você também é muito linda.

Morrendo de vontade de saborear sua boca, passei a ponta do dedo por seu piercing labial.

— Pensei que eu fosse muito "sem graça".

Ele sacudiu a cabeça lentamente e acariciou minha bochecha. Encostou a testa na minha, sussurrando com suavidade nos meus lábios:

— Não... você é linda.

A necessidade de beijá-lo era esmagadora.

— Me beija — suspirei.

Ele continuou a falar com os lábios pairando sobre os meus, com a respiração pesada.

— Não é que eu não queira beijar você. Porra, quero demais fazer isso agora. Mas eu...

Não o esperei terminar. Peguei o que eu queria, do que eu *precisava*.

Ele gemeu na minha boca quando meus lábios cobriram os seus. E segurou meu rosto com as duas mãos. Sem a ardência do molho picante como na primeira vez, pude sentir o sabor *dele* e soube imediatamente que não tinha mais volta para mim. Não sei se eram meus hormônios ou se as últimas semanas foram uma grande preliminar, mas me sentia completamente fora de controle. Os barulhos vindos do fundo de sua garganta me deixaram ainda mais faminta por ele, e os capturei com minha inspiração.

Em determinado momento, passei a língua delicadamente pelo corte em seu lábio, enquanto ele fechava os olhos. Em seguida, ele tomou as rédeas e me beijou com mais intensidade, mais exigência. Pressionei meu corpo no dele e senti sua ereção contra mim. Eu não estava me importando com nenhuma consequência naquele momento. Só sabia que não queria que aquilo terminasse, e fiquei chocada com o que saiu da minha boca em seguida.

— Eu quero que você me mostre como fode, Elec.

Ele se afastou de mim de repente, parecendo aturdido.

— O que você acabou de dizer?

Foi o momento mais humilhante da minha vida.

Ele arregalou os olhos, quase como se estivesse acordando de um sonho.

— Merda. Não... não. Você precisa entender uma coisa, Greta. Isso *nunca* vai acontecer.

Ok, *esse* foi o momento mais humilhante da minha vida.

— Por que está dizendo isso, depois de tudo que acabou de me contar?

Deus, eu me senti tão idiota.

Ele apoiou a cabeça na cabeceira da cama, parecendo torturado.

— Era importante para mim que você soubesse o quanto eu te quero e o quanto te acho linda, por dentro e por fora, porque senti que atingi a sua autoestima, mesmo que não fosse a minha intenção. Fui sincero em tudo que acabei de dizer, mas esse beijo não deveria ter acontecido. Eu nem ao menos deveria estar na porra dessa cama, mas estava tão bom ficar deitado aqui com você por um tempo.

— Como posso ser diferente de qualquer uma das outras garotas para as quais você se entrega?

Ele passou as duas mãos pelos cabelos, bagunçando-os, e então olhou para mim de maneira sombria.

— Na verdade, tem uma grande diferença. Você é a única garota no mundo inteiro que é proibida para mim e, porra, isso me faz te querer mais do que qualquer coisa.

CAPÍTULO 8

Quase um mês se passou desde aquele encontro no meu quarto.

Elec saiu do meu quarto naquela noite pouco tempo depois de repetir que eu era estritamente proibida e que *nunca* poderia acontecer algo entre nós. Não fazia sentido para mim ele insistir tanto nisso, considerando que não éramos *realmente* parentes. Então, senti que devia ter algo a mais por trás disso.

A pior parte sobre o que aconteceu no meu quarto foi que Elec começou a se distanciar de mim. Eu não recebia mais mensagens grosseiras suas, nem convites para jogar videogame. Quando estávamos em casa ao mesmo tempo, ele ficava no seu quarto, e eu, no meu. Ele também vinha passando mais tempo na loja de bicicletas ou em qualquer lugar fora de casa.

Nunca pensei que sentiria falta dos seus insultos e seu jeito rude de falar comigo, mas daria qualquer coisa para que as coisas voltassem a ser ao menos como eram antes de eu beijá-lo — e dizer que queria transar com ele.

Aff.

Eu estremecia toda vez que pensava nisso. Mas, naquele momento, estava embriagada por ele e queria saber como seria, mais do que qualquer outra coisa que já quis na vida. Eu estava pronta.

Elec e eu tínhamos completado 18 anos nas semanas seguintes àquela noite. Nossos aniversários tinham apenas cinco dias de diferença. Então, eu realmente me sentia madura o suficiente para dar esse passo com alguém.

Não que estivesse intencionalmente me guardando para o casamento ou algo assim. Eu era virgem só porque nunca quisera perdê-la com ninguém antes... de Elec. Ele passou as últimas semanas deixando bem claro que isso nunca iria acontecer entre nós.

Mas eu sentia falta dele.

E então, certa noite após o jantar, as marés mudaram, e recuperei um pequeno pedaço dele. Normalmente, Elec nunca comia em casa, mas, naquela noite de quarta-feira, por algum motivo, ele decidiu se juntar a nós. Desde a noite em que vi o quanto Randy o tratava mal, passei a evitar meu padrasto de todas as maneiras possíveis, exceto ao sentar à mesa com ele no jantar. Minha mãe e eu também não estávamos em bons termos, porque ela continuava a insistir que não era seu papel se envolver nos problemas de Randy com Elec.

Elec não estava fazendo contato visual comigo à mesa. Ele ficou apenas olhando para baixo, enrolando o macarrão no garfo. Em determinado momento, fiquei olhando pela janela, fitando as roupas penduradas no varal da casa vizinha, secando com a brisa. Pude sentir os olhos dele em mim. Era como se ele estivesse esperando que eu desviasse a atenção para poder olhar para mim quando achava que eu não estava percebendo. Como pensei, quando virei o rosto para ele, sua cabeça baixou novamente, e ele voltou a brincar com seu macarrão *vermicelli*.

Randy estava daquele jeito, reclamando que o jantar simples de massa e molho vermelho não serviu para satisfazer seu apetite. Ele levantou abruptamente e foi até o armário de lanches.

— Greta, por que raios você enfiou todas essas calcinhas nessa lata de Pringles? — ele gritou.

Fiquei boquiaberta e olhei para Elec. Nos encaramos por alguns bons segundos antes de ele dar uma risada e não conseguir se conter. Nós dois caímos na gargalhada. Nenhum de nós conseguia parar.

Eu adorava o som da sua risada genuína.

Olhar para o rosto confuso de Randy me fez rir ainda mais.

Quando as gargalhadas pararam, Elec ainda estava sorrindo para mim e disse baixinho o suficiente para que somente nós dois ouvíssemos:

— Eu te disse que elas não estavam no meu quarto.

Randy bateu a lata na mesa diante de mim. Eu a abri e conferi.

— Não estão todas aqui.

Elec piscou.

— Fiquei com algumas para mim — ele confessou sedutoramente.

Revirei os olhos e joguei uma na cara dele. Ele a pegou no mesmo instante e a colocou na cabeça, usando-a como uma touca. Só mesmo o meu meio-irmão ficaria gostoso pra caralho com uma calcinha na cabeça. Ele continuou a me olhar com o sorriso perverso pelo qual eu tanto ansiava. Foi bom ter sua atenção novamente, embora por pouco tempo.

Naquela noite, eu estava vestindo meu pijama quando meu celular vibrou.

Elec: Você pode vir aqui um minuto?

Meu coração acelerou conforme segui pelo corredor. Quando abri a porta, ele estava tão incrivelmente sexy.

Seu hálito tinha cheiro de pasta de dente de menta.

— Oi — ele disse, exibindo seus lindos dentes brancos, que contrastavam perfeitamente com sua pele bronzeada e cabelos pretos.

— Oi. — Entrei no quarto e respirei fundo, reparando que quase não dava mais para sentir o cheiro de cigarro de cravo.

Ele estava usando um moletom com capuz e as mangas enroladas até os cotovelos. O zíper estava aberto em seu peito nu, e seus cabelos ainda estavam molhados do banho. Encarei seus lábios, onde o corte já tinha sarado. O metal do piercing labial brilhou, e nunca desejei tanto algo antes na vida quanto lambê-lo, sentir sua boca e sua língua na minha de novo.

Beijando-me.

Lambendo-me.

Mordendo-me.

Mude de assunto.

— Por que está com um cheiro tão fresco e limpo aqui?

Ele deitou-se na cama, com as mãos apoiadas atrás da cabeça. Não pude evitar encarar o V que se formava na descida do seu abdômen, e quis poder deitar em cima dele, sentir sua pele.

— Está dizendo que normalmente meu quarto tem cheiro de lixo?

— Você parou de fumar?

— Estou tentando.

— Sério?

— Sim... uma garota estranha que anda por aí sem calcinha me disse uma vez que isso me fazia mal. Então... pensei sobre o assunto e finalmente dei ouvidos.

— Estou muito orgulhosa de você.

Ele sentou-se e olhou para mim.

— Bem, a verdade é que você estava certa. Aquela merda ia me matar, algum dia. Muitos aspectos da minha vida são uma droga, mas há outras coisas pelas quais vale a pena viver.

Alguma coisa no ar pareceu mudar quando ele disse aquilo, e um silêncio desconfortável estabeleceu-se em seguida.

Limpei a garganta.

— Por que me pediu para vir aqui?

Ele foi até seu closet para pegar alguma coisa. E então, percebi que era seu livro. Ele me entregou a pasta.

— Eu queria te dar isto. Quero que você leia.

— Está falando sério?

— Eu nunca deixo ninguém ler as minhas coisas, Greta. Esse é um passo enorme para mim. O que quer que você faça, não mostre ao Randy. Não quero que ele nem ao menos chegue perto disso.

— Ok. Eu prometo. Obrigada por confiar em mim.

— Seja honesta também. Eu aguento.

— Pode deixar. Vou ler com bastante calma.

Fui direto para o quarto e comecei a ler. Minutos se transformaram em horas. Eu tinha dito a ele que leria com calma, mas a verdade foi que não consegui largá-lo e acabei ficando a noite inteira acordada para terminá-lo.

Embora a história fosse contada em terceira pessoa, e o garoto chamado Liam fosse supostamente apenas vagamente baseado em Elec, senti como se aquilo fosse uma janela para a mente e a alma dele através do personagem.

Havia muitas similaridades que eu sabia que tinham sido inspiradas em sua vida, particularmente o fato de que o pai de Liam era abusivo verbalmente. O início da história, antes de Lucky aparecer em sua vida, era bem triste. Ao mesmo tempo, o desenrolar me fazia chorar em uma parte e literalmente rir na seguinte. Tinham várias partes engraçadas, separadas do enredo principal.

Em uma cena, Liam estava gostando da garota que morava do outro lado da rua, então ele pediu que Lucky fosse até a casa dela. Ele esperava que a garota pensasse que Lucky estava perdido e que, assim, o cachorro a conduziria até a casa de Liam. Em vez disso, Lucky, que era um cachorro grande, começou a acasalar com o Lulu da Pomerânia da garota em frente à casa dela. Liam ficou olhando pela janela a garota pegar sua cachorrinha, levá-la para dentro e fechar a porta. Lucky, então, fez cocô no gramado dela antes de correr de volta para Liam de mãos vazias.

Mas o enredo principal girava em torno da habilidade de Liam de sentir o mal se aproximando com sua audição hipersensível. As informações que ele recebia nem sempre eram muito claras, geralmente era confusas, a menos que Lucky estivesse presente. Em certo ponto, Liam levou uma informação relacionada ao assassinato de uma garota local para a polícia. No fim das contas, um policial corrupto estava por trás do crime. Ele tinha sequestrado Lucky para que Liam não pudesse ajudar as autoridades a solucionar o assassinato. Lucky acabou conseguindo escapar, e a cena do reencontro entre Liam e o cachorro foi tão tocante que chorei rios.

Tudo era retratado de forma tão realista, desde as descrições vívidas das paisagens da Irlanda até as emoções que Liam vivenciava. Tinha até um capítulo bônus no final, contado pelo ponto de vista do cachorro. Encontrei apenas alguns erros gramaticais e os anotei em um caderno para ele.

Quando terminei, senti que tinha me apaixonado pelos personagens, o que atestava que sua escrita era incrível. Ao mesmo tempo, senti-me mais próxima dele, e tão honrada por ele ter me permitido um vislumbre de sua mente incrivelmente criativa. Eu precisava encontrar as palavras certas para explicar adequadamente o quão maravilhoso seu livro era... o quão maravilhoso *ele* era.

Então, no dia seguinte, decidi me sentar à sombra de uma árvore depois das aulas e escrevi todos os meus sentimentos em uma carta que entregaria a ele quando devolvesse seu manuscrito. Derramei todo o meu coração naquelas palavras e expliquei por que sentia que ele tinha nascido para escrever e que não importava se seu pai não tinha orgulho dele, porque *eu* estava muito, muito orgulhosa dele.

Naquela tarde, fui deixar a carta em seu quarto. Quando cheguei ao topo das escadas, meu estômago revirou quando ouvi a voz de uma garota vinda de detrás da porta fechada.

Risadinhas.

Lábios estalando.

Elec não trazia ninguém para casa desde muito tempo antes da noite em que nos beijamos na minha cama. Pensei que, talvez, ele estivesse respeitando meus sentimentos por ele ou que tivesse mudado.

Eu estava errada.

Saber que ele estava com outra garota costumava me irritar e me deixar com ciúmes, mas, dessa vez, foi diferente. Aquilo me deixou extremamente triste. Não aguentei nem ficar em casa, então deixei o livro com a carta em frente à sua porta e desci as escadas correndo, com medo de que sua escrita não fosse a única coisa pela qual eu tinha me apaixonado.

CAPÍTULO 9

Fiquei chateada por ele não ter falado sobre a minha carta, depois de vários dias.

Victoria também não me deu outra escolha além de finalmente contar a ela a verdade sobre os meus sentimentos por Elec. Ela não parava de falar sobre não entender por que que ele nunca mais a chamou para sair depois do beijo deles na lanchonete. Eu não tinha mais paciência para isso, então contei tudo o que tinha acontecido entre nós. Ela ficou chocada, mas pelo menos parou de ficar falando sobre ele, de uma vez por todas.

Elec continuou a basicamente me ignorar durante a semana seguinte. Ele fazia horas extras na loja de bicicletas e, nos momentos livres, ficava em seu quarto com a porta fechada. Ele obviamente sabia que eu tinha ouvido a garota em seu quarto naquele dia, já que eu tinha deixado o livro no chão, do lado de fora. E claramente não se importou em pedir desculpas ou reconhecer que impacto aquilo podia ter causado nos meus sentimentos.

Então, quando Corey Jameson me chamou para sair naquela semana, eu aceitei. Corey era um dos caras mais doces da escola. Para falar a verdade, não me sentia atraída por ele, mas precisava de uma distração, e sabia que, pelo menos, nos divertiríamos juntos. Ele era um dos poucos garotos que eu considerava um amigo, embora fosse óbvio que ele queria mais.

A noite de sexta-feira chegou. Arrumei meu cabelo para ficar ondulado e coloquei um vestido azul royal que comprara em uma liquidação no shopping, mas o meu nível de entusiasmo era o mesmo de ir assistir a um filme com Victoria.

Quando Corey chegou, minha mãe abriu a porta e gritou para o segundo andar:

— Greta, o garoto chegou!

Uma música baixa estava tocando no quarto de Elec, e a porta estava fechada. Parte de mim queria que ele me visse saindo com Corey, mas outra parte não queria lidar com ele.

Corey estava na base das escadas segurando flores, e aquilo me deixou estranhamente constrangida por ele. Eu nunca imaginaria Elec buscando uma garota e entregando margaridas para ela. Vamos combinar; ele não precisava fazer isso.

— Oi, Corey.

— Oi, Greta. Você está linda.

— Obrigada.

— Posso usar o seu banheiro rapidinho antes de irmos?

Hesitei em mandá-lo subir, diante da possibilidade de Elec sair do quarto.

— Claro. Fica lá em cima. Vire à esquerda e siga até o fim do corredor.

Fiquei esperando sentada à bancada da cozinha.

— Ele parece ser muito gentil — minha mãe disse.

— Ele é — confirmei, colocando as flores em um vaso.

Esse era o problema. Eu tinha aprendido a adorar um pouco de maldade misturada com gentileza.

Após cinco minutos de espera, Corey estava com uma expressão estranha ao voltar.

— Está pronto? — perguntei.

— Claro — ele respondeu, sem fazer contato visual. Ele seguiu na minha frente e me conduziu até seu Focus estacionado em frente à minha casa.

Ele ainda estava agindo estranho depois que entramos no carro e, antes de ligar a ignição, virou para mim.

— Encontrei o seu meio-irmão lá em cima.

Engoli o caroço em minha garganta.

— Foi mesmo?

— Ele me disse para te entregar isto, que você deixou no quarto dele. — Ele me entregou uma calcinha rosa de renda, a penúltima que Elec tinha escondido de mim.

Eu a peguei e olhei para a rua, incrédula, sem saber se estava brava ou achando levemente engraçado.

Quando consegui me recompor, virei-me para ele.

— Ele só está tentando mexer com você... e comigo. Ele meio que faz essas coisas. Sei que isso parece bobo, mas ele pegou as minhas calcinhas de brincadeira e não me devolveu todas. Não tem mais nada acontecendo.

Ele suspirou, mas ainda parecia um pouco desconfortável.

— Ok. Isso foi muito estranho.

— Eu sei. Acredite em mim. Eu sinto muito.

Corey estava com a atenção fixa na direção, então peguei meu celular e, discretamente, mandei uma mensagem para Elec.

Greta: Por que você fez isso???

Elec: Ei, segure a calcinha no lugar. Foi engraçado, e você sabe disso.

Greta: Não foi engraçado para ele.

Elec: Você nem gosta dele.

Greta: Como pode saber disso?

Elec: Porque você gosta de mim.

Greta: Você se acha demais. Se toca.

Elec: Você queria que eu te tocasse, lembra?

Me queixo caiu.

Greta: Por que você sempre faz isso?

Elec: O quê?

Greta: Sempre volta a ser um pau no cu.

Elec: Pau no cu, hein?

Greta: Você não presta!

Elec: Nem um pouco... só tem uma coisa que eu faço muito bem. Eu te mostraria, se pudesse.

Greta: Por que está fazendo isso?

Elec: Porra, porque não consigo parar.

Eu não ia responder. Ele mandou outra mensagem.

Elec: Vem pra casa.

Greta: O quê?

Elec: Vem pra casa. Fica comigo.

Greta: Não!

Bloqueei a tela do meu celular e lancei um olhar rápido para Corey, que ainda estava olhando para frente em silêncio.

Elec tinha perdido o juízo. Quem ele pensava que era, tentando me impedir de sair com alguém enquanto ele continuava a pegar geral?

Elec conseguiu deixar as coisas desconfortáveis entre Corey e mim, e por mais que tenhamos conseguido conversar no restaurante mexicano, eu sabia que ele tinha perdido completamente o interesse depois do que Elec fez. A parte bizarra disso tudo era que eu nem estava *tão* brava assim. Sendo honesta comigo mesma, fiquei secretamente satisfeita por Elec ter se importado o suficiente para sabotar meu encontro.

Tentei focar a atenção somente em Corey e estava fazendo um trabalho meia-boca nessa missão enquanto comia meu flan de sobremesa. Eu só conseguia pensar em Elec. Ele não tinha somente me dado nos nervos esta noite, como também tinha tomado conta de toda a minha mente.

Meu celular apitou no instante em que estávamos nos preparando para pagar a conta.

Elec: Preciso que você venha para casa.

Greta: Não.

Elec: Não estou zoando dessa vez. Aconteceu uma coisa.

Senti meu estômago revirar de repente.

Greta: Está tudo bem?

Elec: Não tem ninguém machucado, nada desse tipo. Precisamos conversar.

Greta: Ok.

Elec: Onde você está? Vai ser mais rápido se eu for até você?

Greta: Não, Corey vai me levar para casa.

Elec: Ok. Não demore muito.

Meu coração estava martelando.

Do que se tratava isso?

Inventei uma história sobre dores fortes no estômago perguntei se Corey se importava de me levar direto para casa. Ele não ficou muito animado, mas também, a noite já tinha sido estragada depois do que Elec fizera.

Estava muito ansiosa para chegar em casa.

Corey nem ao menos me esperou entrar antes de ir embora. Segui direto até as escadas e bati à porta do quarto de Elec antes de abri-la.

Ele estava sentado na cama esperando por mim, com uma expressão perturbada. Na verdade, eu nunca o tinha visto tão chateado. Ele levantou da cama e me pegou de surpresa ao imediatamente me puxar para um abraço.

— Obrigado por voltar.

Seu coração estava batendo forte enquanto me abraçava com firmeza. Meu corpo ansiou que ele me abraçasse com ainda mais força.

— O que houve, Elec?

Ele me soltou e segurou minha mão para me conduzir até sua cama, onde nós dois nos sentamos.

— Tenho que voltar para a Califórnia.

Toda a comida que eu tinha acabado de comer quis voltar do meu estômago de uma vez.

— O quê? — Pousei a mão no seu joelho, porque senti como se estivesse perdendo o equilíbrio. — Por quê?

— A minha mãe voltou.

— Eu não entendo. Ela deveria ficar na Inglaterra até o verão.

Ele baixou o olhar para o chão e hesitou antes de olhar para mim com melancolia.

— O que estou prestes a te contar não pode sair deste quarto. Você não pode contar à sua mãe, e não pode em hipótese alguma contar ao Randy. Prometa.

— Eu prometo.

— A minha mãe não estava na Inglaterra. Pouco tempo depois de eu vir para cá, ela se internou para tratar uma depressão severa e uso abusivo de substâncias, no Arizona. Era um programa de seis meses, e depois ela ia ficar com uma amiga pelo resto do tempo até o meu ano letivo acabar.

— Por que ela não contou a verdade ao Randy?

— Minha mãe é uma pintora muito talentosa. Você sabe disso. Enfim, ela realmente recebeu uma oferta para dar aulas em Londres por um ano, e usou isso como uma desculpa para Randy, mesmo que tenha recusado. Ela tem vergonha que ele saiba o quanto as coisas pioraram. Antes de decidir se internar, ela teve uma overdose com comprimidos para dormir, e eu a encontrei no chão. Pensei que ela estava morta.

— Foi o pesadelo que você teve.

— O quê?

— Na noite em que você estava gritando, estava dizendo "*Mami*, acorde."

— É. Faz sentido. Eu sonho bastante com isso, na verdade. Minha mãe é uma pessoa fraca. Desde que Randy a deixou, ela nunca mais foi a mesma. Tive medo de perdê-la. Ela é tudo que eu tenho.

Apertei seu joelho.

— Você acha mesmo que os nossos pais tiveram um caso e ele deixou a sua mãe pela minha?

— Eu sei que ele traiu a minha mãe, porque hackeei o computador dele. Ele conheceu a sua mãe on-line, enquanto ainda estava casado com a minha. Ele dizia que ia viajar a negócios, mas, na verdade, vinha a Boston para visitar Sarah. Eu não mentiria para você sobre isso.

— Acredito em você.

— Em defesa de Sarah, não sei qual foi a história que ele contou a ela. Ele pode ter dito que estava separado. Sabe quando você disse que o seu pai foi o único amor verdadeiro da sua mãe?

— Sim...

— Bem, o Randy foi assim para a minha mãe, mesmo que não tenha sido recíproco. Ele sempre foi um pai horrível, mas isso não parecia importar para ela. Ela é basicamente obcecada por ele, e sempre baseou o próprio valor nas ações dele com ela. Agora ela também está obcecada por Sarah. É uma doença. Tem muito mais coisas nessa história, mas estou te contando somente o que você precisa saber, o que tem a ver com você e eu.

— Quando você disse que eu era proibida... é só porque sou filha de Sarah?

Ele sorriu e acariciou minha bochecha com o dorso da mão.

— Você é a cara dela. Minha mãe acha que o casamento dela acabou por causa de Sarah. Ela odeia a sua mãe, provavelmente mais do que a qualquer outra pessoa. Lá no fundo, sei que ele teria encontrado uma maneira de deixar *mami* independente disso, mas ela está extremamente mal. Não aguentaria se descobrisse que tem alguma coisa acontecendo entre a filha de Sarah e mim.

— Por que ela voltou para casa antes da data?

— Ela acha que está melhor. Mas não está, Greta. Pude ouvir na voz dela, mas deram alta mesmo assim. A amiga que deveria ficar de olho nela desistiu e nem ao menos está na cidade. Tenho medo de deixá-la sozinha. Por isso vou embora amanhã de manhã. Meu voo já está reservado. Randy acha que o trabalho dela não deu certo e está pouco se lixando por eu ter que ir.

Uma lágrima desceu por minha bochecha.

— Eu não estava esperando por isso. — Recostei-me em seu peito, e ele me envolveu com seus braços. Ficamos ali em silêncio, até que ergui o olhar para ele. — Não estou pronta para a sua partida.

— Engolir o meu orgulho e vir morar com Randy para que a minha mãe pudesse tentar melhorar e não ter que se preocupar comigo foi uma das coisas mais difíceis que já tive que fazer. Foi um inferno, no começo, mas você foi um pequeno pedaço de paraíso no meio de tudo. Nunca pensei que eu sairia de odiar estar aqui para odiar ter que ir embora, mas é assim que me sinto agora. Eu quero ficar, mas só por sua causa. Quero poder te proteger, e não necessariamente como irmão, e esse é o problema.

Segurei sua mão.

— Eu entendo.

Ele entrelaçou os dedos nos meus e inclinou-se para mim, pressionando os lábios na minha testa.

— Sinto que você me enxerga de uma maneira diferente que a maioria das pessoas. Fazer você me odiar foi impossível, porque você sabia que aquele não era verdadeiramente eu. Obrigado por ser esperta o suficiente para me enxergar além.

Não pude evitar. Joguei meus braços em volta dele e inspirei o cheiro da sua pele e sua colônia, querendo gravá-lo na memória.

Ele iria embora amanhã.

Talvez eu nunca mais fosse vê-lo.

Sua respiração acelerou, e ele me soltou.

Olhei em volta, vendo que ainda faltava muito para ele terminar de fazer as malas.

— Você precisa que eu te ajude?

— Por favor, não me entenda mal.

Mordi meu lábio inferior.

— Ok.

— O que eu preciso é que você volte para o seu quarto. Não é porque eu não quero passar tempo com você. É porque não confio em mim mesmo.

— Eu quero ficar aqui com você.

— Com o que estou sentindo agora, eu simplesmente não posso ficar no mesmo ambiente em que você. Fiquei devastado quando você saiu com o cara das flores. E isso foi antes de descobrir que teria que ir embora. Depois, você entrou aqui linda pra caralho nesse vestido. Não tenho tanto autocontrole assim.

— Não ligo se acontecer alguma coisa. Eu quero que aconteça.

Ele olhou para o chão e sacudiu a cabeça.

— Não podemos deixar que aconteça. — Elec ficou quieto antes de erguer o olhar para o meu. — Naquele dia, você sabia que eu estava com uma garota aqui. Nada aconteceu. Ela tentou, mas eu não consegui ir em frente. Não me pareceu certo, e faz muito tempo que é assim, desde aquela noite no seu quarto. Você acha que eu não tenho fantasiado em fazer o que você me pediu, sabendo que eu seria o primeiro com quem você faria? Você tem alguma noção do que somente ouvir as palavras "me mostre como você fode" saírem da sua boca fez comigo? Isso me arruinou.

— Eu prefiro ter somente uma noite com você a não ter nada.

— Você não está falando sério. Se eu achasse que você era esse tipo de garota, nós não estaríamos conversando agora. — Ele colocou as duas mãos nos meus ombros, fazendo um arrepio me percorrer. — E, só para constar, eu *gosto* do fato de você não ser esse tipo de garota. — Ele soltou uma respiração profunda que senti no meu peito. — Mesmo que você diga que saberia lidar... eu não sei se eu saberia.

Ficamos em silêncio por vários segundos com os olhares presos um no outro antes de eu levantar.

— Tudo bem. Vou sair daqui.

Meus olhos começaram a marejar, porque isso parecia ser o fim. Ele pôde ver que eu estava começando a chorar.

— Por favor, não chore.

— Desculpe. Não posso evitar. Eu vou sentir a sua falta.

Ele me abraçou uma última vez e enterrou o nariz em meus cabelos. Ele falou em minha orelha:

— Eu também vou sentir a sua falta. — Nossos corações bateram acelerados um contra o outro antes de ele se afastar. — Meu voo é só às dez da manhã. Talvez possamos tomar café da manhã juntos.

Voltei para o meu quarto, incrédula com o quão rápido as coisas podiam mudar na vida. Mal sabia eu que as coisas com Elec mudariam em um piscar de olhos, ou melhor dizendo... no meio da noite.

CAPÍTULO 10

Arrasada era pouco para descrever como eu me sentia ao voltar para meu quarto, sabendo que ele me queria da mesma maneira que eu o queria, mas que não tínhamos chance alguma de dar certo. Eu já podia sentir o vazio aqui, e ele nem tinha ido embora ainda.

Fiquei incomodada por ele ter que voltar para casa para aquela situação com sua mãe. Não que suas interações com Randy tenham sido nada menos que terríveis, mas pelo menos aqui eu poderia ficar ao lado dele e apoiá-lo. Ele realmente não teve sorte no quesito pais.

Ele tinha acabado de começar a se abrir comigo. Eu sabia que, se ele ficasse, nós ficaríamos cada vez mais próximos. Tentei me convencer de que era melhor que fosse assim, porque ele iria embora no verão, de qualquer forma. Mas, apesar disso, a dor em meu peito não ia embora.

Não pude evitar a inveja que senti de todas aquelas garotas da escola que tiveram a chance de experimentar como era estar com ele em um nível físico. Embora eu tenha me conectado com ele de uma maneira diferente e ainda melhor, permanecia um desejo profundo pelo que eu estava perdendo.

Minha mãe veio ao meu quarto para ver como eu estava e perguntar se eu estava sabendo que Elec ia embora.

— Vocês dois pareciam estar se entendendo melhor. É uma pena ele querer voltar agora que a mãe dele está em casa. Ele poderia ter ficado até o fim do ano letivo.

Como minha mãe não fazia ideia sobre o real motivo pelo qual Pilar tinha voltado para casa, apenas assenti enquanto ela falava. Tentei disfarçar as lágrimas o melhor que pude, que, até aquele momento, vinham caindo consistentemente. Ela me deu um beijo de boa noite, e eu agarrei o Snoopy de pelúcia que era meu braço direito desde que eu tinha três anos de idade.

Era assim que minha noite deveria ter terminado.

Ouvi somente uma batida leve na porta do meu quarto. Pensando melhor, "leve" não parecia um adjetivo apropriado para o que aconteceu depois que a abri.

Seu peito subia e descia com respirações pesadas.

— Você está bem? — perguntei.

Durante alguns segundos, Elec ficou me encarando como se não soubesse como tinha ido parar na minha porta.

— Não.

— O que houve?

Seus olhos tinham uma fome frenética.

— Foda-se o amanhã.

Antes que eu pudesse processar suas palavras, suas mãos quentes seguraram meu rosto e puxaram minha boca para a sua. Um gemido baixo do fundo de sua garganta vibrou pela minha, e eu o capturei com uma inspiração profunda. Seu peito pressionou contra meus seios conforme ele me empurrava para dentro do quarto. A porta fechou atrás dele.

O que estava acontecendo?

Sua boca era quente e molhada e devorava a minha, sua língua circulando por dentro desesperadamente. Estava muito mais intenso do que as últimas duas vezes em que nos beijamos, e percebi que essa era a sensação quando Elec não se reprimia. Dessa vez, era diferente, um prelúdio a algo a mais.

Ele parou de me beijar por um momento, e suas mãos deslizaram do meu rosto até meu pescoço. Ele puxou meu cabelo, inclinando minha cabeça para trás. Chupou a base do meu pescoço antes de trilhar um caminho de beijos até minha boca e suspirar contra ela.

Minha língua passou para lá e para cá em seu piercing labial, e ele respondeu ao morder levemente meu lábio inferior, gemendo entre dentes.

Eu queria mais.

Eu estava pronta.

Eu não tinha dúvidas; ia deixá-lo ir até o fim.

Quando ele parou para me olhar, aproveitei a oportunidade para perguntar o que eu desesperadamente precisava saber.

— O que aconteceu?

Ele segurou a minha mão e me conduziu para a cama, onde se sentou e me puxou para seu colo. O calor de sua ereção pressionou meu clitóris, que pulsava. Ele apoiou a cabeça no meio do meu peito e falou contra minha blusa, fazendo meus seios formigarem.

— Você quer saber o que aconteceu comigo? — ele perguntou em um sussurro rouco. — Eu finalmente abri a carta que você escreveu depois de ler o meu livro. Foi isso que aconteceu. Ninguém nunca disse aquelas coisas para mim, Greta. Eu não mereço.

Passei os dedos por seus cabelos sedosos.

— Você merece, sim. Cada palavra foi de coração.

Ele ergueu o olhar, encontrando o meu.

— As palavras naquela carta... eu as levarei comigo para sempre. Nunca poderei retribuir o que você acabou de me dar. E então, pensei em como não pude te dar a única coisa que você me pediu. Isso foi me dando cada vez mais raiva enquanto eu fazia as malas. Decidi que prefiro ter somente esta noite a não ter nada. Isso é egoísta pra caralho, mas quero a sua primeira vez. Quero ser o primeiro a te mostrar tudo e ser aquele de quem você vai se lembrar pelo resto da sua vida. Mas só se realmente tiver certeza de que é isso que *você* quer.

— Eu quero mais que tudo. — Eu o puxei com mais firmeza contra meu peito.

Ele resistiu, encarando meus olhos novamente. Sua expressão estava séria.

— Olhe para mim, Greta. Preciso me certificar de que você realmente vai ficar bem com o fato de que isso acabará amanhã. Você nunca vai poder contar a ninguém. Eu vou te dar absolutamente tudo que você quiser esta noite, contanto que compreenda tudo isso. Precisa me prometer que vai saber lidar com isso.

— Eu vou saber lidar com isso. Já te disse que queria que a minha primeira vez fosse com você, mesmo que esta seja a única vez. Não quero que você se reprima. Quero que me mostre tudo. Eu quero experimentar todas as coisas que aquelas garotas experimentaram. Não quero que me trate diferente.

— Eu não vou te dar exatamente a mesma coisa... porque posso te dar mais. Ok? Posso te dar coisas ainda melhores. Teremos apenas uma noite, mas vou fazer cada segundo valer a pena.

Isso estava mesmo acontecendo.

Quando meu nervosismo tomou conta de repente, Elec percebeu e colocou as mãos em meus ombros.

— Você está tremendo. Talvez isso não seja uma boa ideia.

— Não consigo evitar. Eu vou ficar nervosa, mas de um jeito bom.

Eu ainda estava no seu colo quando ele me olhou em um último momento de hesitação. Toquei seu rosto com as duas mãos e o beijei profundamente, tentando provar que estava tão pronta quanto possível. Olhei em seus olhos uma última vez e disse:

— Eu quero isso.

Ele analisou meus olhos por vários segundos e, então, tirou-me de cima dele e levantou. Passando as pontas dos dedos pelo meu pescoço, ele os moveu lentamente em um movimento de arranhar e, em seguida, envolveu o meio com a mão como se... fosse me enforcar. Mas não era nada disso. Ele simplesmente segurou meu pescoço, afagando-o delicadamente com o polegar. Comecei a ficar molhada somente com a maneira como ele estava me olhando, como se não houvesse nada no mundo que ele quisesse mais do que me ter.

— Adoro o seu pescoço. Foi a primeira coisa que eu quis beijar. É tão comprido e delicado.

Fechei os olhos e inclinei a cabeça para trás. Ele ainda não estava me beijando, somente segurando meu pescoço levemente.

Enfim, ele desceu as mãos e tirou minha blusa de alças devagar. Seus olhos brilharam ao encarar meus seios.

Em um momento idiota de insegurança, eu declarei:

— São pequenos.

Ele beijou minha bochecha e falou no meu ouvido:

— Ótimo. Eles caberão perfeitamente na minha boca.

Suas mãos desceram mais e puxaram meu short.

— Merda — ele murmurou e me olhou com um sorriso travesso quando viu que eu não estava usando calcinha. Chutei meu short para terminar de tirá-lo e fiquei diante dele, sentindo-me vulnerável.

Ele continuou a somente me olhar durante vários segundos, e eu estava enlouquecendo por ele estar mantendo um pouco de distância.

Conforme seu olhar viajava dos meus pés à cabeça, de alguma maneira, senti que ele me tocava a cada movimento de seus olhos.

Ele deu um passo à frente e falou suavemente, logo abaixo do lóbulo da minha orelha:

— Tem alguma coisa em particular que você gostaria que eu fizesse ou te mostrasse primeiro?

Meu corpo ainda estava tremendo de expectativa.

Tudo.

— Quais são as minhas opções?

Ele coçou o queixo.

— Corda, corrente, algemas... cinto.

— Hã...

No mesmo instante, ele segurou meu rosto entre as mãos.

— Ah, Deus. Você é tão fofa. — Ele me deu um beijo firme nos lábios. — Uma pequena parte sua se perguntou se eu estava falando sério. Era brincadeira.

— Imaginei. Só não tinha cem por cento de certeza.

— Então... nada em particular?

— Você poderia começar me tocando, talvez também tirando a sua roupa.

— Você quer que eu tire a roupa, hein?

— Não é assim que funciona, em geral?

Ele sacudiu a cabeça lentamente e beliscou meu nariz.

— Não.

— Não?

— *Você* é quem vai tirar a minha roupa. Mas só depois de brincarmos um pouco.

— Brincar?

— Você não tem experiência alguma. Eu não posso só tirar a roupa e começar a te foder. Você precisa estar pronta para mim. Vai doer na primeira vez de qualquer maneira, então tenho que te deixar o mais molhada possível. Às vezes, menos é mais, no começo, porque, quanto mais eu me refrear, mais você vai querer e mais pronta vai ficar.

Levando-me para a cama, ele recostou-se contra a cabeceira e me puxou para sentar sobre ele. Ele estava completamente duro sob mim.

— *Você* parece estar pronto — brinquei.

— Estou pronto desde o dia em que entrei pela porta da frente, dei uma olhada em você e me dei conta de que estava fodido.

— Você sempre me quis assim?

Ele assentiu.

— Mandei muito bem escondendo por um tempo, não foi?

— Tipo isso.

Ele me pressionou mais contra a ereção latente sob sua bermuda camuflada.

— É bem óbvio agora, não acha?

O meio das minhas pernas estava latejando enquanto eu passava as mãos pela camiseta preta justa em seu torso.

— Sim.

Como o momento em que uma sala de cinema escurece antes de iniciar um filme, a leveza de sua expressão desapareceu, indicando que as coisas estavam prestes a começar. Ele colocou as mãos em volta do meu pescoço de novo, deslizando-as para baixo e envolvendo meus seios, massageando-os lenta e firmemente enquanto eu me esfregava em seu colo. Pressionei-me contra seu pau para satisfazer a excitação que estava se formando a cada movimento de suas mãos.

Ele manteve uma mão em um dos meus seios e subiu a outra até meu rosto, passando o polegar sobre meus lábios e, em seguida, empurrando dois de seus dedos na minha boca.

— Chupe.

Sua pele era salgada. Contraí os músculos entre minhas pernas, muito estimulada pela sua expressão enquanto ele observava seus dedos entrando e saindo da minha boca.

Quando os retirou, ele esfregou a umidade da minha saliva no meu mamilo direito e lambeu a outra mão antes de passar os dedos no esquerdo.

— Eles são perfeitos. — Ele desceu as duas mãos por meu torso e me envolveu, apertando minha bunda. — Isso aqui também. — Ele deu uma leve palmada e sorriu. — Eu quero fazer coisas com essa bunda — ele disse, apertando com mais força.

Eu queria tanto que ele me beijasse ou colocasse a boca em mim de alguma forma enquanto me tocava, mas ele apenas continuou me olhando enquanto massageava minha bunda. Enfiando as mãos por baixo da sua camiseta, continuei rebolando no seu pau.

— Posso tirar isto?

— Ok... mas só a camiseta.

Eu a puxei por sua cabeça, fazendo seus cabelos desgrenhados ficarem ainda mais bagunçados. Fiquei maravilhada com os contornos do seu peito sarado e bronzeado. Ele tinha um pequeno piercing no mamilo esquerdo. Eu já o tinha visto sem camisa muitas vezes antes, mas nunca tão de perto e podendo tocá-lo.

Movi as mãos sobre as tatuagens em seus braços, a palavra *Lucky* em seu bíceps direito e o que cobria seu braço esquerdo por completo como uma manga comprida, descendo em seguida para os trevos em seu abdômen definido. Corri os dedos pela trilha de pelos em direção à bermuda. Ele contraiu o abdômen com o meu toque, e senti seu pau se contorcer sob mim.

— Ponto sensível?

— Sim... quando você tocou meu abdômen.

Curvei-me e beijei seu peito delicadamente, e aquele gesto íntimo pareceu causar um efeito nele. Quando me afastei, ele me pegou desprevenida ao me puxar de volta e me manter ali por um tempo. Meu peito nu estava colado no seu coração, que batia descontroladamente rápido.

— Por que o seu coração está acelerado? — perguntei.

— Você não é a única que está experimentando algo novo.

— Do que está falando?

— Eu nunca fui o primeiro de alguém.

— Sério?

— É... sério.

— Você está nervoso?

— Eu só não quero te machucar. — O jeito que ele me olhou ao dizer isso me fez perceber que ele não estava falando exatamente sobre dor física. Ele não queria que eu ficasse apegada.

Meu peito apertou, e eu tinha quase certeza de que estava mentindo ao dizer:

— Você não vai.

Você vai, mas eu te quero mesmo assim.

— Porra, eu quero tanto te foder agora, mas estou me segurando porque estou com medo do que isso pode fazer com você, de várias maneiras.

— Elec, você me perguntou o que eu queria. O que eu quero é que você não se contenha. Nós só temos esta noite. Por favor... não se contenha.

Pela primeira vez desde que ele entrou no quarto, ele me beijou com a mesma fome fervente que eu tanto ansiava, torturando-me com sua língua e gemendo na minha boca. Ele me colocou deitada de costas e ficou de joelhos sobre mim, prendendo-me entre seus braços. Seus cabelos desalinhados caíram sobre seus lindos olhos acinzentados conforme ele me olhava e, mais uma vez, enfiou dois dedos em minha boca. Me dei conta de que, para ele ficar confortável e livrar-se de sua apreensão, eu precisava tomar a iniciativa.

Segurei sua mão e chupei seus dedos com força, tomando-os até o fundo da minha garganta. Seus olhos me observavam entreabertos, com atenção, e ele lambeu os lábios. E então, ele desceu a mão e abriu bem as minhas pernas.

— Linda — ele sussurrou ao deslizar um dedo dentro de mim. — Deus, você está tão molhada. — Ele o tirou e, em seguida, acrescentou mais um, penetrando-me lentamente e cada vez mais fundo. Arfei.

— Está gostoso?

— Sim.

Ele começou a movimentar os dedos para dentro e para fora de mim, mais forte e mais rápido. Eu podia até mesmo ouvir o quão molhada eu estava. Apertando meus seios, joguei a cabeça para trás, e meu corpo se contorceu. Comecei a perder o controle, movimentando meus quadris para ir de encontro à sua mão. Ele sabia disso quando tirou os dedos de mim de repente.

— Não goze ainda — ele disse.

Ele me virou e me posicionou sobre ele novamente, movimentando-me para frente e para trás sobre seu pau. Aquilo estava deixando sua bermuda ensopada com minha excitação. A qualquer momento, eu poderia gozar.

Ele parecia ter a capacidade de sentir quando eu estava chegando ao limite. Ele me parou e se afastou.

— Você está pronta agora?

— Sim. Faz tempo que estou pronta.

— Eu quero que você se toque.

De joelhos sobre ele, comecei a esfregar os dedos em meu clitóris. Meus joelhos começaram a tremer.

— O que você quer, Greta?

— Eu quero te ver sem roupa.

— Então, *pegue* o que quer.

Abri o zíper de sua bermuda com a mão livre, e ele me ajudou a tirá-la. Quando seu pau saltou para fora da cueca boxer, fiquei tão chocada quanto na primeira vez que o vi quando entrei no banheiro.

Ele sorriu, sabendo muito bem o motivo por trás da minha reação.

— Tem algo errado?

— Eu só...

Ele estava abafando uma risada.

— Parece que você tem algumas perguntas.

— Não exatamente... eu...

— Pergunte logo.

Olhei mais de perto, pela primeira vez, para o piercing circular em sua glande.

— Vai furar a camisinha?

— Isso nunca aconteceu. Uso um tipo bastante resistente e tamanho extragrande por esse motivo... e por outro motivo, também. — Ele piscou.

Dei uma risada nervosa, realmente sem entender como ele ia caber dentro de mim.

— O piercing te machuca?

— Levou muito tempo para sarar, mas agora, nem um pouco.

— Vai me machucar?

— Já me disseram que, na verdade, ele aumenta ainda mais o prazer.

— Uau.

— Mais alguma coisa.

— Não. Era só isso.

— Tem certeza? É a sua chance de fugir.

Curvei-me e pressionei os lábios nos dele, e nós dois rimos em meio ao beijo.

Pude sentir o metal do piercing conforme seu pau deslizou contra minha barriga. Os músculos entre minhas pernas se contraíram com um desejo renovado de me satisfazer.

Ele me fez ficar de joelhos novamente e colocou minha mão em seu pau.

— Me toque enquanto se toca, e preste atenção se eu te pedir para parar.

Com uma mão em meu clitóris e a outra nele, fiz o que ele pediu. Nada jamais me excitou tanto quanto ver a umidade se formar na ponta de seu membro a cada vez que minha mão o acariciava, senti-lo quente e escorregadio, ficando cada vez maior. Eu adorei observá-lo me observando.

Ele estava respirando incontrolavelmente.

— Pare.

— Eu quero te sentir dentro de mim agora — eu disse.

— Você vai. Tem outra coisa que eu preciso fazer primeiro... só para ter certeza de que você está pronta.

— O quê?

Ao invés de me responder, ele deslizou o corpo para baixo, sob mim, e me impulsionou para frente. Eu ainda não sabia bem o que ele estava fazendo, mas então, ficou bem claro quando ele posicionou o rosto logo debaixo da minha virilha. Arquejei quando senti a sensação mais incrível da minha vida. Eu nunca teria imaginado como seria gostoso sentir sua boca quente em mim. Sua língua me acariciava com movimentos lentos e firmes. Quando ele gemeu, o som vibrou pelo meu centro, e emiti um som ininteligível.

— Shh — ele avisou contra mim. — Não podemos fazer barulho.

Parecia ser impossível.

— Então você precisa parar de fazer isso.

— Eu não quero parar. Você é tão deliciosa — ele respondeu, continuando a me lamber. E então, ele deslizou a língua para dentro de mim, pressionando a boca com mais força no meu clitóris.

Minha. Nossa.

— Vou gozar se você não parar, Elec.

Ele chupou meu clitóris uma última vez, soltando-o bem devagar. Eu estava latejando, tremendo e senti lágrimas começarem a se formar nos meus olhos.

Ele saiu de debaixo de mim, segurou meu rosto entre as mãos e sorriu.

— Agora... você está pronta.

Ele pegou sua bermuda do chão e tirou uma camisinha do bolso. Rasgou o pacotinho com os dentes, e seu olhar me deixou inquieta de expectativa. Elec cobriu seu membro grosso com o látex e apertou a pontinha com cuidado.

Posicionando-se sobre mim, ele me beijou intensamente enquanto seu pau se esfregava no meu sexo. Eu não aguentava mais, e envolvi-o com a mão, conduzindo-o para minha entrada.

— Calma — ele alertou. — Isso vai doer.

— Eu não me importo.

— Você vai se importar. — Ele separou meus joelhos o máximo possível. — Segure-se nas minhas costas e me aperte, me bata, me morda... faça o que tiver que fazer se sentir dor, mas, por favor, não grite. Eles não podem saber que estamos aqui.

Mesmo tão molhada como estava, ardeu pra cacete quando ele tentou entrar pela primeira vez. Enterrei as unhas nas suas costas para reprimir a dor. Respirei fundo, sentindo-o me alargar. Eventualmente, a dor se tornou tolerável. Nunca me esquecerei da sensação de tê-lo por completo dentro de mim pela primeira vez, ou do som que ele fez. Ele estava tão controlado, mas só até aquele momento, quando fechou os olhos e ofegou.

— Greta... isso... você... porra.

Com cada movimento subsequente, a penetração foi de dolorosamente desconfortável para dolorosamente incrível. Ele ainda estava indo com calma, mas, pela sua expressão, eu não tinha certeza se ele aguentaria muito tempo.

Ele recuou lentamente e, em seguida, me penetrou ainda mais devagar.

— Está mais difícil de me controlar do que pensei. Você é tão apertada. Isso é tão bom; é indescritível. Eu preciso gozar, mas tem que ser com você.

Como se por comando, meus músculos começaram a se contrair.

— Eu vou. Agora. Oh, Deus. Elec! — gritei seu nome alto demais.

Ele colocou a mão sobre minha boca.

— Shh... oh, Deus. Greta... porra... Greta — ele sussurrou ao gozar, seu pau pulsando dentro de mim. Pude sentir o calor de seu clímax através da camisinha, enquanto seu coração batia com força contra o meu.

— Essa foi a coisa mais incrível que já senti na vida — eu disse.

— Sim. — Ele beijou meu nariz. — E eu ainda nem te fodi.

CAPÍTULO 11

O fato de que me senti vazia quando ele levantou só para ir ao banheiro não era um bom sinal sobre como seria no dia seguinte. Faltavam apenas algumas horas para ele ir embora, e eu já estava ansiando pelo retorno de seu cheiro e seu toque durante os dois minutos em que ele se afastou.

Era conveniente ter um pequeno lavabo no meu quarto, já que ele poderia acordar Randy e minha mãe se fosse ao banheiro no corredor. Ele voltou com uma toalha pequena e tornou a deitar ao meu lado.

— Abra as pernas. — Ele a colocou entre minhas pernas e a segurou lá. — Isso é bom?

— Sim, é. Obrigada.

Eu não estava sentindo tanta dor assim, mas o calor da toalha era relaxante.

— Está doendo?

— Não. Não é tão ruim. Seria tranquilo tentar de novo.

— Nós iremos. Quero só que você descanse um pouco primeiro.

O quarto estava escuro, exceto pela luz do banheiro. Durante a hora seguinte, ele se levantou para substituir a toalha por outra mais quente. Ele ficava apenas deitado ao meu lado, segurando-a entre minhas pernas. Ainda estávamos pelados, e fiquei surpresa por perceber que isso não me perturbava mais, porque ele tinha me feito sentir completamente confortável comigo mesma. Eu quase desejei que ele não estivesse sendo tão carinhoso e doce.

Conversamos bastante durante aquela hora: sobre o que ele escrevia, sobre eu estar pensando em ser professora, nossos planos para o ano seguinte. Ele ia para uma faculdade comunitária perto de sua casa, em Sunnyvale, moraria na casa de Pilar para ficar de olho nela e pretendia arrumar um emprego.

Elec falava sobre qualquer coisa abertamente, exceto quando o assunto era sua história com Randy. Na única vez em que tentei trazer isso à tona, ficou claro que esse era o limite.

Os números vermelhos do relógio digital me assombraram. Eram três da manhã. Meu coração estava começando a palpitar, e me senti quase em pânico. Faltava pouco tempo. Ele devia ter lido minha mente, porque, de repente, deitou-me de costas na cama e ficou pairando sobre mim.

— Não vá — ele disse sobre os meus lábios.

— Para onde?

— Para onde quer que a sua mente esteja indo agora.

— É difícil.

— Eu sei. O que posso fazer para melhorar?

— Me faça esquecer.

Ele me encarou com muita intensidade por um bom tempo e, então, senti sua mão envolver meu pescoço gentilmente.

Aquilo parecia ser sua coisa favorita. Eu adorei.

— Sei que você já disse antes, mas realmente quer que eu te mostre como *eu* faço?

— Sim.

— Você não quer que eu me contenha?

— Não se contenha dessa vez, Elec. Por favor.

Ele me olhou por um minuto inteiro antes de dizer:

— Vire-se.

Somente aquele comando fez a umidade começar a se formar entre minhas pernas.

Me arrepiei quando senti sua mão forte descer por minhas costas. Em seguida, com as duas mãos, ele apertou minha bunda com firmeza antes de abaixar-se e mordê-la levemente... de novo e de novo.

Ele sussurrou contra minha pele:

— Eu amo a sua bunda. — Suas palavras fizeram meus músculos se contraírem em antecipação.

Soltei um suspiro profundo quando sua boca quente pousou entre minhas pernas por trás. Senti-lo me chupar naquele ângulo foi quase demais para aguentar. Eu pulsava conforme ele lambia e chupava com mais força, como se eu fosse sua última refeição. Os sons que ele fazia estavam me enlouquecendo.

— Você é tão deliciosa. Eu poderia fazer isso a noite inteira — ele grunhiu contra mim.

Acabei soltando um grito em determinado momento, e ele agarrou meus cabelos para aproximar meu rosto do seu.

— Shh. Você vai nos meter em encrenca — ele me advertiu antes de deslizar a língua em minha boca e me beijar com o sabor da minha própria excitação.

Ele desceu os beijos por minhas costas e, de repente, parou.

— Porra, não aguento mais. Precisamos ir para o chão, porque essa cama vai fazer muito barulho.

Joguei alguns travesseiros no chão sem hesitar e apoiei-me nas mãos e nos joelhos neles.

Ele ficou quieto. Quando virei o rosto para trás, vi que seus olhos estavam fixos em mim enquanto ele acariciava seu pau inchado.

— Você assim, de quatro... nada nunca me excitou mais do que isso em toda a minha vida.

Vê-lo dando prazer a si mesmo enquanto me observava foi o que mais me excitou na vida.

Quando virei o rosto para frente novamente, ouvi o pacote da camisinha rasgar e olhei para trás uma última vez para vê-lo se protegendo.

— Relaxe — ele disse ao deslizar uma mão por minhas costas, subindo até envolver a base do meu pescoço. Aprendi a amar a sensação erótica desse seu gesto característico. Após uma ardência inicial, seu pau entrou em mim com facilidade, e eu soube de imediato que essa experiência seria diferente da primeira vez.

— Se, em algum momento, for demais para você, me diga.

Eu sabia que não importava como seria; isso nunca aconteceria.

Cada estocada era mais intensa que a anterior. Ele soltava uma respiração profunda a cada movimento, que eu podia sentir contra minhas costas enquanto ele continuava a segurar meu pescoço. Ele estava completamente imerso, enfim abrindo mão de toda a apreensão.

Elec estava me fodendo.

Eu queria que continuasse, queria ver que direção tomaria.

— Me fode com mais força.

Aquilo fez com que ele agarrasse meus quadris ao meter ainda mais rápido. Era impossível não gritar, porque era tão bom. De um jeito estranho, ter que reprimir qualquer barulho acumulou o prazer dentro de mim e o intensificou. Comecei a acompanhar o ritmo dos movimentos dele com meu corpo, e isso pareceu deixá-lo mais perto do ápice.

— Toque-se, Greta.

Massageei meu clitóris inchado, enquanto ele desacelerava as estocadas para encorajar meu clímax. Eu podia senti-lo ainda mais fundo dentro de mim. Ele empurrou meu torso para baixo delicadamente, para que assim minha bunda ficasse mais empinada. A penetração naquele ângulo era tão intensa, tão profunda que pude sentir meu orgasmo chegando.

— Está sentindo isso? — ele sussurrou.

— Sim. Sim. É incrível.

— Nunca estive tão fundo antes. Nunca foi assim para mim — ele ofegou. — Nunca.

— Oh, Deus... Elec...

— Eu quero que você goze primeiro e, depois, quero gozar nas suas costas.

Ouvi-lo dizer aquilo foi a última gota. Pressionei a boca contra o tapete para abafar meu grito conforme meu orgasmo me percorreu.

Quando sentiu que eu já tinha me aliviado, Elec estocou ainda mais rápido.

Ele saiu de dentro de mim, retirou a camisinha e, então, senti um líquido quente se espalhar pelas minhas costas. Eu achei que não gostaria disso... mas *adorei*.

— Volto já — ele disse, indo rápido até o banheiro para pegar uma toalha. Após me limpar, ele me ajudou a levantar do chão e me colocou na cama.

Os números vermelhos no relógio digital continuavam a me deixar extremamente nervosa. Agora, eram quatro da manhã. Deitamos de frente um para o outro, nossos lábios a apenas centímetros de distância.

Ele acariciou minha bochecha com o polegar.

— Você está bem?

— Sim. — Sorri. — Aquilo foi uma loucura.

— É o que acontece quando você me pede para não me segurar. Foi demais para você?

— Não. Foi o que eu esperava.

— Você esperava aquele... *grand finale*?

— Não. Hã... aquilo foi realmente uma surpresa. — Dei risada.

— Eu nunca tinha feito aquilo. Também queria experimentar algo novo.

— Sério?

— Eu queria que tivéssemos mais tempo. Quero fazer tudo com você.

— Eu também.

Eu queria que tivéssemos a eternidade.

A exaustão devido às nossas atividades devia ter me vencido, porque nem ao menos me lembrava de ter caído no sono.

Eram cinco da manhã, e o sol estava começando a nascer quando acordei com Elec deitado em cima de mim, beijando meu pescoço levemente. Ele estava completamente ereto e já tinha colocado uma camisinha. Sua respiração estava errática conforme continuava a beijar meu pescoço e chupar meus seios.

Já molhada e pronta para ele, acordei com ainda mais tesão do que na noite toda.

Ele desceu os beijos por minha barriga e voltou em seguida, e o senti me penetrando. Suas estocadas eram lentas, mas intensas. Seus olhos estavam fechados, e ele parecia estar com dor. Uma carga de emoções me sufocou de repente, conforme a realidade do que tinha acontecido naquela noite e do que estava prestes a acontecer me bateu.

O relógio me assombrou novamente. Nosso tempo estava acabando.

Senti meu coração se partir pouco a pouco, a cada vez em que ele entrava em mim. Ele começou a me beijar, e sua boca não saiu da minha conforme ele continuou a me penetrar profundamente em movimentos lentos e controlados. Essa vez foi diferente das outras duas. Foi como se ele estivesse tentando me dizer com seu corpo o que não conseguia com palavras.

Foi como se ele estivesse fazendo amor comigo.

Se ainda havia alguma dúvida quanto a isso, ela se desvaneceu no instante em que ele parou de me beijar e permaneceu com o rosto próximo ao meu, mantendo os olhos abertos enquanto me fodia devagar. Ele não desviou o olhar do meu sequer um segundo a partir de então. Foi como se não quisesse perder nenhum momento, porque sabia que aqueles eram os últimos. Dessa vez, ele não queria me mostrar nada. Ele estava tomando algo que queria.

O reflexo da minha própria expressão em seus olhos acinzentados contava o meu lado da história. Eu havia mentido. Eu havia mentido para ele e para mim ao dizer que poderia lidar com isso. Fazia apenas algumas horas, mas foi como se o apego de uma vida inteira tivesse se formado nesse quarto da noite para o dia, e estava prestes a ser destruído.

Seu corpo estremeceu conforme o orgasmo o acometeu de repente. Seus olhos nunca deixaram os meus, enquanto ele abria a boca em um grito silencioso. Meus músculos se contraíram durante o clímax enquanto eu observava. Ele continuou a estocar devagar, até não sobrar mais nada de seu orgasmo.

— Me desculpe — ele sussurrou, sua voz rouca.

— Tudo bem — eu disse, sem nem saber exatamente a que ele estava se referindo. Foi por ter gozado primeiro que eu? Foi por seu abandono programado? Ou porque ele viu minha expressão e soube o que eu estava realmente sentindo? De qualquer maneira, isso não mudava o fato de que ele ia embora.

Elec permaneceu com a cabeça apoiada em meu peito até sua respiração se acalmar.

Quando retornou após jogar a camisinha fora, programei o alarme para as sete da manhã. Ele apoiou a bochecha em meu seio, fechou os olhos e me abraçou pela última vez até adormecermos.

Quando o alarme disparou, acordei sobressaltada e encontrei a cama vazia. Meu coração acelerou.

Ele foi embora sem se despedir.

O sol agora brilhava intensamente pela janela, piorando aquele despertar grosseiro. Enterrei o rosto nas mãos e chorei. Isso era culpa minha. Eu sabia que isso ia acontecer, e permiti mesmo assim. Meus ombros sacudiam conforme as lágrimas escorriam pelos meus dedos. A dor entre minhas pernas, que mal dava para perceber na noite passada enquanto eu estava tão inebriada por todo o sexo, agora estava forte.

Meu corpo se encolheu quando senti uma mão em minhas costas.

Virei-me e encontrei Elec pairando sobre mim, seus olhos sombrios e vazios.

— Você prometeu que saberia lidar com isso, Greta. — Ele repetiu quase inaudivelmente: — Porra, você prometeu.

Minha boca tremeu.

— Eu pensei que você tinha ido embora sem se despedir.

— Voltei para o meu quarto para que Randy e Sarah não me vissem aqui quando acordassem. Eles já saíram. Terminei de arrumar as minhas coisas.

Funguei e levantei.

— Ah.

— Eu não faria isso com você... ir embora sem me despedir... especialmente depois do que aconteceu entre nós.

Enxuguei os olhos.

— Qual seria a diferença? Não muda o resultado.

— Não, não muda. Não sei o que dizer, além de que a noite passada... significou muito para mim. Quero que você saiba disso. Nunca vou me esquecer do que você me deu. Nunca vou me esquecer de nada disso. Mas você *sabia* que ia acabar.

— Eu não sabia que a sensação seria *essa*.

Ele estava com as mãos nos bolsos, e olhou para o chão antes de olhar para mim.

— Merda. Eu também não.

Quando ele fez menção de me abraçar, eu me afastei.

— Não... por favor. Não quero que você me toque. Só vai piorar tudo.

Eu nem conseguia mais falar, com mais lágrimas caindo. Sacudi a cabeça, incrédula diante do quão rápido perdi minha compostura.

Limpei a garganta.

— A que horas você vai sair?

— Chamei um táxi, que deve chegar a qualquer momento. Vai demorar pelo menos uma hora para chegar ao aeroporto, com o trânsito.

Uma nova lágrima desceu por minha bochecha.

— Que droga — eu disse, limpando-a.

— Eu volto já.

Ele foi levar sua bagagem para o andar de baixo. Quando retornou ao meu quarto, onde eu ainda estava no mesmo lugar e na mesma posição, a buzina de um carro ecoou do lado de fora.

— Merda. Espere um pouco — ele pediu, saindo correndo do quarto novamente.

Olhei pela janela e, instantes depois, Elec estava colocando sua bagagem no táxi. Quando o porta-malas fechou, pude jurar que senti aquilo em meu coração.

Elec disse algo ao motorista e voltou para o meu quarto. Eu ainda estava olhando pela janela quando seus passos se aproximaram por trás de mim.

— Eu pedi que ele esperasse. Não vou embora até você olhar para mim.

Virei-me. Ele provavelmente viu o desespero estampado no meu rosto.

Seus olhos marejaram.

— Merda. Eu não quero te deixar assim.

— Tudo bem. Não vai ficar mais fácil tão cedo. Você vai perder o seu voo. Vá.

Ignorando meu pedido de que não me tocasse, ele segurou meu rosto e olhou profundamente nos meus olhos.

— Eu sei que é difícil para você entender isso. Eu não me abri para você sobre o meu relacionamento com Randy. Sem que você saiba tudo e sem que entenda como a minha mãe realmente é, não vai fazer sentido. Apenas saiba que, se pudesse ficar com você, eu ficaria. — Ele me deu um beijo casto nos lábios e continuou: — Eu sei que, apesar do meu aviso, você me entregou um pedaço do seu coração ontem à noite. E mesmo que eu tenha tentado impedir, eu te entreguei um pedaço do meu. Sei que você pôde sentir isso acontecendo hoje mais cedo. Quero que fique com ele bem guardado. E quando decidir entregar o restante do seu para outro cara, algum dia, por favor, se certifique de que seja uma pessoa que te mereça.

Elec me deu um último beijo desesperado. Meus olhos estavam ardendo. Quando ele se afastou, agarrei sua jaqueta, tentada a não soltar nunca mais. Ele esperou até minhas mãos o soltarem para virar e ir embora.

E assim, ele saiu da minha vida tão rápido quanto entrou.

Fiquei olhando pela janela e desejei não ter feito isso quando ele olhou para mim uma última vez antes de entrar no táxi com o pedaço do meu coração que ele sabia que tinha levado consigo. O restante do meu coração que ficou para trás estava estilhaçado.

Mais tarde, naquela noite, meu celular apitou. Era uma mensagem de Elec com um link.

No avião, me dei conta de que, se você embaralhar as letras de Greta, dá *GREAT*, que significa excelente. Na verdade, você é maravilhosa. Nunca se esqueça disso. Essa música sempre vai me lembrar de você.

Levei algumas horas até ter coragem de clicar no link. O nome da música era *All I Wanted*, do Paramore. Era sobre querer alguém que não podia ter, e querer reviver o curto período de tempo que tiveram desde o começo.

Coloquei a música para tocar repetidamente, em um ciclo de tortura que incluía inspirar seu cheiro que permanecia em sua camiseta que eu ainda estava usando e nos lençóis da minha cama.

Elec me contatou somente uma vez no decorrer dos sete anos seguintes.

Em uma noite aleatória, quase um ano depois de ele ir embora de Boston, eu tinha saído com Victoria. Estava pensando nele quando uma mensagem chegou e me deixou completamente chocada.

Ainda sonho com o seu pescoço. Ainda penso em você todo dia. Por alguma razão, eu precisava que você soubesse disso hoje. Por favor, não me responda.

Não respondi.

Apesar das lágrimas que caíram tão facilmente depois que a li. Ele não me contatava há muito tempo, e deduzi que talvez só estivesse bêbado. Mesmo que não estivesse, isso não teria mudado nada. Agora, eu compreendia isso. Na verdade, eu tinha me tornado expert em enterrar todos os meus sentimentos por Elec. O fato de ele estar tão longe fazia isso ser possível. Nas poucas vezes em que decepcionei a mim mesma ao ceder à curiosidade e procurá-lo na internet, ele nem ao menos tinha perfis em redes sociais.

Randy também parou de ir à Califórnia, já que Elec era adulto.

Mesmo após vários anos, meu coração ainda doía sempre que eu me permitia pensar sobre a nossa única noite juntos. Então, fiz o melhor que pude para não deixar meus pensamentos tomarem esse rumo — o que os olhos não veem, o coração não sente, não é? Mas esse mantra é somente um conserto temporário... até você ser forçado a ficar frente a frente com aquilo de que vinha fugindo. É aí que as barreiras mentais que você construiu para poder se esconder desmoronam em um só golpe.

CAPÍTULO 12

— Randy está morto.

A princípio, aquilo pareceu ser um sonho. Era de madrugada, e eu tinha bebido bastante em uma saída com alguns amigos em Greenwich Village. Quando o celular tocou às três da manhã, meu coração começou a pulsar na minha cabeça, e ouvir aquelas palavras de supetão quase fez com que ele parasse de vez.

— Mãe?

Ela soluçava chorando.

— Randy morreu, Greta. Ele teve um infarto. Estou no Hospital Mass General. Eles não puderam salvá-lo.

— Mãe, respire. Por favor.

Minha mãe estava chorando incontrolavelmente, fazendo-me sentir impotente porque não havia nada que eu pudesse fazer do meu apartamento em Nova York.

O casamento de Randy e minha mãe permanecera intacto no decorrer dos anos, embora nos últimos meses tivessem passado por momentos difíceis. Randy nunca tratou minha mãe com o mesmo desrespeito com que tratara Elec, mas ele tinha um temperamento imprevisível, com altos e baixos complicados.

A verdade era que minha mãe perdera sua alma gêmea quando meu pai morreu. Seu casamento com Randy sempre fora por conveniência e estabilidade.

Mesmo com sua renda modesta de vendedor de carros, ele nos sustentava bem. Mamãe nunca trabalhou e não era do tipo que ficava bem sozinha. Randy fora a primeira pessoa que surgiu na vida dela anos após o falecimento do meu pai. Eu sempre tive a impressão de que Randy era mais apaixonado por ela do que ela por ele. Ainda assim, perdê-lo ia virar sua vida de cabeça para baixo. Depois que vim morar longe, ele se tornara seu mundo inteiro, sem contar que esse era o segundo marido que ela perdia prematuramente. Eu não sabia como ela ia lidar com isso.

Comecei a tremer.

— Oh, meu Deus. — Respirei fundo para tentar me recompor. — Eu sinto muito. Eu sinto *muito*, mãe.

— Ele já estava morto antes mesmo de chegarmos ao hospital.

Levantei-me imediatamente e tirei minha pequena mala do closet.

— Olha, eu vou ver onde posso alugar um carro a essa hora. Tentarei chegar aí pela manhã. Mantenha contato por telefone e me avise quando chegar em casa. Tem alguém com você?

Ela fungou.

— Greg e Clara.

Aquilo me fez sentir melhor. Greg era um dos amigos mais antigos de Randy, que se mudou com sua esposa para o subúrbio de Boston alguns anos antes após ser transferido no trabalho.

Quando consegui encontrar um lugar aberto para alugar um carro, peguei a estrada por volta das cinco da manhã.

Durante a viagem de quatro horas para Boston, minha mente girou, pensando sobre o que a morte de Randy implicaria. Será que eu teria que pedir demissão do meu trabalho em Nova York e voltar a morar em Boston com minha mãe? Ela teria que trabalhar pela primeira vez na vida para poder se sustentar. Quando tempo eu precisaria me afastar do trabalho? E, então, percebi mais uma coisa.

Elec.

Elec.

Ai, meu Deus. Elec.

Ele sabia sobre Randy? Ele iria para Boston para o funeral?

Eu teria que ficar frente a frente com ele?

Minha mão agarrou o volante com mais força, enquanto a outra mão mudava a estação de rádio várias vezes, incapaz de encontrar alguma coisa que pudesse abafar o barulho dentro da minha cabeça.

Mesmo depois de sete anos e um noivado fracassado com outro homem, meu coração partido permanecera com meu meio-irmão. Agora, meu coração doía por ele de uma maneira diferente, porque, além da minha mãe ter perdido o marido, Elec tinha acabado de perder o pai.

Randy era muito jovem para morrer. Eu reconhecia que seu relacionamento com Elec era horrível, mas o fato de que eles nunca fizeram as pazes me deixou triste. Nada mexia mais com as minhas emoções do que pensar em Elec. Nem mesmo ir embora da casa da mamãe e do Randy mudou isso.

Dois anos após me formar na faculdade comunitária em Boston, transferi-me para outra faculdade pequena perto de Manhattan, onde me formei. Assim que terminei, consegui um emprego em um cargo administrativo na cidade. Eu morava em Nova York há três anos, e foi lá que conheci Tim.

Ficamos juntos por dois anos. Tim trabalhava com vendas de softwares e viajava bastante. Nós moramos juntos durante o último ano do nosso relacionamento, até seu emprego lhe oferecer um cargo na Europa. Ele aceitou sem falar comigo, e quando me recusei a me mudar com ele, acabamos terminando. Essa mudança tinha me incentivado a tomar uma decisão que, em algum momento, eu acabaria tomando de qualquer forma. Ele era um cara legal, mas, de maneira geral, a paixão pela qual eu ansiava não existia. Mesmo no começo do nosso relacionamento, nunca senti a adrenalina e o frio na barriga que vivenciei durante meu curto tempo com Elec. Quando aceitei o pedido de casamento de Tim, esperava que as coisas mudassem e que eu aprendesse a amá-lo como ele merecia. Isso nunca aconteceu.

Tive outros dois namorados antes de Tim, e as situações foram as mesmas. Eu comparava meus sentimentos por eles com a minha atração insana por Elec. Mesmo que eu soubesse que Elec havia ido embora de vez da minha vida, eu não conseguia evitar compará-lo a todo mundo, tanto sexual quanto intelectualmente. Embora talvez isso não ficasse aparente por fora, Elec era profundo. Ele tinha várias camadas, e sua escrita demonstrava isso. Tinha tanta coisa que eu nunca tive a oportunidade de saber ou desvendar. Mas eu sabia que queria encontrar alguém com aquelas mesmas qualidades. Uma coisa que meu tempo com Elec me ensinou foi que desejo e satisfação sexual eram tão importantes para mim quanto uma conexão emocional.

Meus outros namorados eram caras legais, mas medianos. E isso era triste, mas eu preferia estar sozinha a me entregar a alguém com quem não sentia nem ao menos uma faísca. Esperava algum dia ter química de verdade com alguém de novo.

A placa *Bem-vindo a Massachussetts* me deixou ansiosa. Eu não fazia ideia de como seriam os dias seguintes. Teria que ajudar a minha mãe a fazer os arranjos para o funeral, e isso com certeza ativaria gatilhos com lembranças do tempo horrível em que tivemos que fazer a mesma coisa pelo meu pai.

Quando estacionei em frente a nossa casa, o Nissan de Randy estava à esquerda, e a visão me fez estremecer. Usei minha chave para entrar e encontrei minha mãe encarando uma xícara de chá com o olhar vazio na cozinha, com as luzes apagadas. Ela nem ao menos percebeu quando entrei no cômodo.

— Mãe?

Ela ergueu o olhar para mim, seus olhos vermelhos e inchados. Corri até ela e a abracei.

Os pratos sujos do jantar da mamãe com Randy na noite anterior ainda estavam na pia, deixando claro o golpe repentino e inesperado que era aquela situação, como a vida podia mudar em um instante.

— Estou aqui agora. Estou aqui. Me diga o que precisa que eu faça. Vai ficar tudo bem. Vou te ajudar a passar por isso. Você vai ficar bem.

Ela falou contra a xícara de café:

— Ele simplesmente acordou no meio da noite reclamando de dores e perdeu a consciência antes dos paramédicos chegarem.

Afaguei suas costas.

— Eu sinto muito.

— Graças a Deus você está aqui, Greta.

— Onde... err... onde ele está agora?

— Ele foi levado para a funerária. Clara está cuidando de todos os arranjos para mim. Ela e Greg têm sido maravilhosos. Eu não ia suportar fazer isso... de novo, não.

Abracei-a com mais força.

— Eu sei.

Naquela noite, dormi ao lado da minha mãe para que ela não ficasse sozinha. Parecia surreal dormir onde Randy tinha dormido na noite anterior e, agora, ele não estava mais entre nós.

O dia seguinte passou como um borrão: pessoas vindo deixar comida e flores, minha mãe se retirando para ir chorar em seu quarto, Victoria vindo oferecer suas condolências. Nós nos distanciamos no decorrer dos anos desde que me mudei, mas sempre dávamos um jeito de nos vermos quando eu vinha a Boston, mesmo que fosse apenas para tomar um café.

Então, enquanto mamãe tirava uma soneca naquela tarde, Victoria e eu fomos ao Dunkin' Donuts que ficava depois da esquina. Era uma pequena coisa normal no meio de uma situação surreal.

— Por quanto tempo você pode ficar afastada do trabalho? — ela perguntou.

— Eu liguei para lá hoje de manhã. Eles me deram um dia para o luto e tirei o resto da semana de férias. Talvez eu leve a mamãe comigo para Nova York até ela conseguir decidir o que vai fazer daqui em diante.

— Alguém falou com o Elec?

Somente a menção de seu nome me causou um nó no estômago.

— Greg e Clara estão cuidando dessa parte de contatar as pessoas. Tenho certeza de que ligaram para ele. Ele e Randy não se falavam, de acordo com a minha mãe, e nem sei se ele concordaria em vir.

— O que você vai fazer se ele vier?

Nervosa, dei uma mordida no meu donut de baunilha.

— O que eu posso fazer?

Victoria sabia sobre minha noite com Elec. Eu havia contado a ela algumas partes, mas mantive a maioria dos detalhes para mim. Algumas coisas eram íntimas demais para compartilhar, e eu não queria desvalorizar o que aquela experiência significara para mim. Embora tivesse sido apenas uma noite, aquilo me moldou de várias maneiras e estabeleceu o meu padrão para expectativas futuras.

Ela deu um gole em seu café gelado.

— Então, acho que teremos que esperar para ver...

— Minha mãe é a minha prioridade. Não posso perder o sono pensando se Elec virá ou não.

Isso era tudo em que eu conseguia pensar.

Naquela noite, Greg e Clara convidaram minha mãe e eu para o jantar. Eles insistiram que eu a tirasse de casa, já que havia lhes contado que ela passou a maior parte do dia chorando no quarto, enquanto pessoas aleatórias iam deixar comida.

Durante o jantar, mamãe ficou quieta e mal encostou em seu frango e bolinhos. Ao invés disso, ela bebeu muito, muito vinho.

O enterro estava marcado para dali a dois dias. O buraco em meu estômago estava ficando cada vez maior.

Eu precisava saber.

— Vocês contaram a Elec? — perguntei finalmente. Engoli o caroço em minha garganta, ansiosa pela resposta de Clara.

— Sim. Eu falei com ele hoje. Ele ficou desanimado quando contei, e não deixou claro se virá ou não.

Só de saber que ela tinha falado com ele meu coração bateu ainda mais rápido.

— Onde ele está?

— Ele ainda mora na Califórnia, perto de Pilar.

— Você tinha o número do celular dele?

Ela olhou para o marido e, hesitante, respondeu:

— Hã... Greg vinha mantendo contato com ele. Nós sabemos que Randy e ele tinham um péssimo relacionamento. Greg tentou intervir há alguns anos. Elec e ele meio que ficaram próximos por isso, mas Randy nunca soube.

Olhei para Greg, como se ele estivesse segurando todas as informações no mundo que mais importavam para mim.

— O que ele faz agora? — Minha voz estava trêmula.

— Ele se formou na faculdade e conseguiu licença para fazer serviço social. Está trabalhando com jovens menos favorecidos. A última vez que nos falamos foi provavelmente há seis meses.

— É mesmo?

Uau.

Foi mais informação do que tive em anos. Aquilo me deixou feliz por saber que ele estava bem, mas triste porque eu não estava mais em sua vida e nem ao menos tinha conhecido o homem que ele havia se tornado.

Limpei a garganta.

— Então, vocês não sabem se ele virá?

— Não. Ele não falou — Clara disse. — Acho que ele ficou em choque. Dei a ele todos os detalhes, para que soubesse caso decida vir.

Meu coração apertou em agonia ao pensar no que podia estar passando pela cabeça de Elec, onde quer que ele estivesse naquele momento.

O cheiro de lírios me deixou enjoada. Todos pareciam estar mandando o tipo *Stargazer*, que tinha o cheiro mais forte. Ofereci-me para levar de carro até a funerária um monte de arranjos que haviam sido enviados para a nossa casa.

O velório começaria às quatro, mas, antes disso, iríamos para a casa de Greg e Clara novamente para almoçar.

Minha mãe me acompanhou ao colocarmos as flores nos cantos do salão que rodeava o local onde o caixão ficaria. Também colocamos fotos nossas com Randy tiradas no decorrer dos anos. Fiquei triste por não ter nenhum de Randy com Elec.

O salão funerário tinha um cheiro misto de madeira mofada e purificador de ar. Eu não estava nem um pouco ansiosa para voltar mais tarde e ter que ver o corpo de Randy e a reação da minha mãe.

No caminho até a casa de Greg e Clara, segurei sua mão. Ela estava melhor do que eu esperava, embora eu tivesse quase certeza de que ela tinha tomado um remédio para se acalmar.

Quando chegamos, fiquei aliviada por ver que não havia nenhum carro que eu não reconhecesse do lado de fora. Isso significava que seríamos apenas nós quatro no almoço.

Meu alívio se transformou em pânico quase imediatamente quando entrei na casa e avistei uma mala preta ao lado do armário da antessala.

Clara abraçou minha mãe enquanto eu olhava em volta, apreensiva.

Nervosa demais para fazer a pergunta que queria fazer, fiquei em silêncio enquanto meu peito se comprimia. Então, finalmente, respirei fundo e perguntei:

— De quem é essa mala?

— Elec está aqui, Greta. Está lá em cima.

Meu coração começou a martelar furiosamente, e senti como se não conseguisse respirar. De repente, eu precisava de ar.

— Com licença — pedi, saindo pela porta dos fundos para o quintal.

Despreparada para enfrentá-lo, fiquei encarando as tulipas vermelhas no jardim. Parte de mim realmente não achou que ele viria por causa de seu relacionamento volátil com Randy, embora o temor que eu vinha carregando durante os últimos dias fosse prova de que outra parte de mim estava se preparando para isso.

Eu não sabia o que ia dizer a ele.

O ar frio da primavera soprou meu cabelo, e ergui o olhar para o céu, como se fosse uma tentativa de evitar que o universo jogasse essa bomba em mim. Talvez eu tenha recebido minha resposta, porque um trovão retumbou ao longe.

Não sei se foi intuição ou instinto, mas algo me fez virar e olhar para as portas francesas da varanda do segundo andar, que ficava de frente para o jardim onde eu estava.

Através do vidro, eu o vi.

Elec.

Ele estava ali, de pé, olhando para mim com uma toalha branca em volta da cintura. Sempre tentei imaginar como ele estaria depois de sete anos, mas nem meus sonhos mais loucos poderiam ter concebido o que vi naquele momento.

Seus cabelos pretos bagunçados tinham sido substituídos por ondas um pouco mais compridas, que se enrolavam em volta das orelhas. Ele estava usando óculos.

Ele ficava ainda mais sexy de óculos.

Até mesmo dali eu conseguia ver o cinza perfurante de seus olhos através das lentes.

Seu corpo tatuado estava maior, ainda mais sarado que antes.

Ele ergueu um cigarro até a boca, e mesmo em meio ao choque de vê-lo, fiquei desapontada por ele ter voltado a fumar.

Elec soprou a fumaça enquanto seus olhos se mantinham fixos nos meus. Ele não estava sorrindo. Somente me olhava atentamente. Só seu olhar poderoso já me deixou com todos os sentidos em alerta e meu corpo completamente descontrolado.

Minha cabeça latejava, meus olhos marejaram, meus ouvidos zuniam, minha boca encheu d'água, meus mamilos endureceram, minhas mãos tremeram, meus joelhos vacilaram e o meu coração... eu nem conseguia descrever o que estava acontecendo dentro do meu peito.

Antes que eu pudesse processar alguma coisa, uma mulher de cabelos loiros aproximou-se por trás dele e o envolveu pela cintura com os braços.

CAPÍTULO 13

Assim que finalmente reuni coragem para entrar de volta na casa, sentei-me à mesa da sala de jantar e bebi toda a água da minha taça de uma vez. Minha boca ainda estava seca. O cômodo parecia girar.

— Você está bem? — minha mãe perguntou.

Eu deveria estar perguntando isso a *ela*. Assenti, pegando a água dela e tomando toda também. Eu precisava ser forte por ela, não podia me permitir perder as estribeiras hoje.

Eles não tinham descido as escadas ainda.

Depois que a mulher misteriosa apareceu por trás de Elec do outro lado do vidro, ele virou imediatamente e desapareceu de vista. Levei alguns minutos para conseguir me mexer do lugar onde estava no jardim.

Ele tinha uma namorada... ou uma esposa.

Mesmo que eu devesse ter pensado nisso como uma possibilidade depois de sete anos, não era algo que entrava na equação quando eu imaginava como seria vê-lo novamente.

O som de dois pares de passos descendo as escadas em uníssono me fez enrijecer e endireitar as costas.

Tum.

Tum.

Tum.

Quando eles entraram na sala de jantar, meu corpo ficou em modo de luta ou fuga, conforme a adrenalina pulsava em mim.

Talvez eu devesse ter levantado ou dito algo, mas fiquei simplesmente grudada na cadeira.

Minha mãe foi até Elec e o puxou para um abraço.

— Elec, é tão bom vê-lo. Eu sinto muito pelo seu pai. Sei que vocês não se entendiam, mas ele te amava. De verdade.

O corpo de Elec estava rígido, mas ele não se afastou dela. Ele simplesmente disse:

— Sinto muito por *você*.

Enquanto ele permitia relutantemente que minha mãe o abraçasse, seus olhos desviaram para mim e permaneceram. Não dava para saber no que ele estava pensando, mas eu tinha quase certeza de que era alguma coisa similar ao que estava passando pela minha cabeça.

Esse reencontro nunca deveria acontecer.

Depois que mamãe o soltou, a mulher que estava com Elec aproximou-se para abraçá-la.

— Sra. O'Rourke, eu sou a Chelsea, namorada do Elec. Sinto muito pela sua perda.

— Pode me chamar de Sarah. Obrigada, querida. Prazer em conhecê-la.

— Sinto muito por ser sob essas circunstâncias — ela disse, afagando as costas da minha mãe.

Meus olhos pousaram em suas unhas bem-feitas. Ela era pequena, e o formato de seu corpo era parecido com o meu. Seus cabelos loiros compridos caíam em cascatas por suas costas em ondas perfeitas. Ela era linda.

Claro que ela era.

Tudo parecia estar se retorcendo dentro de mim.

Elec veio em minha direção lentamente.

— Greta...

Ouvir meu nome sair de sua boca me transportou momentaneamente para sete anos atrás em um segundo.

— Elec. — Levantei da cadeira. — Eu... eu sinto muito... sinto muito por Randy — gaguejei, e meus lábios começaram a tremer. Senti como se todo o ar tivesse sido arrancado do meu corpo quando ele ficou bem na minha frente e inspirei o cheiro familiar de cigarro de cravo e colônia. Tanto tempo havia se passado, mas, emocionalmente, era como se tivesse sido ontem.

Como se tivesse sido ontem.

A única diferença era que a pessoa que saiu do meu quarto naquele dia ainda era, essencialmente, um garoto, e a pessoa diante de mim naquele momento era claramente um homem.

Ergui o olhar para ele e fiquei maravilhada em ver que ele tinha ficado ainda mais lindo. Minhas características favoritas ainda estavam ali, mas com algumas mudanças. Seus olhos acinzentados ainda brilhavam, mas agora ficavam atrás de óculos de armação preta. Ele ainda usava o piercing labial, mas tinha um pouco mais de barba agora. Uma camisa preta com listras finas cujas mangas estavam enroladas até os cotovelos abraçava seu peito, que agora estava mais robusto e ainda mais definido.

Ele ficou apenas olhando para mim. Estendi os braços para abraçá-lo e senti sua mão quente em minhas costas. Meu coração estava tão acelerado que parecia que ia parar de vez a qualquer momento. Uma coisa que, ao que parecia, não mudou foi a maneira como meu corpo reagia instantaneamente ao toque ele. Assim que fechei os olhos, ouvi uma voz atrás dele.

— Você deve ser a filha de Sarah. Vocês duas parecem irmãs gêmeas.

Separei-me de Elec de repente e estendi minha mão molhada de suor.

— Sim... oi. Sou a Greta.

Ela não apertou a minha mão. Em vez disso, sorriu com simpatia e me abraçou.

— Sou a Chelsea. É um prazer conhecê-la. Sinto muito pelo seu padrasto. — Os cabelos dela tinham o cheiro que eu esperava, um aroma limpo e delicado que combinava com sua personalidade aparentemente doce.

— Obrigada.

A tensão no ar era palpável enquanto nós três ficávamos ali, em um silêncio desconfortável.

Clara surgiu segurando uma carne assada que havia enfeitado com aspargos em uma bandeja oval. Usei aquela oportunidade para escapar da situação e me ofereci para a ajudá-la a colocar o restante dos itens na mesa, deixando Elec e Chelsea sozinhos.

Minhas mãos nervosas se atrapalharam com os talheres que Clara me pediu para pegar em uma gaveta da cozinha. Fechei os olhos e respirei fundo antes de voltar para a sala de jantar.

Greg estava conversando enquanto eu rodeava a mesa para distribuir os talheres. Garfos e colheres ficavam escorregando das minhas mãos trêmulas.

Sem nada mais para fazer, sentei no lado da mesa que ficava de frente para Elec e Chelsea. Meus olhos ficaram grudados no reflexo do meu rosto no meu prato.

— Então, como vocês se conheceram? — Greg perguntou a eles.

Ergui o olhar momentaneamente.

Chelsea sorriu e olhou para Elec.

— Nós dois trabalhamos em um centro juvenil. Lidero o programa após as aulas, e Elec é orientador. Começamos como amigos. Eu admirava bastante como ele era bom com as crianças. Todas o amam. — Ela colocou a mão na dele. — E agora, eu também.

Pude ver pelo canto do olho que ela se inclinou e o beijou. O vestido preto que eu estava usando pareceu me sufocar de repente.

— Isso é muito lindo — Clara elogiou.

— Elec, como Pilar está lidando com isso? — Greg perguntou.

— Ela não está bem — ele disse abruptamente.

Ergui o olhar ao ouvi-lo falar. Ele não tinha dito uma palavra depois de dizer o meu nome. Chelsea apertou a mão dele.

— Nós tentamos convencê-la a vir, mas ela não achou que fosse aguentar.

Nós.

Ela era próxima da mãe dele.

Isso era definitivamente sério.

— Bem, então foi melhor ela ter ficado por lá — Clara respondeu.

Provavelmente desconfortável diante da menção a Pilar, minha mãe tomou um longo gole de vinho. Ela sabia que era o principal motivo por Pilar não querer vir.

Chelsea virou-se para mim.

— Onde você mora, Greta?

— Moro em Nova York, na verdade. Eu vim para Boston há alguns dias.

— Isso deve ser empolgante. Eu sempre quis visitar Nova York. — Ela virou-se para Elec. — Talvez nós possamos visitá-la, um dia. Teríamos um lugar para ficar.

Ele assentiu uma vez, parecendo extremamente desconfortável enquanto brincava com sua comida. Em certo momento, pude sentir seus olhos em mim. Quando virei para confirmar, nossos olhares se encontraram por um breve segundo antes de ele voltar a encarar seu prato.

— Elec nunca me contou que tinha uma meia-irmã — Chelsea disse.

Ele nunca falou sobre mim.

Minha mãe se manifestou pela primeira vez.

— Elec morou conosco por pouco tempo quando eles eram adolescentes. — Ela olhou para mim. — Vocês dois não se davam muito bem naquele tempo.

Mamãe não sabia nada sobre o que realmente acontecera entre Elec e mim. Então, a partir de sua perspectiva, aquela afirmação era bem precisa.

A voz profunda e áspera de Elec me rasgou.

— Isso é verdade, Greta?

Soltei meu garfo.

— O que é verdade?

— Que não nos dávamos bem?

Somente eu entenderia o significado escondido em sua pergunta. Não sabia por que ele estava me provocando no meio do que já era uma situação desconfortável.

— Tivemos nossos momentos.

Os olhos dele queimaram nos meus, e ele baixou o tom de voz.

— É, tivemos.

De repente, senti um calor absurdo.

Ele abriu um sorriso.

— Como era que você me chamava mesmo?

— Como assim?

— "Querido meio-irmão", não era? Por causa da minha personalidade admirável. — Ele virou-se para Chelsea. — Eu era um fodido miserável naquela época.

Um "fodido" miserável. Não tinha segundas intenções em sua expressão, mas não pude evitar o rumo que minha mente tomou diante daquilo.

— Como você sabia sobre esse apelido? — perguntei.

Ele abriu um sorriso sugestivo.

Sorri também.

— Ah, é. Você costumava bisbilhotar as minhas conversas.

— Parece ter sido uma época divertida — Chelsea disse, olhando inocentemente para Elec e mim.

— Foi, sim — ele concordou, encarando-me com uma expressão que não era nada inocente.

Chelsea e eu ajudamos Clara a levar os pratos para a cozinha. Teríamos que ir para a funerária em quarenta minutos para o velório.

A voz dela me sobressaltou.

— O que você faz, Greta?

Eu não me sentia confortável para entrar nos detalhes sobre o meu trabalho, então dei uma resposta genérica.

— Eu trabalho em um cargo administrativo, coisa simples.

Ela sorriu, e me senti uma escrota por gostar de ver que ela tinha algumas marcas de expressão e pés de galinha em torno dos olhos.

Eu estava forçando.

— Às vezes, coisas simples podem ser boas. Trabalhar com crianças é satisfatório, mas exaustivo. Não há espaço para monotonia.

Nós duas olhamos pela porta de vidro. Elec estava no jardim sozinho, perdido em pensamentos, com as mãos nos bolsos.

— Estou muito preocupada com ele — ela revelou, olhando-o. — Posso te perguntar uma coisa?

Essa conversa estava me deixando desconfortável.

— Claro.

— Ele não quer falar sobre o pai. Aconteceu alguma coisa entre eles?

A pergunta me pegou de surpresa. Não cabia a mim falar com ela sobre o relacionamento de Randy e Elec. Eu mesma não sabia de quase nada.

— Eles discutiam bastante, e Randy tratava Elec com muito desrespeito, mas, sinceramente, eu ainda não sei o que causou tudo isso.

Era só isso que ela ia arrancar de mim.

— Eu só estou preocupada, acho que ele está acumulando tudo dentro de si. O pai dele acabou de morrer, e ele mal demonstrou qualquer emoção. Quer dizer, se o meu pai morresse, eu ficaria arrasada.

Eu sei.

— Tenho medo da ficha dele cair de uma vez e ele desmoronar — ela continuou. — Ele não está bem. Não tem dormido. Isso o está incomodando, mas ele não quer falar sobre o assunto, nem se permite chorar.

Meu coração doeu por ouvi-la dizer isso, porque eu também estava preocupada com ele.

— Você tentou conversar com ele? — perguntei.

— Sim. Ele só disse que não queria falar sobre isso. Ele quase não veio para o velório. Eu sabia que ele se arrependeria se não viesse, então insisti e, finalmente, ele cedeu.

Uau. Ele não ia vir mesmo.

— Que bom que você fez isso.

— Eu realmente o amo, Greta.

Eu não tinha dúvidas disso, e por mais que ouvi-la dizer aquilo tenha feito meu estômago doer, meu lado mais lógico ficou feliz por Elec ter encontrado alguém que se importava com ele assim. Eu não sabia o que dizer. Não podia exatamente contar a ela que talvez eu me sentisse da mesma forma.

Eu também me importava com ele.

Talvez aquilo não fizesse sentido depois de tanto tempo, mas meus sentimentos por ele estavam tão fortes agora quanto foram há sete anos. E assim como antes, eu teria que guardá-los para mim.

Ela pousou uma mão em meu braço.

— Você pode me fazer um favor?

— Ok...

— Pode ir lá fora... e ver se consegue fazê-lo falar sobre isso?

— Hã...

— Por favor? Não sei mais a quem pedir isso. Acho que ele não está pronto para o velório hoje.

Olhei para Elec lá fora e sua estatura forte de pé no meio do jardim. Essa poderia ser a minha única oportunidade de conversar com ele a sós, então concordei.

— Tudo bem.

Ela me abraçou.

— Obrigada. Eu te devo uma.

Nesse caso, vou querer o Elec. Não pude evitar meus pensamentos, que estavam fora de controle.

Aquele abraço me fez perceber que era absolutamente possível gostar de verdade de alguém de quem você sentia ciúmes.

Respirei fundo e segui para as portas deslizantes de vidro. O céu estava ficando cinza, como se uma tempestade estivesse se formando.

Não era o momento apropriado para notar como a bunda dele ficava incrível na calça social preta justa que estava usando, mas, mesmo assim, notei.

Uma brisa soprou as ondas escuras sensuais de seus cabelos.

Limpei a garganta para anunciar minha presença.

Ele não virou, mas sabia que era eu.

— O que você está fazendo aqui, Greta?

— Chelsea me pediu para vir falar com você.

Ele deu de ombros, soltando uma risada cheia de sarcasmo.

— É mesmo?

— Sim.

— Vocês estavam comparando opiniões?

— Isso não tem graça.

Ele finalmente virou para me olhar, soprando a última fumaça do seu cigarro antes de jogá-lo no chão e amassá-lo com o pé.

— Você acha que ela te pediria para vir aqui falar comigo se soubesse que, na última vez que estivemos juntos, estávamos fodendo como coelhos?

Embora tenha me chocado, ouvi-lo tocar naquele assunto enviou um arrepio por todo o meu corpo.

— Você tem que falar dessa forma?

— É a verdade, não é? Ela surtaria pra caralho se soubesse.

— Bem, não vou contar a ela, então não precisa se preocupar. Eu nunca faria isso.

Meu olho começou a espasmar. Ele ergueu a sobrancelha.

— Por que você está piscando para mim?

— Não estou... meu olho está espasmando porque...

— Porque você está nervosa. Eu sei. Você costumava fazer isso quando nos conhecemos. Que legal termos voltado ao ponto de partida.

— Acho que algumas coisas nunca mudam, não é? Faz sete anos, mas parece...

— Que foi ontem — ele completou. — Parece que foi ontem, e isso é uma merda. Essa situação toda é uma merda.

— Isso nunca deveria ter acontecido.

O olhar dele desceu para o meu pescoço e, em seguida, voltou para os meus olhos.

— Onde ele está?

— Quem?

— O seu noivo.

— Eu não estou noiva. Eu estava... mas não estou mais. Como você sabia que eu tinha ficado noiva?

Ele pareceu perplexo por um instante e, em seguida, ficou olhando para o chão por bastante tempo antes de desviar da minha pergunta.

— O que aconteceu?

— É uma história meio longa, mas fui eu que terminei. Ele se mudou para a Europa a trabalho. Não era para ser.

— Você está com alguém agora?

— Não. — Tirei o foco de mim: — A Chelsea é muito legal.

— Ela é maravilhosa; uma das melhores coisas que já aconteceram comigo, na verdade.

Que soco no estômago.

— Ela está muito preocupada porque você não demonstrou nenhuma emoção. Me perguntou se eu sabia qual era a história entre você e Randy. Eu não sabia o que dizer, porque tem tanta coisa que eu ainda não sei.

— Você sabe mais do que ela, e não foi por escolha minha. O fato é que ele foi um pai de merda e, agora, está morto. Falando sério, isso é tudo que a minha mente consegue processar nesse momento. A ficha ainda não caiu.

— Foi um choque muito grande.

— A minha mãe não está lidando bem com isso — ele disse.

— Como ela estava antes?

— Melhor do que naquele tempo, mas não cem por cento. Ainda não tenho noção de como a morte de Randy vai afetar o estado mental dela.

O vento aumentou de repente, e gotas de chuva começaram a cair. Olhei para o céu e, depois, para o meu relógio.

— Temos que sair em alguns minutos.

— Volte lá para dentro. Diga a ela que não vou demorar.

Eu o ignorei e continuei ali. Senti-me um fracasso. Não tinha chegado a lugar algum com ele.

Merda. Meus olhos estavam começando a encher de lágrimas.

— O que você está fazendo? — ele vociferou.

— Chelsea não é a única que está preocupada com você.

— Ela é a única que tem o *direito* de estar. *Você* não precisa se preocupar comigo. Não sou problema seu.

Aquilo doeu mais do que qualquer outra coisa que ele já me disse.

Naquele momento, ele jogou o pedaço do meu coração que eu havia lhe dado tantos anos antes no chão e o pisoteou. Fiquei decepcionada por ter passado todo esse tempo idealizando-o, comparando todos os meus namorados a ele, colocando-o em um pedestal, quando ele claramente não se importava com os meus sentimentos.

— Quer saber? Se eu não me sentisse tão mal pelo que você está passando agora, te mandaria ir se foder — eu disse.

— E se eu quisesse ser um escroto, eu diria que você está falando em foder porque lembra que gostou pra caralho quando eu te fodi. — Ele passou por mim. — Cuide da sua mãe esta noite.

As últimas horas tinham sido como uma montanha-russa de emoções, cheias de choque, tristeza, ciúmes, e agora... raiva. Pura raiva. As lágrimas começaram a descer por meu rosto no mesmo ritmo intenso das gotas de chuva que agora caíam com vontade depois que ele me deixou sem palavras no meio do jardim.

— *Eu não sabia que Randy tinha um filho.*

Perdi as contas de quantas vezes ouvi isso de alguém no velório. Aquilo me fez sentir muito mal por Elec, apesar da maneira como ele me arrasou mais cedo.

O cheiro de flores misturado com o perfume de uma dúzia de mulheres desconhecidas era sufocante.

A maioria das pessoas que apareceram para o velório eram amigos que trabalhavam com ele na concessionária ou vizinhos. A fila estava bem comprida, e foi um pouco perturbador ver as pessoas conversando facilmente, às vezes rindo, enquanto esperavam para visitar o caixão. Era como uma festa com coquetéis sem o álcool, e aquilo estava me irritando.

Fiquei ao lado da minha mãe, que desmoronou completamente depois de ver o corpo sem vida de seu marido pela primeira vez desde o infarto. Afaguei suas costas, entreguei-lhe lenços e fiz o que pude para ajudá-la a ficar firme o suficiente para aguentar até o fim.

Chelsea tinha convencido Elec a ficar junto com a família, apesar de sua resistência inicial. Acho que ele estava cansado demais para lutar contra.

A maquiagem que colocaram no rosto de Randy o deixou rígido e quase irreconhecível. Foi devastador vê-lo deitado ali, o que invocou vários flashbacks de quando meu pai morreu.

Elec não quis se aproximar do caixão, nem ao menos olhar naquela direção. Ele ficou apenas parado, estoico e dando apertos de mão roboticamente, enquanto Chelsea respondia em nome dele conforme as pessoas repetiam a mesma frase.

"Sinto muito pela sua perda."

"Sinto muito pela sua perda."

"Sinto muito pela sua perda."

Elec parecia estar prestes a desabar, e senti que eu era a única que percebia isso.

Tive que ir ao banheiro, em determinado momento, então avisei à minha mãe que voltaria logo. Não consegui encontrá-lo, e acabei descendo escadas que davam para uma área de estar vazia. O cheiro era um pouco mofado, mas foi um alívio fugir do barulho das pessoas.

Ao entrar ali, finalmente vi a placa indicando o banheiro na outra extremidade do local.

Quando saí, me arrepiei quando vi Elec sozinho em um dos sofás. Ele estava curvado para frente, com os cotovelos apoiados nos joelhos e as palmas segurando a cabeça. Ao abaixar as mãos, continuou olhando para baixo. Suas orelhas estavam vermelhas, e suas costas subiam e desciam com o peso de sua respiração.

Era um momento privado, e eu estava atrapalhando.

Talvez fosse o colapso que vi se formar mais cedo, dada sua expressão. Mesmo assim, eu não queria que ele me visse. O problema era que eu teria que passar por ele para chegar às escadas.

Apesar de ele ter me chateado mais cedo, a necessidade de confortá-lo era sufocante, mas eu sabia que, depois do que ele me disse, esse não era meu papel.

Então, passei lentamente por ele.

Quando cheguei ao corredor onde ficavam as escadas, o som de sua voz me assustou.

— Espere.

Parei de repente e me virei.

— Preciso voltar lá para cima para ficar com a minha mãe.

— Me dê alguns minutos.

Limpei os fiapos brancos do tecido preto do meu vestido e me aproximei dele, sentando-me ao seu lado no sofá. O calor de seu corpo, com sua perna pressionada contra a minha, não me passou despercebido.

— Você está bem? — perguntei.

Ele olhou para mim e balançou a cabeça negativamente.

Contendo a vontade de abraçá-lo, pousei as mãos com firmeza em meu colo.

Não é seu papel.

Mas então, cada pedaço do meu ser sentiu quando ele colocou a mão em meu joelho. Aquele único toque desfez todo e qualquer progresso que eu tinha feito nas horas que se passaram após nosso confronto no jardim.

— Sobre o que eu te disse mais cedo... me desculpe — ele pediu.

— Qual parte?

— Tudo. Não sei como lidar com isso... Randy... você... nada disso. Tudo parece surreal. No voo até aqui, até rezei para que, por algum milagre, você não viesse.

— Por quê?

— Porque essa situação já é difícil o suficiente.

— Eu achava que nunca mais veria você. Com certeza, não esperava que fosse ser tão difícil me sentir assim depois de sete anos, Elec.

— Assim como?

— Como se o tempo não tivesse passado. Para mim, é porque eu me mantive agarrada a tudo. Nunca te superei, e isso afetou meus relacionamentos e a minha vida. Mas eu estava conseguindo lidar com isso antes... antes disso. De qualquer forma, eu não deveria estar tocando nesse assunto. Isso não importa mais. Você ama a Chelsea.

— Eu amo — ele disse abruptamente.

Ouvi-lo confirmar aquilo com tanta veemência fez meus olhos marejarem inesperadamente.

— Ela é uma boa pessoa. Mas ver você com outra pessoa, depois da maneira como as coisas ficaram entre nós, ainda é muito difícil para mim. E ver você sofrendo é mais difícil ainda.

Eu tinha vomitado minhas palavras e dito exatamente o que estava na minha cabeça, porque, mais uma vez, não sabia se essa seria a última vez que estaríamos a sós juntos. Era importante ele saber como eu me sentia. Sacudi a cabeça repetidamente.

— Me desculpe. Eu não deveria ter dito tudo isso.

As pessoas lá em cima pareciam estar a milhões de quilômetros de distância. Daria para ouvir um alfinete caindo no chão onde estávamos, completamente sozinhos.

Eu estava olhando para baixo quando sua mão me sobressaltou ao pousar em minha bochecha. Lentamente, ele a deslizou para baixo e envolveu meu pescoço.

— Greta... — ele suspirou com um nível de emoção que eu só tinha visto nele uma vez antes: sete anos atrás.

Fechei os olhos e percebi que, por um momento, voltamos no tempo. Eu estava com o antigo Elec — meu Elec. Isso era algo que nunca pensei que fosse sentir novamente. Ele manteve a mão em volta da minha garganta e apertou levemente. Era um gesto inocente, mas havia uma linha fina que ficava cada vez mais frágil a cada segundo que passava. Seu polegar afagou meu pescoço devagar. A sensação de seus dedos ásperos e calejados em minha pele aqueceu meu corpo inteiro. Eu não entendia o que estava acontecendo, e também não tinha certeza se ele entendia. Rezei para que ninguém aparecesse ali, porque, no instante em que ele despertasse daquele momento, meu Elec desapareceria.

— Eu te magoei — ele falou, seus dedos ainda em volta do meu pescoço.

— Tudo bem — sussurrei, meus olhos ainda fechados.

Elec tirou a mão de mim rapidamente quando ouvimos passos.

— Aí estão vocês — Chelsea disse ao se aproximar do sofá onde estávamos. — Não os culpo por quererem respirar um pouco. Essa noite foi cansativa.

De imediato, levantei-me e abri o que provavelmente era o sorriso mais falso que já consegui forçar na vida. Meu coração ainda estava acelerado devido ao que tinha acabado de acontecer.

— O padre está se preparando para fazer uma oração. Eu não queria que você perdesse — ela avisou a ele. — Está se sentindo bem para voltar lá para cima?

— Sim... hã... estou bem — ele respondeu. — Vamos.

Ele me lançou um olhar rápido que foi difícil de interpretar antes de subir as escadas com Chelsea. Fui logo atrás deles e vi quando ele pousou a mão na parte baixa das costas dela, a mesma mão que minutos antes esteve em volta do meu pescoço.

Após o velório, Greg e Clara convidaram algumas pessoas para a casa deles, para tomarem chá da tarde. Minha mãe sentiu-se obrigada a ir, o que significava que eu precisava ir com ela e levá-la para casa depois.

Mamãe e eu fomos as últimas a sairmos da funerária, então, quando chegamos na casa deles, a mesa de jantar estava cheia de pessoas. A casa tinha cheiro de café fresco e scones de mirtilo que Clara tinha acabado de tirar do forno.

No entanto, eu queria ter ido para casa dormir. Amanhã seria mais um longo dia, com o enterro. Eu nem ao menos sabia quando Elec ia voltar para a Califórnia e presumi que ele não ficaria muito tempo depois do funeral.

Elec e Chelsea não estavam em lugar algum. Mesmo que não fosse da minha conta, não pude evitar me perguntar onde eles estavam e o que estavam fazendo.

Assim que tive esse pensamento, Chelsea apareceu na sala de estar, carregando um scone em um prato descartável. Ela tinha trocado seu vestido preto por uma camiseta e um short casual. Seus cabelos estavam presos em um rabo de cavalo frouxo, e ela parecia mais jovem sem maquiagem.

— Oi, Greta. Posso me juntar a você? — Ela sentou ao meu lado antes que eu respondesse.

— Claro. — Abri espaço no pequeno sofá de dois lugares.

— Fico feliz que você tenha vindo. A casa de Greg e Clara é muito bonita, não é? Estou tão feliz por estarmos aqui, em vez de num hotel.

— É, sim.

— Espero poder ter a minha própria casa algum dia, mas com nossos salários no centro juvenil, isso vai demorar um pouco. Nosso apartamento na Califórnia é bem pequeno.

Nosso apartamento.

— Há quanto tempo vocês moram juntos?

— Apenas alguns meses. Estamos juntos há quase um ano. Elec ficou hesitante em se mudar e ficar longe da mãe, mas acabou cedendo. Pilar esteve muito mal por bastante tempo. Você sabe disso, não é?

— Sim. Eu sabia que ela tinha alguns problemas.

— Bem, ela melhorou muito no último ano. Ela tem um namorado agora... mas quando descobriu que Randy tinha morrido, ficou muito mal, então estamos com medo de que ela tenha uma recaída.

— Onde Elec está agora?

— Lá em cima.

— Como ele está?

— Para falar a verdade... ele está agindo muito estanho esta noite.

— Como assim?

Ela olhou em volta para se certificar de que ninguém estava ouvindo a nossa conversa.

— Ok... bem, nós fomos embora do velório um pouco mais cedo e viemos para cá. Ele...

— Ele o quê?

Ela se inclinou para mim e sussurrou:

— Ele queria transar.

Quase regurgitei meu chá.

Por que ela estava me contando isso, pelo amor de Deus?

Tossi.

— Isso é incomum?

— Não. Quer dizer... ele tem um apetite sexual enorme, mas, dessa vez, foi diferente.

Apetite sexual enorme...

Fiz o melhor que pude para agir casualmente e fingir que não estava enjoada com essa conversa, que eu tinha quase certeza de que me traumatizaria.

— Diferente?

— Nós voltamos para cá e ele imediatamente me arrastou lá para cima e começou a arrancar as minhas roupas. Foi como se estivesse fazendo isso para enterrar seus sentimentos, esquecer esse dia. E eu compreendi isso. Mas então, depois que começamos, ele não conseguiu terminar. A expressão dele... era como se sua mente estivesse em outro lugar. E então, ele saiu correndo para o banheiro, fechou a porta com força, e ouvi o chuveiro ligar.

— Ele disse alguma coisa depois disso?

— Não. Nada.

— Deve ter tido algo a ver com tudo que aconteceu hoje — concluí.

E com isso, não me refiro ao momento em que ele colocou a mão no meu pescoço, Chelsea.

— Não posso deixá-lo assim.

— Como assim, deixá-lo?

— Ele não te contou? Não vou poder ficar para o enterro.

— Por quê?

— Meu voo sai amanhã de manhã, às nove. Minha irmã vai se casar amanhã à noite. Eu sei... um casamento em uma noite de sexta-feira. Parece que fazê-lo em um dia de semana reduz o custo do local pela metade. Mas ainda é uma droga para todos nós que temos que trabalhar ou coisas para fazer na vida. Eu serei a dama de honra dela. O momento não poderia ser pior.

Ela vai embora.

— Quando Elec vai voltar?

— O voo dele será no sábado à noite.

— Oh.

Ela cruzou as pernas e deu uma mordida em seu scone.

— Ele sempre foi complexo assim? Tipo, quando era mais novo?

— Durante o breve período em que vivi com ele, eu diria que... sim. Um bom exemplo disso são os livros que ele escreve.

Ela inclinou a cabeça para o lado

— Os livros... que ele escreve?

Ela não sabia?

— Oh... hã... é só uma coisinha que ele fazia de vez em quando. Eu não deveria ter tocado nesse assunto. É irrelevante.

— Nossa, preciso perguntar a ele sobre isso. Não acredito que eu não sabia que ele gostava de escrever. Livros sobre o quê?

Como ele podia não ter contado a ela?

Comecei a entrar em pânico.

— Ficção e tal. Não diga a ele que te contei. — Sacudi a cabeça, insistindo que ela deixasse para lá. — Eu não deveria ter dito nada.

A voz dele foi fria.

— Não. Você não deveria.

Nós duas viramos ao mesmo tempo, encontrando Elec de pé diante de nós.

Merda.

O olhar gélido que ele estava me dando foi todo o indicativo de que precisei para saber que tinha cometido um grande erro. Mas era tarde demais. Agora, cabia a ele controlar o dano causado.

Chelsea deu tapinhas no espaço ao seu lado.

— Sente-se aqui, amor. Por que você não me contou que gostava de escrever? Isso é tão legal.

— Não é nada de mais. Era somente um hobby que eu tinha quando era adolescente.

Não era um hobby; era uma paixão.

Por que você não está mais escrevendo?

— Não acredito que nunca me contou — ela disse.

Ele deu de ombros.

— Bem, agora você sabe.

Fiquei esperando ele olhar para mim, para que eu pudesse sussurrar um pedido de desculpas, mas ele não me deu essa oportunidade.

Clara entrou no cômodo.

— Elec, posso pegar algo para você? — ela ofereceu.

— Algo forte.

— É pra já.

Ela retornou depois com três copinhos de shot cheios com um líquido âmbar. Elec virou os dois primeiros imediatamente.

— Viu só? — Chelsea sussurrou para mim. — Prometa que vai ficar de olho nele por mim, ok?

Elec bateu o último copinho de shot após beber tudo.

— Ela não precisa ficar de olho em mim — ele rosnou.

— Você sabe como estou me sentindo mal por ter que te deixar sozinho.

— Não deveria se sentir. Vou ficar bem. Estarei em casa antes de você acordar no domingo de manhã.

Antes que eu me desse conta, ele iria embora novamente.

Ela apoiou a cabeça no ombro dele. Elec tinha se trocado e vestido uma calça jeans, e seus pés estavam descalços. Aquilo me trouxe um flashback da noite em que ele se abriu para mim pela primeira vez no meu quarto, quando notei como seus pés descalços eram bonitos. Espantei o pensamento, porque quando Chelsea me pediu para ficar de olho nele, com certeza ela não quis dizer que eu deveria ficar encarando e babando.

Minha mãe entrou na sala de estar.

— Querida, acho que preciso ir para casa e descansar para amanhã.

— Ok, então vamos. — Eu só queria me afastar daquele sofá o mais rápido possível.

Chelsea se levantou.

— Greta, eu não vou mais te ver. Você não faz ideia de como foi bom te conhecer. Espero que possamos nos encontrar novamente.

— Igualmente — menti.

Enquanto eu a abraçava, olhei por cima de seu ombro e falei para Elec sem emitir som "me desculpe", esperando que ele me perdoasse por ter aberto o bico sobre sua escrita. Ele ficou apenas olhando para mim, com uma expressão impassível. Por mais que eu não conseguisse entender por que ele nunca tinha mencionado isso para ela, já que o relacionamento deles era tão sério, não importava. Mais uma vez, ultrapassei os limites em relação a ele. Apesar do que quer que tenha acontecido entre nós naquele local vazio na funerária, eu não tinha mais espaço na vida dele. Prometi naquele momento que me manteria distante dele no dia seguinte, a menos que ele me procurasse.

Ele não precisa de mim. Ele tem a ela. Esse seria meu mantra.

Ela abraçou minha mãe.

— Sarah, por favor, aceite novamente minhas mais sinceras condolências. Sinto muito por ter que ir para a Califórnia para estar no casamento da minha irmã amanhã.

— Obrigada — minha mãe disse. Dava para ver que ela estava exausta.

Chelsea sussurrou em meu ouvido:

— Obrigada também por me deixar desabafar sobre aquilo mais cedo.

— Disponha.

Obrigada por me traumatizar.

Em outra vida, essa garota poderia ter sido minha melhor amiga. Eu podia sentir que ela era o tipo de pessoa para quem você podia ligar a qualquer hora da noite para desabafar sobre os problemas. Ela era *gentil* a esse ponto, e eu era *cruel* a ponto de sentir um enorme alívio por saber que ela estava de partida marcada para a manhã seguinte.

Agora, o único obstáculo seria sobreviver às próximas vinte e quatro horas. Depois disso, Elec também pegaria um avião e sairia da minha vida novamente.

Não é?

No fim das contas, não foi tão simples assim.

CAPÍTULO 14

O dia estava lindo, apesar do humor sombrio. Os pássaros estavam cantando, o sol estava brilhando, e eu até tinha conseguido dormir. Mas aquela não era uma bela manhã de primavera comum em Boston. Minha mãe teria que enterrar um marido pela segunda vez na vida, e Elec teria que enterrar seu pai.

Eu não tinha percebido quanta ansiedade a presença de Chelsea tinha me causado até ela me dizer que ia embora na noite passada. Mesmo que eu tivesse que enfrentar Elec novamente, não estava mais tão horrível quando o dia anterior.

Quando entrei no quarto da minha mãe, ela estava sentada na cama, segurando uma foto de Randy e ela no dia de seu casamento. Ela havia usado um terninho branco simples para a cerimônia na prefeitura de Boston. Eles pareciam estar muito felizes juntos naquele tempo.

— Ele tinha muitos demônios, mas me amava — ela disse. — Essa era provavelmente a única coisa sobre a qual eu tinha certeza em relação a ele.

Passei um braço em volta dela e peguei o porta-retrato de sua mão.

— Eu me lembro desse dia como se tivesse sido ontem.

— Esse casamento... foi como um novo começo para ele, mas ele nunca conseguiu resolver seu passado nem superar a raiva que tinha por isso. Ele nunca se abriu comigo sobre esse assunto, e eu nunca insisti.

Soa familiar.

— Acho que eu não queria realmente saber de tudo — ela continuou. — Depois da dor de perder o seu pai, eu só queria algo fácil. Foi um pouco egoísta da minha parte. — Ela começou a chorar. — Ultimamente, eu vinha tentando arrancar as coisas dele, e isso causou muita tensão. Me sentia envergonhada por nunca ter me envolvido na situação entre ele e Elec. Eu estava vivendo em uma bolha.

— Bem, nenhum deles facilitava para que descobríssemos como ajudar.

Ela enxugou os rosto e olhou para mim.

— Sinto muito você ter passado por aquilo.

— Eu? Pelo quê?

— Ver Elec com ela... com Chelsea.

— Como assim?

— Eu sei, Greta.

— O que você acha que sabe?

— Eu sei o que aconteceu entre você e ele na noite antes de ele voltar para a Califórnia.

Coloquei a foto que eu estava segurando sobre a cama para evitar que acidentalmente se estilhaçasse no chão por causa do meu choque.

— O quê?

— Acordei cedo naquele dia. Elec não percebeu que eu o vi saindo do seu quarto para voltar para o dele. Depois, naquela tarde, quando voltei para casa, fui ver como você estava, mas você tinha ido ao mercado. Encontrei uma embalagem de camisinha no seu quarto, e havia um pouco de sangue nos seus lençóis. Você ficou tão deprimida na semana após a partida dele. Eu queria te contar que eu sabia. Queria te dar apoio, mas não queria te constranger ou arranjar problemas com Randy. Ele teria pirado. Fiquei dizendo a mim mesma que você tinha dezoito anos, e que se quisesse que eu soubesse, teria me contado.

— Nossa. Não acredito que você sabia esse tempo todo.

— Ele foi o seu primeiro...

— Sim.

Ela segurou minha mão.

— Me desculpe por não te dar suporte naquele tempo.

— Tudo bem. Como você disse, foi melhor você ter sido discreta.

— Foi... somente sexo... ou significou algo a mais?

— Para mim, significou muito mais. Acho que ele se sentiu da mesma forma, na época. Mas isso não importa mais agora.

— Ele parece estar bem sério com aquela garota.

— É. Eles moram juntos.

— Mas ele não está casado.

Estreitei os olhos.

— O que quer dizer com isso?

— Que se ainda houver algo não dito entre vocês dois, talvez essa seja a sua última oportunidade para dizer de uma vez. Agora que Randy não está mais aqui, provavelmente nunca mais veremos Elec depois de hoje.

Embora eu soubesse que aquele era o caso, a ficha pareceu cair de verdade quando ela falou.

— Obrigada pelo conselho, mas tenho quase certeza de que esse barco já zarpou.

Uma lágrima desceu por minha bochecha, apesar da minha tentativa de parecer não afetada.

— Claramente, não é assim que você se sente.

Pude sentir, por seu cheiro, que ele estava logo atrás de mim. Até mesmo antes disso, meu corpo já podia senti-lo ali. As janelas da igreja estavam abertas, e um vento rápido soprou o aroma de sua colônia e cigarros de cravo em minha direção. Era estranhamente reconfortante. O único outro cheiro era das chamas de velas que rodeavam o altar e o aroma ocasional dos lírios que haviam sido trazidos para cá da funerária.

Mamãe e eu estávamos sentadas na primeira fileira. Virei para trás e encontrei Elec sentado ao lado de Greg e Clara. Eles chegaram poucos minutos depois de nós. Usando uma camisa de botões preta e justa sem gravata, ele estava com o olhar baixo. Ou não percebeu que eu o observei por alguns segundos, ou fingiu não notar.

Não havia nem metade da quantidade de pessoas que estavam no velório no dia anterior. A igreja estava quieta e tranquila, exceto pelos sons distantes do trânsito e o ecoar de sapatos no chão conforme pessoas entravam e seguiam para seus assentos.

Um organista começou a tocar *On Eagle's Wings*, e a música fez com que as lágrimas da minha mãe caíssem com ainda mais força.

O padre recitou a oração fúnebre, que foi genérica e impessoal. Quando ele se referiu a Randy como "pai amoroso", cada músculo do meu corpo ficou tenso. Tecnicamente, se Randy e Elec tivessem um relacionamento normal, seu filho teria se levantado para dizer algumas palavras para ele. Eu não conseguia imaginar o que Elec realmente diria de acordo com a realidade, se tivesse a oportunidade. Em vez disso, ele ficou em silêncio durante todo o memorial. Ele não chorou. Não ergueu o olhar. Estava apenas... ali, o que considerei melhor do que não ter comparecido. Tive que dar crédito a ele por isso.

O memorial passou rápido e, no final, o padre nos deu o endereço do cemitério e anunciou que a família gostaria de convidar a todos para comer em um restaurante local após o enterro.

Fiquei observando enquanto Elec, Greg e alguns outros homens que eram amigos de Randy carregaram o caixão para fora da igreja. Elec continuava a não demonstrar qualquer emoção.

Minha mãe decidiu não usar uma limusine, então entramos no meu carro alugado e seguimos o carro da funerária. Greg, Clara e Elec estavam no carro atrás de nós.

Quando chegamos ao túmulo, nos juntamos em volta da cova enorme diante de uma lápide de granito com O'Rourke gravado na frente. Questionei-me por um segundo se minha mãe seria enterrada naquele local ou com meu pai.

Elec saiu do carro e aproximou-se de onde eu estava, baixando o olhar para o túmulo. Ele ficou encarando o buraco, assim como eu. Quando se virou para mim, sua expressão era de pânico.

É engraçado o quão rápido você consegue deixar o seu orgulho de lado quando sente verdadeiramente que alguém com quem você se importa precisa de ajuda. Estendi a mão para segurar a dele. Ele não me impediu.

— Não consigo fazer isso — ele disse.

— O quê?

— E se eles quiserem que eu ajude a colocar o caixão no túmulo? Não posso fazer isso.

— Tudo bem, Elec. Você não precisa fazer nada que não queira. Não acho que isso seja algo que esperam que você faça, de qualquer forma.

Ele ficou apenas assentindo e piscando, mas sem dizer nada. Engoliu em seco, apreensivo. E então, soltou a minha mão, virou e saiu passando pelas pessoas que estavam começando a chegar. Ele continuou caminhando, ficando cada vez mais distante do local do enterro.

Sem pensar demais, corri devagar com meus sapatos de salto para alcançá-lo.

— Elec... espere!

Quando ele parou, sua respiração estava mais ofegante que a minha, mesmo que eu tenha corrido. Se eu achara que ele estava tendo um colapso na noite passada na funerária, estava enganada. Eu tinha quase certeza de que *esse* era o momento em que ele estava desmoronando.

— Essa parte está me fazendo perceber que é o final definitivo. Não vou aguentar vê-los enterrarem o caixão, muito menos ajudar e ter algo a ver com isso.

— Tudo bem. Você não precisa fazer isso.

— Eu acho que ele nem ao menos queria que eu estivesse aqui, Greta. De qualquer forma, não posso testemunhar isso.

— Elec, a sua reação é perfeitamente normal. Não precisamos voltar. Vou ficar aqui com você.

Ele ficou apenas sacudindo a cabeça em negativa, com o olhar desviado de mim. Estava perdido em pensamentos.

Um corvo pousou próximo a nós, e me perguntei o que aquilo simbolizava.

Após vários segundos de silêncio, ele começou a falar.

— Foi durante uma das nossas piores brigas, mais ou menos um ano antes de eu te conhecer. Randy disse que preferia estar morto e enterrado a ter que viver para ver o fodido que eu estava fadado a me tornar. — Ele baixou o olhar para seus sapatos e sacudiu a cabeça repetidamente. — Eu falei algo parecido com "bem, então, eu vou estar sorrindo o tempo todo quando estiverem enterrando o seu caixão". — Ele soltou uma respiração profunda como se a tivesse segurado enquanto estava falando.

Comecei a chorar.

— Elec...

Ele ergueu o olhar para o céu e, em um sussurro, confessou:

— Eu não queria ter dito aquilo.

Mal pude ouvi-lo, e então percebi que ele estava falando com Randy naquele momento.

Ele olhou para mim com a mão no peito.

— Eu preciso ir. Não posso ficar aqui. Estou enlouquecendo. Não consigo respirar.

Ele começou a andar rápido de repente, e eu o segui.

— Ok. Para onde? Para onde você quer ir? Para o aeroporto?

— Não... não. Você tem um carro, não é?

— Sim.

— Só me tire daqui.

Concordei com a cabeça, e ele me seguiu pelo caminho de cascalhos até o estacionamento. Um grupo de pessoas ainda estava reunido em volta do túmulo de Randy a vários metros de distância. Atrapalhei-me um pouco com as chaves, destravei o carro e Elec entrou, fechando a porta com força.

Imediatamente, liguei a ignição e saí do estacionamento.

— Para onde você quer ir?

— Qualquer merda de lugar que seja o total oposto desse pesadelo. Só dirija por um tempo.

Elec apoiou a cabeça no encosto do assento, fechando os olhos. Seu peito subia e descia conforme ele abriu os três primeiros botões da camisa. Quando chegamos a um sinal vermelho, aproveitei para mandar uma mensagem para minha mãe.

> **Está tudo bem. Elec teve um ataque de pânico e estou dirigindo com ele um pouco. Peça a Greg que te dê uma carona para o restaurante e avise a ele que Elec está comigo. Não sei se vamos perder o almoço.**

Eu sabia que ela não ia responder no mesmo instante, já que o funeral ainda estava acontecendo, mas torci para que checasse o celular assim que percebesse a nossa ausência.

— Merda — ele grunhiu.

— O que foi?

— Meus cigarros estão no carro de Greg. Eu preciso muito de um.

— Podemos parar em algum lugar e comprar.

Ele ergueu uma mão.

— Não. Não pare. Continue dirigindo.

Então, foi o que eu fiz. Durante duas horas seguidas, dirigi pela rodovia. Estava no meio do dia, então o trânsito estava leve. Elec permaneceu quieto o tempo inteiro, olhando pela janela.

Eu tinha que parar, em algum momento, senão iríamos acabar saindo do estado. Quinze minutos após pensar nisso, a placa *Bem-vindo a Connecticut* me cumprimentou. Ele tinha me pedido que o levasse ao completo oposto de um túmulo, que o ajudasse a esquecer. De repente, tive uma ideia brilhante e soube exatamente para onde poderíamos ir.

— Só mais uns vinte minutos e vamos parar em algum lugar, ok?

Ele virou para mim e falou pela primeira vez após horas:

— Obrigado.

Eu quis estender minha mão para segurar a dele, mas resisti. Alguns minutos depois, ele caiu no sono. Lembrei de Chelsea dizendo que ele não estava dormindo direito desde que descobrira que Randy tinha morrido.

Meu celular tocou, e eu atendi.

— Oi, mãe.

— Greta, nós estamos preocupados. O almoço já acabou. Está tudo bem?

— Está sim. Ainda estamos dirigindo. Vamos fazer uma parada daqui a pouco. Não se preocupe, ok? Me desculpe por ter te deixado.

— Estou bem. O pior já passou. Vou ficar na casa de Greg e Clara esta noite. Cuide de Elec. Ele não deveria ficar sozinho.

— Ok. Obrigada por entender, mãe. Eu te amo.

— Também te amo.

Estávamos nos aproximando do nosso destino, então sacudi Elec.

— Acorde. Chegamos.

Ele esfregou os olhos e me fitou, enquanto continuávamos a percorrer o estacionamento comprido.

— Você está me levando para visitar o Mágico de Oz?

Ele tinha razão. O caminho até o prédio meio que lembrava a estrada de tijolos amarelos que levava ao castelo enorme.

— Não, seu bobo. É um cassino.

— Nós fugimos de um funeral e você me trouxe para fazer jogos e apostas? Que porra é essa?

Quando me virei para olhá-lo, esperava ver uma expressão confusa, mas, em vez disso, ele estava com aquele sorriso genuíno raro que vi apenas algumas vezes — o sorriso que entregava que ele estava me zoando. Era a mesma expressão que sempre fazia meu coração palpitar.

E então, ele começou a rir histericamente, cobrindo o rosto com as mãos. Acho que estava meio que delirando.

— Você acha que é de mau gosto?

Ele enxugou os olhos.

— Não, eu acho que é genial pra caralho!

Quando estacionei, ele ainda estava rindo.

— Bom, você me pediu para te levar a um lugar que fosse o completo oposto de um cemitério, Elec.

— É, mas eu estava pensando em talvez um restaurante japonês bem zen ou, sei lá... uma praia?

— Você quer ir embora daqui?

— De jeito nenhum. Eu nunca pensaria nisso, mas, porra, se existe um lugar onde você pode afogar as mágoas, é esse aqui. — Ele olhou pela janela e, em seguida, virou-se para mim com um olhar que me deu arrepios. — Então, me ajude a afogar as minhas mágoas, Greta.

A onda de fumaça de cigarro que circulava pelo ar quando entramos quase me sufocou.

Tossi.

— Não vai ser difícil você encontrar seus amiguinhos cancerígenos nesse lugar. Na verdade, acho que todo mundo está fumando aqui. Com essa quantidade de fumaça, é quase como estar fumando passivamente, e faz tão mal quanto.

— Tente curtir, maninha. — Ele me sacudiu, brincando. A reação do meu corpo às suas mãos fortes em meus ombros não foi uma surpresa. Se ele continuasse me tocando dessa maneira, esse seria um longo dia.

— Por favor, não me chame assim.

— Do que você prefere que eu te chame aqui? Ninguém nos conhece. Podemos inventar nomes. Nós dois estamos usando roupas pretas. Parecemos apostadores mafiosos importantes.

— Qualquer coisa, menos *maninha* — gritei em meio aos sons das centenas de máquinas caça-níqueis no cassino. — O que você gosta de jogar?

— Quero ir para alguma das mesas. E você?

— Só jogo nos caça-níqueis.

— Caça-níqueis? Uau! Pensei que você ia pegar leve hoje.

— Pare de rir.

— Não se vem a um cassino desses para jogar nos caça-níqueis com moedas.

— Eu não sei como jogar em nenhuma das mesas.

— Posso te mostrar, mas, primeiro, precisamos de bebidas. — Ele piscou. — Primeiro a gente *molha*, depois a gente brinca.

Levei um segundo para entender.

Revirei os olhos.

— Algumas coisas não mudam mesmo. Pelo menos, você voltou a fazer piadas sujas. Isso significa que fiz alguma coisa certa hoje.

— Sério, essa ideia... — Ele olhou em volta. — Vir aqui... foi perfeita.

Depois que compramos batatinhas, segui Elec até um salão com luzes baixas onde as pessoas estavam jogando em mesas. Havia um bar em um canto.

— O que elas estão jogando? — indaguei.

— *Craps*. É um jogo de dados. O que você quer beber?

— Vou querer uma Coca-Cola com rum.

— Ok, volto já. Não vá ganhar nada sem mim — ele disse, andando para trás com um sorriso.

Sua expressão sorridente me deixou feliz de verdade, mesmo que eu soubesse que tudo isso era somente uma distração temporária da dor que ele estava sentindo mais cedo.

Enquanto eu esperava Elec voltar com as bebidas, me aproximei de uma das mesas e fiquei logo atrás dos jogadores que estavam de pé. Um homem bêbado, que estava com o rosto vermelho, tinha um sotaque sulista e um chapéu de caubói sorriu para mim antes de desviar sua atenção para o jogo.

Sem entender como jogava, fiquei distraída encarando a mesa, até que todo mundo começou a bater palmas. Quando o bêbado descobriu que tinha ganhado, ele virou e me agarrou pela cintura.

— Você, moça bonita, é o meu amuleto da sorte. Não estava acertando uma esta noite, até você aparecer do nada. Não vou mais perdê-la de vista.

O hálito dele fedia a cerveja, e sua camisa estava ensopada de suor.

Sorri para ele, porque aquilo parecia bem inocente. Bom, isso até ele me dar um tapa na bunda... bem forte.

Quando virei para me afastar, Elec estava se aproximando com duas bebidas. Ele não estava mais sorrindo.

— Me diga que não acabei de ver aquele palerma do caralho batendo na sua bunda. — Ele não esperou pela minha resposta. — Pegue isso aqui — ele disse, me entregando as bebidas.

Ele agarrou o cara pelo pescoço.

— Quem você pensa que é para colocar as mãos nela desse jeito, porra?

O homem ergueu as mãos.

— Eu não sabia que ela estava com alguém. Ela estava me dando uma ajuda.

— Parecia que você a estava forçando a te dar outra coisa. — Elec o arrastou pelo pescoço até onde eu estava. — Peça desculpas a ela agora.

— Olha, cara...

Elec apertou mais o pescoço dele.

— Peça desculpas.

— Me desculpe — o homem falou, engasgado.

Elec ainda estava irado, sem tirar os olhos do cara.

Gesticulei com as bebidas nas nãos.

— Vamos, Elec. Por favor, vamos sair daqui.

O homem gritou atrás de nós:

— Sorte a sua ter chegado naquele momento. Eu estava prestes a sugerir que ela desse um beijinho nos meus dados.

Elec virou de uma vez para voltar para onde o homem estava, mas corri na frente dele, bloqueando seu ataque. Nisso, ele esbarrou em mim, derramando as duas bebidas no meu vestido.

— Elec, não! Não podemos ser expulsos daqui. Por favor. Estou te implorando.

Apesar do seu olhar maníaco, por algum milagre, Elec recuou. Acho que ele sabia que, se desse mais um passo à frente, seria o fim da nossa noite. Fiquei feliz por ele ter percebido que aquele cara não valia a pena.

— Agradeça a ela por você ainda estar com o rosto inteiro — Elec falou antes de me seguir para fora do salão.

Caminhamos em silêncio em direção à saída, até que ele olhou para o meu vestido quando voltamos para o ambiente onde as luzes estavam mais brilhantes.

— Merda, Greta. Você está um desastre.

— Um desastre completo. — Eu ri.

— Vamos. Vou comprar uma roupa nova para você.

— Tudo bem, não precisa. Só estou um pouco molhada.

Meu Deus, Greta. Escolha melhor as palavras.

— Não, não está tudo bem. Isso foi culpa minha.

— Logo vai secar. Vamos fazer assim: se você ganhar alguma coisa, pode gastar tudo em uma roupa nova para mim em uma das lojas caras que tem por aqui. Só assim vou te deixar gastar dinheiro comigo.

— Então, é melhor eu começar logo, porque você está com cheiro de lata de lixo de bar.

— Nossa, obrigada.

— Primeiro, vamos pegar outra bebida para você. Venha.

Fiquei ao lado de Elec enquanto ele pedia nossas bebidas em outro bar.

— Quer ir me ver jogar pôquer, ou prefere ir brincar nas suas caça-níqueis de senhorinha?

— Eu adoraria te ver jogar.

Ele olhou para as mesas de pôquer para analisar as opções.

— Pensando melhor, não vou conseguir me concentrar. Só tem homens nessas mesas. Esses caras vão ficar babando em você, e não estou a fim de arrumar outra briga hoje. Que tal nos separarmos um pouco? Você pode ir brincar com as suas moedinhas, e eu te encontro depois de jogar algumas rodadas.

Apontei para as máquinas que ficavam na diagonal, do outro lado do salão.

— Estarei ali, então.

Ao me afastar dele, pensei que deveria ter perguntado por que se incomodaria se outros caras dessem em cima de mim. Era eu que estava solteira, afinal. Elec não tinha dito que eu não tinha direito de me preocupar com ele? Então, por que se importava com isso, se estava com Chelsea? Eu tive que aguentar vê-lo com sua namorada toda aconchegada nele bem na minha frente, então por que ele não deveria aguentar ver outro cara flertando comigo?

Eu quis mandar uma mensagem com essa pergunta, mas não sabia se ele ainda tinha o mesmo número de sete anos atrás. Decidi mandar a mensagem para o número gravado na minha agenda mesmo assim, para poder desabafar, e se não fosse mais dele, não importaria.

Por que você se incomodaria com outros caras dando em cima de mim? Você não deveria ligar para isso.

Alguns minutos se passaram, e não recebi resposta. Aquele não era mais o número dele. Bem, pelo menos foi bom digitar as palavras.

Escolhi uma máquina *Lucky Sevens* e posicionei-me ao lado de uma senhora com cabelos quase azuis devido ao tonalizante usado para melhorar a aparência do grisalho.

Ela sorriu para mim. Seu batom era rosa fluorescente, e um de seus dentes da frente tinham uma mancha do cosmético.

Puxei a alavanca várias vezes, sem prestar atenção se estava ganhando alguma coisa.

A voz dela me sobressaltou.

— Você parece estar perdida em pensamentos.

— Pareço?

— Quem é ele, e o que ele fez?

Eu nunca mais veria essa mulher de novo depois que fosse embora. Talvez devesse desabafar com ela.

— Você quer a versão longa ou a resumida?

— Tenho noventa anos e o bufê do jantar abre em cinco minutos. Me dê a versão resumida.

— Ok. Estou aqui com o meu meio-irmão. Sete anos atrás, nós dormimos juntos logo antes de ele ir embora.

— Tabu... gostei. Continue.

Dei risada.

— Ok... bom, ele foi o primeiro e único cara de que realmente gostei. Nunca pensei que o veria novamente. O pai dele morreu essa semana, e ele veio para o funeral. Mas não veio sozinho. Ele trouxe uma garota a quem ele, supostamente, ama. Eu sei que ela o ama. Ela é uma boa pessoa. Teve que voltar hoje cedo para a Califórnia. E, de algum jeito, vim parar nesse cassino com ele. Ele vai embora amanhã.

Uma lágrima solitária desceu pelo meu rosto.

— Me parece que você ainda gosta dele.

— Sim.

— Bem, então você tem vinte e quatro horas.

— Não, eu não pretendo fazê-lo estragar as coisas.

— Ele é casado?

— Não.

— Então, você tem vinte e quatro horas. — Ela olhou para seu relógio e apoiou-se em seu andador para se levantar, estendendo a mão para mim em seguida. — Sou a Evelyn.

— Oi, Evelyn. Sou a Greta.

— Greta... o destino te deu uma oportunidade. Não ferre com tudo — ela disse antes de ir.

Durante vários minutos, fiquei pensando sobre o que ela tinha dito, enquanto continuava a puxar a alavanca distraidamente na máquina caça-níqueis. Mesmo que Elec não estivesse com Chelsea, ainda existia o fato de que ele achava que nunca poderíamos ficar juntos por causa de Pilar. Eu não sabia se as coisas mudariam em relação a isso.

Meu celular vibrou. Era Elec.

Eu sei que não deveria ligar para isso. Mas parece que, quando se trata de você, o que eu deveria sentir não importa.

Naquele momento, tomei uma decisão. Eu não iria tomar nenhuma iniciativa para que algo acontecesse entre Elec e mim, mas manteria a mente aberta. Não descartaria nada. Eu teria esperança. Porque, quando me desse conta, estaria com noventa anos e esperando pelo bufê do jantar. Quando esse momento chegasse, eu não queria ter nenhum arrependimento.

CAPÍTULO 15

As luzes começaram a piscar na minha máquina, e estava apitando loucamente. Um monte de números sete se alinhou em uma fila perfeita. O número de créditos ficou girando e girando.

Olhei em volta e todas as pessoas ao redor estavam me olhando.

Elas começaram a aplaudir.

Meu coração estava acelerado.

Puta merda. Eu ganhei.

Eu ganhei!

O que eu ganhei?

Eu ainda não sabia. Não estava entendendo aquela máquina. Ela exibia o número de créditos, mas não a quantia. Quando tudo finalmente parou, ejetei meu ticket e levei até um caixa.

— Eu acho que ganhei, mas não sei quanto.

— Você quer sacar?

— Hã... sim.

A pessoa estava bem pouco entusiasmada para me ajudar.

— Quanto eu ganhei?

— Mil.

— Mil moedas?

— Não, mil dólares.

Cobri a boca e falei contra minha palma:

— Ai, meu Deus!

— Você quer em notas de cinquenta ou de cem?

— Hã... de cem.

Ela me entregou um maço de dinheiro, e senti o cheiro antes de sair correndo para encontrar Elec.

Ao passar em meio ao caos e luzes brilhantes com o dinheiro pesando na minha bolsa, finalmente o localizei em uma das mesas de pôquer. Ele estava muito pensativo, coçando o queixo, e não sabia que eu o estava observando. Sua camisa estava com mais botões abertos, com as mangas dobradas até os cotovelos. Seus cabelos estavam bagunçados de uma maneira que demonstrava que ele passara as mãos pelos fios em frustração. Sua língua deslizava no piercing enquanto ele se concentrava. Havia algo tão dolorosamente sexy no contraste entre seu novo visual usando óculos e as tatuagens em seus braços.

Finalmente, ele bateu as cartas sobre a mesa e pude ler seus lábios dizendo "Merda". Ele olhou a tela de seu celular e se levantou da mesa. Saiu andando e enfim me avistou sorrindo para ele em um canto.

— Eu perdi a minha camisa de duzentos dólares. Eu estava indo bem por um tempo, mas aí o último jogo me fodeu. E você?

Enfiei a mão na minha bolsa e ergui o dinheiro.

— Ah, nada não, só ganhei uma coisinha na máquina de moedinhas...

— Está brincando?

— Mil dólares! — eu disse, balançando as notas diante do rosto dele e pulando no lugar.

— Cacete, Greta! Parabéns!

Quando ele me puxou para um abraço rápido, mas firme, logo fechei os olhos, porque foi tão bom estar em seus braços novamente. Cada nervo meu acordou para a vida naquele breve momento.

Fiquei ouvindo a voz de Evelyn em minha cabeça.

Você tem vinte e quatro horas.

Agora, faltava menos que isso. Uma imagem engraçada de Evelyn com uma arma apontada para minha cabeça surgiu na minha mente.

Guardei o dinheiro na bolsa.

— Vamos sair para jantar e comemorar.

Enquanto caminhávamos pelos corredores procurando um restaurante, o celular dele tocou. Paramos de repente.

— Oi, amor. — Ele me lançou um olhar rápido ao dizer isso, e instintivamente, virei as costas.

Com o coração na boca, afastei-me alguns passos, ainda ouvindo cada palavra.

— Que bom que você chegou bem.

— Eu tive um pequeno ataque no enterro, na verdade. A Greta me levou para andar de carro por aí um pouco até eu me acalmar. Acabamos vindo parar em um cassino em Connecticut. É onde estamos agora.

— Pode deixar.

— Eu também.

— Divirta-se. Diga a todos que mandei um oi.

— Também te amo.

Também te amo.

Bem, isso é o que eu chamo de choque de realidade. E por que fiquei chateada por ele ter contado a ela a verdade, como se essa pequena viagem fosse algum tipo de aventura secreta? Naquele momento, me dei conta de que eu estava me iludindo. É claro que os sentimentos dele depois de me ver talvez tenham ficado um pouco confusos, mas ele a amava, não a mim. Claro e simples. Seu coração estava em um lugar diferente do meu, e eu precisava aceitar isso.

Ele veio até mim.

— Oi.

— Oi.

— Era Chelsea. Ela mandou um oi e me pediu para te agradecer por me ajudar hoje.

Abri um sorriso forçado.

— Oi e de nada.

— Já decidiu o que está a fim de comer?

Admitir a verdadeira resposta para aquela pergunta me levaria à estaca zero.

Vendo que a Coca-Cola com rum que bebi mais cedo tinha feito efeito, eu disse:

— Eu vou ao banheiro. Pode decidir.

Aproveitei a oportunidade para me refrescar e recompor um pouco, embora ainda estivesse com cheiro das bebidas que derramaram no meu vestido. Acho que agora eu poderia pagar por um novo.

Quando saí do banheiro, Elec estava com a cabeça baixa, olhando para seu celular. Ao erguer o olhar, seu rosto parecia pálido.

— Você está bem?

Sua mão estava tremendo, e ele não me respondia.

— Elec?

— Eu acabei de receber essa mensagem. É de um número desconhecido.

Ele me entregou o celular. Fiquei confusa.

— 22?

— Olhe a hora em que a mensagem chegou.

— 2:22. Isso é estranho, mas por que está te incomodando?

— O aniversário de Randy é dia 22 de fevereiro.

Arrepios me percorreram.

— Você acha que essa mensagem é de Randy?

Ele manteve os olhos fixos no celular.

— Eu não sei o que pensar.

— Pode ser apenas uma coincidência. Por que ele te enviaria uma mensagem com o número 22?

— Normalmente, eu não acredito nessas merdas. Não faço ideia. Isso me deu uma sensação estranha.

— Posso entender por quê.

Elec ficou preocupado durante toda a nossa refeição na churrascaria. Eu sabia que ele estava obcecado por causa da mensagem. Para ser sincera, aquilo também me assustou pra caramba.

Voltar para as luzes brilhantes do cassino após o jantar não ajudou a melhorar o humor de Elec. Em determinado momento, fui pegar bebidas para nós.

Quando voltei para onde ele estava sentado, senti como se meu coração tivesse descido para o estômago. Ele estava enxugando lágrimas dos olhos. Fiquei chocada ao ver meu meio-irmão chorando tão abertamente.

Aquilo era a prova de que nem sempre podemos escolher os momentos em que nos cai a ficha sobre a realidade de uma perda. Às vezes, é previsível, e em outras vezes, acontece no lugar onde você menos espera. Ele não tinha chorado no velório, nem no enterro, mas havia escolhido esse momento nesse cassino lotado para finalmente desabafar.

— Não olhe para mim, Greta.

Ignorando sua súplica por privacidade, coloquei as bebidas sobre a mesa e aproximei minha cadeira para perto da dele. Puxei-o para mim e o segurei contra meu peito. Ele não resistiu. A umidade de suas lágrimas escorreu pelo topo do meu vestido. Suas unhas cravaram nas minhas costas, segurando-se em mim como se sua vida dependesse disso. Quanto mais ele chorava, mais eu queria confortá-lo e mais forte eu o abraçava.

Ninguém pareceu nos notar ali, mesmo que não importasse se isso acontecesse.

Sua tremedeira acalmou-se aos poucos e, eventualmente, ele ficou apenas respirando no meu peito.

— Odeio isso — ele disse. — Eu não deveria estar chorando por ele. Por que estou chorando por ele?

— Porque você o amava.

— Ele me odiava. — Sua voz tremeu novamente.

— Ele odiava o que quer que via em você que o lembrava de si mesmo. Ele não odiava você. Não tinha como. Ele só não sabia ser um pai.

— Tem muitas coisas que não te contei. E a parte mais fodida disso tudo é que, mesmo depois de todas as merdas que passamos, eu ainda queria deixá-lo orgulhoso de mim algum dia, queria que ele me amasse.

— Eu sei que sim.

Ele continuou apoiado em mim. Em certo momento, ergueu o olhar, e seus olhos acinzentados estavam vermelhos.

— Onde eu estaria esta noite, se não fosse por você?

— Ainda bem que sou eu que estou com você hoje.

— Eu nunca chorei na frente de ninguém. Sequer uma vez.

— Tudo tem uma primeira vez.

— Tem uma piada ruim escondida nisso aí. Você sabe, não é?

Nós dois rimos. Imaginei o quanto deve ter sido bom para ele rir um pouco. Para mim, uma risada sempre era muito melhor depois de um choro aliviante.

— Você me faz sentir coisas, Greta. Sempre fez. Quando estou perto de você, seja bom ou ruim... eu sinto *tudo*. Às vezes, não sei lidar muito bem com isso, e meu jeito de lutar contra é agindo como um babaca. Não sei o que é, mas sinto como se você enxergasse o meu verdadeiro eu. No instante em que te vi de novo na casa de Greg, quando você estava no jardim... foi como se eu não pudesse mais me esconder atrás de mim. — Ele afagou minha bochecha com o polegar. — Eu sei que foi difícil me ver com Chelsea. Sei que você ainda se importa comigo. Posso sentir, mesmo quando você tenta fingir que parou.

— Tem sido difícil, mas valeu a pena poder te ver de novo.

— Não quero mais chorar hoje.

— Também não quero mais que você chore. Mas se sentir vontade, não tenha medo de chorar. É bom desabafar, aliviar.

Ele estava encarando meus lábios. Eu estava encarando os dele. Os últimos minutos tinham me enfraquecido. Eu queria beijá-lo. Eu sabia que não podia, mas a necessidade era tão intensa que tive que me levantar da cadeira.

Eu estava sentindo como se fosse explodir — tanto física quanto emocionalmente. Estávamos sentados de frente para uma mesa de roleta. Era o único jogo além dos caça-níqueis que eu entendia como jogar. Precisava descontar a minha impulsividade em alguma coisa e tive uma ideia.

Quando você está apostando o coração, arriscar uma quantia em dinheiro não é nada perto disso. Segui em direção à mesa de roleta e joguei um monte de notas que eu tinha ganhado em um número.

— Tudo nesse aqui — eu disse.

O funcionário do cassino olhou para mim como se eu estivesse louca.

Elec se aproximou por trás de mim.

— O que você está fazendo?

Ele não viu qual era a minha aposta. Meu coração batia cada vez mais forte a cada giro da roleta, e tudo a partir de então pareceu acontecer em câmera lenta.

Elec colocou as mãos nos meus ombros, enquanto nossos olhos permaneciam grudados na roleta.

A roleta parou.

Os olhos do funcionário se arregalaram.

Alguém me entregou uma bebida que não era minha.

Derramaram mais álcool em mim.

Pessoas aplaudiam, gritavam, assobiavam.

— 22 é o vencedor!

— Sou eu. Eu ganhei!

Elec me ergueu no ar e nos girou.

Quando me colocou de volta no chão, ele me olhou em choque.

— Você apostou no 22? Você apostou a porra *toda* no 22! Você tem alguma ideia de quanto dinheiro acabou de ganhar?

Virei-me para o homem atrás da mesa.

— Quanto eu ganhei?

— Dezenove mil dólares.

— Puta merda, Greta. — Elec segurou meu rosto entre as mãos e repetiu: — Puta merda. — Parecia que ele estava prestes a me dar um beijo de comemoração, mas impediu-se.

Eu tinha acabado de ganhar uma bolada, mas aquilo não pareceu importar tanto quanto poder compartilhar o momento com ele. Nada superava a sensação de suas mãos segurando meu rosto, ver seus olhos sorrindo para mim, poder transformar seu sofrimento relacionado ao número 22 em algo positivo. Se esse dinheiro pudesse comprar mais tempo com ele, eu daria até o último centavo.

Elec e eu fomos até o caixa, maravilhados. Enquanto eu fui pegar o dinheiro, ele ficou conversando com algumas pessoas que estavam na mesa onde eu ganhei.

Optei por ficar com um cheque da maior parte do valor e pedi mil dólares em dinheiro. Eles também me deram como cortesia uma chave para um quarto do hotel do cassino. Isso tinha me pegado desprevenida, e eu não tinha certeza se deveria ao menos mencionar para Elec.

Quando voltei para onde ele estava, encontrei-o sozinho com um sorriso enorme.

Estendi para ele as dez notas de cem dólares.

— Quero que você fique com isto.

Seu sorriso desvaneceu, e ele tentou me entregar o dinheiro de volta.

— Não vou aceitar dinheiro seu.

— Se não fosse por você, eu nem teria apostado no 22. Eu o escolhi por você.

— De jeito nenhum. — Ele empurrou o dinheiro na minha cara. — Pegue.

Não cedi.

— Isso é somente uma pequena fração do que ganhei. Tenho um cheque com o restante do valor. Vou colocar no banco para ajudar minha mãe. Se você não aceitar esse dinheiro, vou apostá-lo todinho.

— Não faça isso. Não tem como você ter sorte pela terceira vez seguida.

Cruzei os braços.

— Não vou aceitar esse dinheiro de volta. Então, ou você o aceita, ou vou jogar com ele.

Ele suspirou.

— Vamos fazer assim. Vou aceitar o dinheiro, mas vamos gastá-lo juntos esta noite. Vamos nos divertir pra valer com ele.

— Tudo bem. — Abri um sorriso. — Pode ser assim.

Ele olhou para o cartão que eu estava segurando.

— O que é isso?

— Oh, hã... eles me deram a chave para um quarto no hotel como cortesia. Acho que querem que eu continue por aqui e aposte todos os meus ganhos no cassino. Eu não vou usá-lo. Nós vamos voltar para Boston mais tarde, não é?

— Nenhum de nós está em condições de dirigir esta noite.

— Você quer passar a noite aqui? Não podemos dormir no mesmo quarto.

— Eu não estava sugerindo isso, Greta. Vou pegar um quarto para mim.

É claro. Agora eu me sentia idiota por presumir que ele quis dizer isso.

— Certo. Ok. Se você acha que é uma boa ideia, podemos ficar.

— A verdade é que não estou pronto para que essa noite termine. Não quero enfrentar a realidade até realmente precisar fazer isso. Meu voo só sai amanhã à noite. Se formos embora amanhã de manhã, teremos bastante tempo.

Afaguei seu braço.

— Ok. — Segui para fora do salão de jogos. — Para onde vamos primeiro?

— Comprar uma roupa nova para você. Eu vou escolher. Nós vamos a uma festa mais tarde. Você não pode usar isso.

— Festa?

— Sim. Tem uma boate aqui.

— Devo me preocupar? O que, exatamente, você considera um traje apropriado para uma boate?

Ele olhou para a minha roupa.

— Algo que não te deixe parecendo uma mulher grega de oitenta e cinco anos de luto.

Alisei meu vestido.

— O que está tentando dizer?

— Pensando melhor, uma mulher grega de oitenta e cinco anos *bêbada*, já que você está cheirando a cachaça.

— Graças a você.

— Vamos lá gastar dinheiro.

CAPÍTULO 16

— Que tal este? — Ergui um minivestido de chiffon amarelo-canário.

— Você vai ficar parecendo uma banana.

Escolhi outro.

— Este?

Elec sacudiu a cabeça.

— Não.

Ele pegou um vestido bordô de cetim com lantejoulas e o colocou sobre seu braço com tatuagens para estendê-lo e me mostrar.

— Esse aqui é sexy. Experimente.

A princípio, achei um exagero, mas concordei em experimentá-lo.

Dos três vestidos que levei para o provador, o que melhor se ajustou ao meu corpo foi o que Elec escolheu. Ele fazia parecer que eu tinha peitos maiores, e o comprimento curto acentuava minhas pernas. Tive que dar crédito a ele. As lantejoulas eram muito chamativas, mas eu tinha que me lembrar de que estávamos escolhendo uma roupa para irmos para *a balada*.

O vestido me delineou tão bem que não quis sair quando tentei tirar. O zíper ficou emperrado, e eu não conseguia puxar o vestido pela cabeça. Eu estava começando a suar, porque não consegui alcançá-lo para resolver o problema.

— Está tudo bem aí? — Elec perguntou.

— Hã... você pode ver se tem alguma vendedora que possa me ajudar?

— Qual é o problema?

— Não consigo tirar o vestido.

— Bom, você comeu o seu bife e depois terminou de comer o meu no jantar...

— O zíper está emperrado!

Ele riu.

— Posso te ajudar.

— Não! Eu ficaria mais confortável se...

A cortina deslizou e abriu de repente, e ele entrou no provador.

— Venha aqui.

O calor do seu corpo era palpável naquele pequeno espaço. Ele afastou todo o meu cabelo para frente e puxou a parte do vestido que estava presa. Minha respiração acelerou com cada segundo em que suas mãos mexiam no zíper na parte superior das minhas costas.

A imagem que surgiu na minha mente, dele arrancando o vestido de mim e colocando minhas pernas em volta de sua cintura, não estava ajudando.

— Você não estava brincando — ele disse, lutando com o zíper. Após cerca de um minuto, eu o ouvi falar: — Consegui.

— Obrigada.

Ele o deslizou para baixo devagar, apenas alguns centímetros, e então parou.

— Prontinho.

Mas suas mãos continuaram em meus ombros. Eu estava olhando para baixo e, quando ergui o olhar, ele estava me fitando pelo espelho.

Virei-me abruptamente. Nossos rostos estavam próximos, e seus olhos desceram para minha boca, permanecendo lá. Dessa vez, ele não tentou disfarçar o fato de que parecia estar hipnotizado pelos meus lábios.

Ele fechou os olhos por um breve momento, como se para tentar afastar a vontade de me beijar. Fiquei perturbada ao me dar conta de que, se ele tivesse tentado, eu sabia sem dúvida alguma que não seria capaz de resistir. Eu o teria beijado com todas as minhas forças. Minha falta de autocontrole me assustou.

Era impossível ver qualquer coisa além dele naquele momento, nada de Chelsea, nada de consequências. A lembrança de sua boca por todo o meu corpo, dele entrando fundo em mim, era sufocante.

Minha mente podia ser dissuadida, mas com meu corpo era diferente. Ele sabia que estava sob o toque de Elec, algo que ele desejou todos os dias durante os últimos sete anos.

Ninguém esteve à altura dele ou foi capaz de substituí-lo.

Elec havia me arruinado.

Ele podia ser de Chelsea agora, mas meu corpo ainda acreditava pertencer a ele, quer ele soubesse ou não, fosse certo ou errado.

Ele era dela.

Eu era dele.

Isso. Era. Patético.

A vendedora se aproximou do lado de fora do provador.

— Está tudo bem aí?

— Sim! — eu gritei.

Não. Não está.

Nada aconteceu.

Elec saiu do provador assim que a atendente interrompeu nosso momento.

Acabamos escolhendo algumas roupas na seção masculina para ele usar naquela noite.

Em seguida, fomos para a recepção do hotel para pedir um quarto para ele. Ele insistiu em pagar com seu cartão de crédito, e não com o dinheiro que tínhamos.

Fomos cada qual para seu quarto para tomar banho e combinamos de nos encontrarmos em meia hora para ir à boate Roxy.

Enquanto a água caía sobre mim, deleitei-me com a sensação de lavar o álcool e o suor do meu corpo. Mesmo que aquele tivesse parecido ser o dia mais longo da minha vida, fiquei apavorada ao pensar que, em algum momento, chegaria ao fim.

Nem preciso dizer que meu banho foi gelado. Apesar da temperatura, a necessidade de aliviar a tensão que vinha se formando entre minhas pernas o dia todo era demais para aguentar. Deslizei e sentei-me na banheira, deixando a água me golpear enquanto eu tocava meu clitóris pensando nele.

O rosto de Elec entre minhas pernas, seu piercing labial arranhando meu clitóris enquanto ele me lambia vorazmente...

Seu pau em minha boca, batendo na garganta...

A sensação de tê-lo entrando fundo em mim...

Seus olhos grudados nos meus ao gozar...

Meu orgasmo foi quase violento.

Minhas costas ainda estavam pressionadas à cerâmica fria da banheira quando ouvi a batida na porta.

Merda! Ou eu tinha perdido a noção do tempo, ou ele tinha vindo mais cedo.

— Só um minuto!

Enxuguei-me o mais rápido possível, coloquei o vestido bordô, escovei meus cabelos molhados rapidamente e abri a porta.

— Uau. — Após uma longa pausa, ele continuou: — Você definitivamente não parece mais uma senhora de luto.

— O que estou parecendo agora?

— Você parece agitada, na verdade. Você está bem?

Ter que ficar de frente para a pessoa na qual você estava pensando enquanto se masturbava apenas segundos antes era algo que nunca tinha acontecido comigo antes.

— Estou.

— Tem certeza?

Apertei os lábios, tentando não parecer culpada.

— Aham.

Ele estava de matar usando a calça jeans e a camisa azul-marinho justa que comprou mais cedo. Aquele visual tão casual o havia transformado novamente no Elec do qual eu me lembrava. Seu cabelo ainda estava molhado, e o jeito que estava partido acentuava seus olhos.

Porra, aqueles óculos.

— Foi tão bom tomar um banho — ele disse.

— Também achei.

O meu foi particularmente bom.

— Você precisa secar o cabelo?

— Sim. Me dê só um minuto.

Fui até o banheiro e sequei os cabelos o mais rápido que pude, prendendo-o.

Quando voltei para o quarto, Elec tinha ligado a TV na ESPN e estava deitado de costas na cama com as mãos apoiadas atrás da cabeça. Sua camisa tinha subido um pouco, provocando-me com um vislumbre da tatuagem de trevos em seu abdômen. Claramente que minha brincadeira no chuveiro não tinha ajudado em nada a resolver meus "problemas". O quanto antes saíssemos desse quarto, melhor.

— Estou pronta.

Ele se levantou e desligou a televisão. Segui-o para fora do quarto, fechando a porta atrás de nós.

— Você está bonita — ele elogiou ao entrarmos no elevador. — Eu gosto do seu cabelo preso.

— Gosta?

— Sim. Você o estava usando assim quando te conheci.

— Estou surpresa por você se lembrar disso.

Senti uma nostalgia ao me lembrar de estar esperando por ele na janela naquele dia. Não fazia ideia da aventura que me aguardava por causa de Elec.

— Você era tão inocente, no começo. Estava apenas tentando ser legal comigo, e eu fui tão idiota.

— Você foi, sim. Mas acabei aprendendo a gostar disso em você.

— Quando eu não estava te fazendo chorar?

— Tive momentos em que levei as coisas muito a sério, mas, de modo geral, as suas provocações eram divertidas. Não penso naquela época de forma negativa.

— Mas você *era* um pouco masoquista. Isso meio que estragou o meu plano maligno muito cedo.

— Bom, você não era exatamente tão malvado quanto queria que eu acreditasse.

— E, no fim das contas, você não era tão inocente assim.

Nossa pequena viagem cheia de tensão pelas lembranças terminou assim que chegamos à fila da Roxy. Entramos nos confins da boate escura, e Elec desapareceu pelas luzes estroboscópicas para pegar bebidas para nós. A batida da música vibrou em mim conforme eu me balançava de um lado para o outro, tentando entrar no clima enquanto esperava.

Quando ele retornou com sua cerveja e meu drinque, tomei o primeiro gole com pressa. Senti minha garganta congelar com o gelo picado do daiquiri. Estávamos na parte de cima, observando as pessoas lá embaixo na pista de dança, enquanto tomávamos nossas bebidas. O álcool ia ser meu melhor amigo esta noite. Eu não queria tomar um porre, mas esperava que ele me ajudasse a não pensar no dia seguinte.

Eu estava começando a ficar alterada quando senti a mão de Elec envolver firmemente o meu pulso.

— Vamos. — Seus dedos roçaram na parte baixa das minhas costas conforme ele me conduzia pelas escadas.

Eu já deveria saber que ele ia querer me arrastar para a pista de dança. Mas o que eu não esperava de jeito nenhum era que ele fosse um dançarino fenomenal.

Vários olhares femininos na boate seguiam cada movimento seu, enquanto eu descobria que o meu meio-irmão dançava pra caramba.

Quem diria?

Se bem que será que eu deveria estar mesmo tão surpresa com o fato de que alguém que fodia como Elec também sabia mexer o corpo tão bem de outras maneiras?

Senti empatia por aquelas mulheres. Todas tínhamos uma coisa em comum. Nós queríamos um pedaço dele, e nenhuma de nós poderia ter.

Sério. Os movimentos dele pareciam aqueles de strippers, mas isso era bem mais provocante, porque eu sabia que ele não ia tirar a roupa.

Era realmente como um show erótico: o jeito que ele movimentava os quadris, o jeito que sua bunda balançava no ritmo da música, o jeito que sua língua deslizava lentamente pelo piercing enquanto ele se perdia na batida.

Imagine que está assistindo *Magic Mike*, e o DVD ficou preso no *repeat* logo antes da primeira cena de strip-tease começar. Assistir Elec dançando era bem assim.

Movimentei meu corpo no ritmo da música junto com ele, mas ele não me tocou em nenhum momento enquanto dançávamos.

Em certo momento, seu hálito quente fez cócegas na minha orelha quando ele se inclinou para mim.

— Vou procurar um banheiro. Fique aqui, para que eu não te perca de vista quando voltar.

Depois que Elec me deixou sozinha, um homem usando uma camisa de botões cor-de-rosa começou a dançar comigo. Ele começou a falar alto em meio à música, me fazendo perguntas para as quais dei respostas monossilábicas.

Alguns minutos depois, senti um braço envolver minha cintura por trás. O cheiro viciante da pele de Elec o identificou para mim no mesmo instante, então não resisti quando ele me puxou. Quando virei para ficar de frente para ele, seus olhos me fitaram com uma expressão de alerta. Ele não podia dizer nada sobre eu estar dançando com o homem, porque isso seria inapropriado, dada sua própria situação. Elec não tinha direito algum de me impedir de dançar com alguém. Ainda assim, ele sabia que podia fazer isso e se safar, por causa do efeito que tinha sobre mim, que me fazia enxergar apenas ele e mais ninguém.

Um flashback das mensagens de Elec na noite do meu encontro com Corey tantos anos atrás me veio à mente.

"Você nem gosta dele."

"Como pode saber disso?"

"Porque você gosta de mim."

Assim que Elec me levou para longe o suficiente do cara, ele me soltou. Voltamos a dançar e, após mais uma rodada de bebidas, ficou mais fácil me perder no clima. Durante cerca de uma hora, dançamos sem parar. Embora não estivéssemos nos tocando, os olhos de Elec permaneciam fixos em mim. Eu estava começando a ficar um pouco tonta, e aquele foi o indicativo de que talvez estivesse na hora de parar de beber.

De repente, a primeira música lenta da noite começou a tocar. Um alarme disparou na minha mente. Isso não podia acontecer. Acenei com a cabeça para ele me seguir para fora da pista de dança. Comecei a andar e senti sua mão na minha. Parei e virei-me para ele.

Ainda segurando minha mão, ele sussurrou:

— Dance comigo.

Embora eu soubesse que aquele seria o momento que me faria desmoronar completamente, balancei a cabeça e, relutante, deixei-o me puxar para si. Ele respirou fundo no momento em que pousei no calor dos seus braços.

Fechando os olhos, apoiei a cabeça no seu peito e me rendi à dor que vinha crescendo dentro de mim desde o primeiro momento em que o vi com Chelsea. A cada batida forte do seu coração, minhas feridas antigas arrebentavam, destruindo todos os mecanismos de autoproteção que tentei criar nos últimos dias.

Se eu não tivesse me movido daquela posição, talvez tivesse conseguido aguentar até o fim da música. Mas eu era faminta por sofrimento, e precisava saber se a expressão dele combinava com a intensidade das batidas do seu coração.

Minha bochecha deslizou e se afastou lentamente do seu peito. Conforme ergui minha cabeça para olhá-lo, ele baixou o rosto devagar quase ao mesmo tempo, como se estivesse esperando que eu olhasse para ele.

O desejo nos meus olhos era óbvio. Inspirei para capturar cada respiração pesada que escapava por seus lábios. Já que eu não podia beijá-lo, queria ao menos saborear cada suspiro.

E então, ele encostou a testa na minha.

Foi um gesto simples e aparentemente inocente, mas isso junto com o clímax da música foi o meu limite.

Para me salvar de cair nessa armadilha, forcei-me a lembrar suas palavras para Chelsea. "Eu também te amo."

Aquele. Foi. O. Meu. Limite.

Afastei-me dele bruscamente e saí correndo da pista de dança.

Pude ouvi-lo me chamar às minhas costas.

— Greta, espere!

Lágrimas caíam sem parar pelo meu rosto enquanto eu me movia no meio do calor da boate, esbarrando em pessoas bêbadas e suadas ao tentar encontrar a saída. Alguém derrubou bebida em mim, para completar. Não me importei. Eu só precisava sair dali.

Ele me perdeu no meio da multidão.

Após escapar da escuridão da boate, as luzes do saguão do cassino foram um contraste bem-vindo.

Corri até os elevadores e apertei o botão para subir, querendo chegar ao meu quarto o mais rápido possível. As portas estavam começando a se fechar quando um braço tatuado as impediu, abrindo-as novamente para entrar ali comigo.

Sua respiração estava errática. As portas se fecharam.

— Mas que porra, Greta! Por que você fugiu de mim daquele jeito?

— Eu precisava voltar para o meu quarto.

— Não desse jeito.

Ele apertou o botão de parada, fazendo o elevador parar abruptamente.

— O que você está fazendo?

— Não era assim que eu queria que a nossa noite terminasse. Eu ultrapassei um limite. Sei disso. Fiquei perdido no momento com você, e, porra, eu sinto muito. Mas não ia passar daquilo, porque não vou trair Chelsea. Eu não poderia fazer isso com ela.

— Então eu não sou tão forte quanto você. Você não pode dançar comigo daquele jeito, me olhar e me tocar daquele jeito se não podemos fazer nada. E, só para constar, eu não ia *querer* que você a traísse!

— O que você *quer*?

— Quero que pare de dizer uma coisa e agir de uma forma que a contradiz. Nosso tempo juntos está acabando. Eu quero que fale comigo. Naquela noite, no velório... você colocou a mão em volta do meu pescoço. Por um momento, senti como se você tivesse voltado ao momento em que paramos. Na verdade, é assim que me sinto perto de você o tempo todo. E então, mais tarde naquela noite, Chelsea me contou o que aconteceu depois que vocês chegaram em casa.

Ele estreitou os olhos.

— O que exatamente ela te contou?

— Você estava pensando em mim? Foi por isso que não conseguiu transar com ela?

Compreensivelmente, ele pareceu chocado por eu saber daquilo. Eu ainda não entendia por que Chelsea tinha compartilhado aquilo comigo.

Porque ela confiava em mim, e não deveria.

Me arrependi de ter dito aquilo, mas era tarde demais.

Ele permaneceu em silêncio, fitando-me com o olhar irritado, mas parecia querer me dizer alguma coisa.

— Eu quero que me diga a verdade — pedi.

Sua expressão tornou-se furiosa, como se ele tivesse perdido uma batalha de autocontrole consigo mesmo.

— Você quer a verdade? Eu estava fodendo a minha namorada e só conseguia enxergar você. Essa é a verdade. — Ele deu alguns passos na minha direção, e recuei conforme ele continuou: — Fui para o chuveiro, e o único jeito de terminar o serviço foi me imaginar gozando por todo o seu pescoço. *Essa* é a verdade.

Encostei-me contra a parede do elevador, e ele colocou um braço de cada lado do meu corpo, prendendo-me ali.

— Você quer mais? — ele continuou. — Eu ia pedi-la em casamento hoje, no casamento da irmã dela. Eu deveria estar noivo nesse exato momento, mas, em vez disso, estou em um elevador lutando contra a vontade insana de te prender nessa parede e te foder com tanta força que teria que te carregar para o seu quarto.

Meu coração batia descontroladamente, e eu não sabia qual parte do que ele tinha acabado de dizer me chocava mais.

Ele deixou os braços caírem e baixou o tom de voz.

— Tudo que eu achava que sabia virou de cabeça para baixo nas últimas quarenta e oito horas. Estou questionando tudo, e não sei o que fazer, porra. Essa. É. A. Verdade.

Ele liberou o botão de parada, e o elevador continuou a subir — para o 22º andar.

Ele ia pedi-la em casamento.

Eu ainda estava assimilando aquilo. Foi uma mudança muito abrupta para deixar claro o quão fora de alcance ele esteve esse tempo todo.

As portas do elevador se abriram, e conforme seguimos pelo corredor, declarei:

— Não quero mais falar. Preciso ficar sozinha.

Ele não protestou, e voltei para o meu quarto sem dizer mais nada. Fiquei triste porque a nossa noite tinha terminado cedo demais, mas, finalmente, estava mais do que claro que qualquer tempo a mais que eu passasse com ele poderia ser perigoso. Ele ia pegar um voo no dia seguinte, e não havia tempo suficiente para resolver todos esses sentimentos.

Como eu não tinha comprado pijama, me envolvi em um lençol e deitei. Devastada pela notícia bombástica sobre o pedido de casamento que ele tinha jogado em mim sem dó e ainda dolorosamente excitada pelo que ele tinha me dito depois disso, eu sabia que não ia conseguir dormir.

Meia hora se passou. Senti um déjà vu ao ver os números vermelhos no relógio digital me assombrando.

Uma alerta de mensagem soou no meu celular às duas da manhã.

Se eu bater à sua porta esta noite, não me deixe entrar.

CAPÍTULO 17

Ele estava tentando fazer a coisa certa, e ganhou meu respeito por isso. Por mais poderosa que a tentação pudesse ser, eu falei sério quando disse que nunca iria querer que ele a traísse. Ao mesmo tempo, se eu não tivesse ido para o meu quarto, não tenho certeza se poderíamos ter evitado que algo acontecesse. Esta noite provou que a conexão que existiu no passado entre nós ainda estava muito viva e poderosa. Por isso foi melhor passarmos o resto da noite separados.

Eu estava me revirando na cama, ainda incomodada por deixá-lo sozinho. Embora o que aconteceu no elevador tenha estragado o resto da noite, eu precisava lembrar a mim mesma de como esse dia tinha começado — ele ainda estava de luto pelo pai. Ele não deveria ficar sozinho esta noite. Sem contar que estávamos perdendo um tempo precioso, porque, assim que ele voltasse para a Califórnia, eu provavelmente nunca mais o veria nem teria mais notícias dele.

Ele ia se casar com ela.

Me remexi nos lençóis, não aguentando mais aquela insônia. O fato de que o quarto estava congelando não ajudava. Levantei para desligar o ar-condicionado e peguei meu celular antes de voltar para a cama.

Greta: Está acordado?

Elec: Eu estava prestes a fazer o pedido de um espremedor de sucos incrível. Se pedir agora, eles me darão de bônus um mini cortador por apenas 19,99.

Greta: Podemos conversar? Por ligação?

Nem três segundos se passaram antes do meu celular tocar.

— Oi.

— Oi — ele sussurrou.

— Me desculpe — nós dois dissemos em uníssono.

— Você primeiro — eu falei.

— Me desculpe pelo que eu te disse no elevador. Perdi o controle.

— Você estava sendo honesto.

— Isso não justifica. Me desculpe pelo jeito que falei. Você traz à tona o pior que há em mim.

— Que tocante.

— Merda. Isso saiu errado.

Dei risada.

— Acho que sei o que você está tentando dizer.

— Graças a Deus você sempre foi capaz de me ler nas entrelinhas.

— Que tal não ficarmos remoendo o que foi dito no elevador? Eu só quero conversar.

Pude ouvi-lo se movendo na cama. Ele provavelmente estava se preparando para qualquer que fosse a conversa que estávamos prestes a ter.

Ele respirou fundo.

— Ok. Sobre o que você quer conversar?

— Tenho algumas perguntas. Não sei se essa é a minha última oportunidade de fazê-las.

— Tudo bem.

— Você parou de escrever?

— Não. Não parei.

— Por que não contou a Chelsea que você escreve?

— Porque desde que a conheci, estou trabalhando em somente um projeto, e não é algo que tenho vontade de compartilhar com ela.

— O que é?

— É autobiográfico.

— Você está escrevendo a sua história de vida?

— Sim. — Ele suspirou. — Sim, estou.

— Alguém sabe disso?

— Não. Só você.

— É terapêutico?

— Às vezes. Em outras, é difícil reviver certas coisas que aconteceram, mas senti que precisava fazer isso.

— Se ela não sabe sobre a sua escrita, quando você escreve?

— Tarde da noite, quando ela está dormindo.

— Você vai contar a ela?

— Não sei. Tem coisas nele que a deixariam chateada.

— Tipo o quê? Você...

— Minha vez de fazer uma pergunta — ele me interrompeu.

— Ok.

— O que aconteceu com o cara de quem você estava noiva?

— Como mesmo você sabia que eu estava noiva?

— Me responda primeiro.

— O nome dele era Tim. Nós moramos juntos por um tempinho em Nova York. Ele era uma boa pessoa, e eu queria amá-lo, mas não amava. O fato de que eu nem ao menos considerei me mudar para a Europa quando ele foi transferido no trabalho provou isso. Não tem muita coisa além disso, de verdade. Agora, você pode me dizer como sabia?

— Randy me contou.

— Pensei que vocês tinham cortado contato.

— Nós ainda nos falávamos, de tempos em tempos. Perguntei sobre você uma vez, e ele me deu a notícia. Presumi que isso significava que você estava feliz.

— Eu não estava.

— Sinto muito por ouvir isso.

— Você teve outras namoradas além de Chelsea?

— Chelsea é a primeira pessoa com quem tenho um relacionamento sério. Antes disso, só fiz sexo casual por aí.

— Entendi.

— Mas eu não quis dizer... você. Você não foi só um sexo casual. O que aconteceu entre nós foi diferente.

— Eu sei o que você quis dizer. — Após um momento de silêncio, falei: — Eu quero que você seja feliz, Elec. Se ela te faz feliz, fico feliz por você. Você me disse que ela foi a melhor coisa que já te aconteceu. Isso é ótimo.

— Eu não disse isso — ele argumentou.

— Disse, sim.

— Eu disse que ela foi *uma* das melhores coisas. Você também foi. Só que em um tempo diferente.

Um tempo diferente — um tempo que já passou.

Já entendeu agora, Greta?

— Obrigada.

— Não me agradeça. Eu tirei a porra da sua virgindade e fui embora. Não mereço que me agradeça.

— Você fez o que sentiu que precisava fazer.

— Ainda assim, foi errado. Foi egoísta.

— Eu não mudaria nada em relação àquela noite, se isso te faz sentir melhor.

Ele suspirou profundamente.

— Você está mesmo falando sério?

— Sim.

— Eu também não me arrependo de nada que aconteceu naquela noite, só do que aconteceu depois.

Fechei os olhos. Nós dois ficamos em silêncio por um longo tempo. Acho que o dia estava finalmente pesando em nós, fisicamente.

— Você ainda está aí? — perguntei.

— Ainda estou aqui.

Assimilei aquelas palavras, sabendo que, no dia seguinte, ele não estaria mais aqui. Eu precisava de pelo menos algumas horas de sono antes da viagem de duas horas para voltar a Boston pela manhã.

Eu precisava deixá-lo ir.

Deixe-o ir.

— Vou tentar dormir um pouco — eu disse.

— Fique na linha comigo, Greta. Feche os olhos. Tente dormir. Só continue aqui comigo.

Puxei o edredom sobre mim.

— Elec?

— Sim...

— Você foi a melhor coisa que já *me* aconteceu. Espero um dia poder dizer que foi *uma das* melhores coisas, mas, por enquanto, é só você.

Fechei os olhos.

Elec me encontrou na recepção do hotel, onde fizemos o checkout.

Tínhamos tomado banho, mas estávamos usando as mesmas roupas que usamos para ir à boate na noite anterior. Sua barba parecia ter crescido da noite para o dia e, embora seus olhos estivessem cansados, ele ainda estava dolorosamente lindo usando seu traje de boate às dez da manhã.

Suas palavras da noite passada soaram na minha cabeça. "Estou lutando contra a vontade insana de te prender nessa parede e te foder com tanta força que teria que te carregar para o seu quarto."

Paramos na Starbucks do cassino, e enquanto esperávamos nossos cafés, pude senti-lo me encarando. Eu estava tentando não olhar para ele, porque tinha certeza de que ele poderia ver a tristeza em meus olhos.

Acabamos levando nosso café da manhã para a viagem. O caminho para casa foi estranhamente quieto. Foi como a calmaria após uma tempestade. O furacão do dia anterior cedeu espaço para uma sensação dormente e impotente naquela manhã.

Um rock suave tocava na estação de rádio enquanto eu mantinha os olhos na estrada. O que parecia ser o peso de um milhão de palavras não ditas flutuava entre nós, enquanto permanecíamos em silêncio.

Durante todo o caminho, ele disse somente uma coisa.

— Você pode me levar para o aeroporto?

— Claro — concordei sem olhar para ele.

Clara ia levá-lo, originalmente, e eu não sabia bem como me sentia em relação à mudança de planos, que prolongaria a agonia.

Estacionamos em frente à casa de Greg e Clara. Elec correu para pegar seus pertences enquanto eu esperava no carro. Como teríamos um tempinho extra, o plano era passarmos na casa da minha mãe para ver como ela estava antes de seguirmos para o aeroporto.

Ele deixou o celular no banco do passageiro, e uma mensagem apareceu. A tela acendeu, e não pude evitar dar uma espiada. Era de Chelsea.

Vou esperar acordada. Mal posso esperar para você chegar em casa. Tenha um bom voo. Te amo.

Me arrependi de ter olhado, porque apenas solidificou o fato de que aquele era realmente o fim.

Antes que eu pudesse me afogar em autopiedade, Elec se aproximou carregando uma mala preta grande. Ele entrou no carro, olhou para seu celular e enviou uma mensagem rápida, enquanto eu dava a ré para sair.

Mamãe não estava em casa quando chegamos. Mandei mensagem, e ela disse que tinha ido dar uma volta.

Eu não tinha a mínima intenção de ficar sozinha com Elec na casa que guardava todas as nossas lembranças juntos.

Ele recostou-se contra a bancada.

— Ei, ainda tem aquele sorvete por aqui? Faz sete anos que eu o desejo.

Faz sete anos que eu te desejo.

— Acho que você está com sorte — eu disse, abrindo o freezer.

Ironicamente, pensando que ia precisar, eu tinha feito uma porção com minha sorveteira antiga na noite anterior ao funeral e colocado no freezer. É claro que acabei não voltando para casa para tomá-lo.

Servi-o em uma tigela e peguei duas colheres da gaveta. Nós sempre dividíamos a tigela, e em nome dos velhos tempos, mantive a tradição.

— Você colocou mais Snickers.

Sorri.

— Coloquei.

Ele fechou os olhos e gemeu na primeira colherada.

— Não há nada melhor do que o seu sorvete de merda. Senti falta disso.

Senti falta disso.

Estar naquela cozinha e dividindo sorvete com ele fez parecer que os anos não haviam passado mais do que qualquer outro momento, até então. Eu queria que pudéssemos voltar para aquele tempo, termos só mais um dia. Ele estaria lá em cima, em seu quarto, e não indo embora para voltar para ela. Nós jogaríamos videogame. Aquela época era tão simples.

Então, as lembranças da noite em que ele fez amor comigo rodaram na minha cabeça em uma velocidade absurda. *Nem tão simples assim.* De repente, a ficha de que ele estava indo embora começou a cair. O silêncio não estava mais dando certo para mim, então tentei puxar uma conversa leve para mascarar minha melancolia.

— O que Greg e Clara disseram?

— Eles me perguntaram onde eu estava. Contei a eles.

— Eles acharam bizarro?

— Pude ver que Greg ficou um pouco preocupado.

— Por que ele ficaria preocupado?

Ele puxou a colher da boca lentamente e baixou o olhar, hesitando.

— Ele sabe.

— Sabe o quê?

— Sobre nós.

Pousei minha colher e limpei os cantos da boca.

— Como?

— Confidenciei a ele há alguns anos. Eu sabia que ele não contaria a Randy.

— Por que você contou a ele?

— Porque senti que precisava falar sobre isso. Eu não tinha mais ninguém em quem confiar.

— É só que... você me disse para não contar a ninguém, e passei bastante tempo cumprindo isso, até finalmente contar para Victoria anos depois.

— Greg é a única pessoa para quem contei.

— Eu só não achei que...

Ele me cortou.

— Você não achou que o que aconteceu entre nós me afetou da mesma maneira que te afetou. Eu sei. Te levei a acreditar nisso.

— Acho que isso não importa mais — eu disse, tão baixinho que pensei que ele não tinha me ouvido.

Elec franziu a testa ao levar a tigela vazia para a pia, lavando-a e colocando para secar.

Ele virou para mim.

— Você sempre será importante para mim, Greta. Sempre.

Apenas assenti, recusando-me a derramar uma lágrima, mas sentindo-me completamente quebrada por dentro. Era diferente da última vez que nos despedimos. Naquele tempo, embora tenha ficado destruída emocionalmente, eu era jovem e suspeitava que meus sentimentos talvez tivessem sido apenas paixão e que eu superaria, eventualmente.

Infelizmente, dessa vez, com a vantagem da experiência e em retrospecto, eu sabia sem sombra de dúvidas que estava desesperadamente apaixonada por ele.

O caminho até o aeroporto Logan pareceu levar apenas alguns minutos. Um tom de rosa enfeitava o céu, um simbolismo apropriado por estar deixando Elec ir ao pôr do sol. Sem saber como me despedir, escolhi não dizer absolutamente nada durante o caminho, e ele também.

Ao sairmos do carro em frente à entrada do seu terminal, o vento soprou forte em meio ao som ensurdecedor de aviões decolando.

Abraçando-me de maneira protetora, fiquei de frente para ele. Eu não sabia o que dizer ou o que fazer, não conseguia nem olhar em seus olhos. Aquele não era o momento de congelar por completo, mas era exatamente isso que estava acontecendo comigo.

Olhei para o céu, para o chão, desviei para os carrinhos de bagagem... qualquer lugar, exceto para Elec. Eu sabia que, assim que olhasse em seus olhos, desabaria.

Seu tom estava rouco.

— Olhe para mim.

Sacudi a cabeça e me recusei, enquanto a primeira lágrima caía. Enxuguei-a e continuei sem olhar para ele. Não conseguia acreditar que isso estava acontecendo.

Quando finalmente ergui o olhar para o dele, fiquei chocada ao ver que seus olhos também estavam marejados.

— Está tudo bem — eu disse. — Vá. Por favor. Me mande mensagem, se quiser. É só que... não vou aguentar uma despedida longa... não com você.

— Ok.

Me aproximei e dei um beijo rápido em sua bochecha antes de voltar com pressa para o carro e bater a porta.

Relutante, ele recolheu sua mala e seguiu em direção à entrada.

Quando vi as portas automáticas enfim se fecharem, apoiei a testa no volante. Meus ombros sacudiam conforme eu deixava que as lágrimas que vinha lutando para conter caíssem livremente. Era apenas questão de tempo até alguém me mandar sair dali, já que era uma área de embarque e desembarque. Mas eu não conseguia me mexer.

Como imaginei, alguém bateu à minha janela.

— Estou indo. Estou indo — avisei, sem erguer o olhar. Estava prestes a ligar o carro quando a pessoa bateu novamente.

Olhei para a direita e encontrei Elec ali.

Limpei as lágrimas freneticamente e saí do carro, dando a volta para me aproximar dele.

— Você esqueceu alguma coisa?

Ele soltou a mala e confirmou com a cabeça. Ele me pegou de surpresa quando, de repente, segurou meu rosto e me beijou ternamente. Senti como se estivesse derretendo em seus braços. Instintivamente, minha língua tentou entrar em sua boca, mas ele não a abriu para mim. Apenas manteve os lábios pressionados firmemente nos meus, com a respiração errática. Era um tipo diferente de beijo; não do tipo que levava a algo a mais, mas um duro e doloroso.

Era um beijo de despedida.

Afastei-me.

— Vá logo. Você vai perder o seu voo.

Ele não tirou as mãos do meu rosto.

— Eu nunca superei ter te magoado naquela primeira vez, mas te magoar duas vezes... acredite quando digo que essa era a última coisa que eu queria ver acontecer na minha vida.

— Por que você voltou?

— Eu virei e te vi chorando. Que tipo de babaca sem coração te deixaria desse jeito?

— Não era para você ter visto isso. Você deveria ter continuado a andar, porque agora está piorando tudo.

— Eu não queria que aquela fosse a última coisa que vi.

— Se você realmente a ama, não deveria ter me beijado.

Eu não queria ter gritado.

— Sim, eu a amo. — Ele olhou para o céu e, em seguida, para mim, com angústia nos olhos. — Quer saber a verdade? Porra, eu também te amo. Acho que eu não tinha me dado conta do quanto te amo até te ver novamente.

Ele me amava?

Dei uma risada irritada.

— Você ama nós duas? Isso é errado, Elec.

— Você sempre me disse que queria honestidade. Acabei de te entregar isso. Sinto muito se a verdade é uma confusão fodida.

— Bem, ela tem vantagem sobre mim. Você vai me esquecer de novo, em breve. Isso vai simplificar as coisas. — Caminhei de volta para o lado do motorista.

— Greta... não vá embora assim.

— Não sou eu que estou indo embora.

Fechei a porta, liguei a ignição e saí dirigindo. Olhei pelo retrovisor apenas uma vez, e vi Elec de pé no mesmo lugar. Talvez minha reação tenha sido injusta, mas já que ele estava sendo honesto com seus sentimentos, então achei justo eu também ser.

Tudo em que eu conseguia pensar no caminho para casa era como a vida podia ser cruel. Aquele que vai embora da sua vida deveria permanecer longe, não voltar e depois te deixar de novo.

Quando estacionei em frente à minha casa, notei que havia um envelope no banco do passageiro. Eram os mil dólares em dinheiro que eu tinha dado a ele. Isso significava que o dinheiro que gastamos na noite anterior era dele. Havia um bilhete junto.

> *Eu só não queria que você o perdesse apostando.*
> *Nunca poderei retribuir tudo que você me deu,*
> *muito menos tirar dinheiro de você.*

Dois meses após Elec voltar para a Califórnia, eu estava finalmente voltando a uma rotina em Nova York.

Minha mãe veio ficar comigo durante o primeiro mês após a morte de Randy, mas decidiu que não estava feliz morando longe de Boston. Com Greg e Clara cuidando dela e minhas visitas a cada duas semanas, ela estava se reajustando o melhor que podia ao seu novo normal.

Elec e eu não nos contatamos. Foi um pouco decepcionante não ter recebido ao menos uma mensagem, principalmente depois de como as coisas ficaram entre nós, mas eu não ia tomar essa iniciativa. Talvez eu nunca mais tivesse notícias dele.

Ele consumia meus pensamentos todos os dias. Me perguntava se ele tinha pedido Chelsea em casamento. Me perguntava se ele estaria pensando em mim. Me perguntava o que teria acontecido se eu não tivesse ido para o meu quarto na última noite em que estivemos juntos. Então, mesmo que eu estivesse de volta à minha vida normal, minha mente estava constantemente em outro lugar.

A vida em Manhattan era bem previsível. Eu trabalhava por longas horas no escritório e chegava em casa por volta das oito da noite. Quando não saía para beber com meus colegas de trabalho, passava a noite lendo até cair no sono com meu Kindle na cara.

Nas noites de sexta-feira, minha vizinha Sully e eu saíamos para jantar e tomar alguns drinques no Charlie's, o pub que ficava abaixo do meu apartamento. A maioria das mulheres de vinte e poucos anos passava as noites de sexta-feira com um namorado ou um grupo de amigas da mesma idade. Já eu escolhia passá-las com uma travesti de 70 anos.

Sully era um homem asiático pequeno que se vestia de mulher e que, na verdade, deduzi que era uma mulher até uma noite em que uma calça de lycra revelou um pacote enorme e desproporcional. Às vezes, eu pensava em Sully no masculino, outras vezes, no feminino. Não fazia diferença, porque, quando entendi quem ela era, já tinha me apaixonado por ela como pessoa, e não importava qual era seu gênero.

Sully nunca se casou, não tinha filhos e era muito protetora comigo. Sempre que um cara entrava no Charlie's, eu virava para Sully e perguntava:

— Que tal ele?

A resposta era sempre a mesma.

— Não é bom o suficiente para a minha Greta... mas eu o pegaria. — Nós caíamos na gargalhada quando ela dizia isso.

Sempre hesitei em conversar com Sully sobre Elec, porque eu tinha medo de ela ir caçá-lo e lhe dar uma surra. No entanto, certa sexta-feira à noite, depois de tomar margaritas além da conta, finalmente contei toda a história do começo ao fim.

— Agora eu entendo — Sully disse.

— Entende o quê?

— Por que você está aqui comigo toda sexta-feira à noite, e não em um encontro com algum homem, por que você não consegue abrir o seu coração para mais ninguém. Ele pertence a outra pessoa.

— Pertencia. Agora está partido. Como posso consertá-lo?

— Às vezes não dá.

Sully ficou encarando o nada, e suspeitei de que estivesse falando por experiência própria.

— O truque é forçar-se a abri-lo, mesmo que esteja partido. Um coração partido continua batendo. E há muitos homens por aí que tenho certeza de que gostariam de uma oportunidade de tentar consertar o seu, se você permitir. Mas vou te dizer uma coisa.

— O quê?

— Esse... Alec.

— Elec... com e.

— Elec. Ele tem sorte por eu não ter coragem de entrar em um avião. Eu colocaria fogo nas bolas dele.

— Eu sabia que você se sentiria dessa forma. Por isso tinha medo de te contar.

— E eu não sei quem é essa Kelsey...

— Chelsea.

— Tanto faz. De jeito nenhum ela é melhor que a minha Greta, ou mais bonita, ou mais bondosa. Ele é um idiota.

— Obrigada.

— Um dia, ele vai perceber que cometeu um grande erro. Ele vai aparecer aqui, você não estará mais disponível, e a única pessoa para recebê-lo serei eu.

Naquele fim de semana, me senti melhor pela primeira vez desde que Elec partira. Embora não tenha mudado nada, as palavras de encorajamento de Sully me ajudaram a sair um pouco do meu desânimo.

No domingo, enfim coloquei a mão na massa para substituir minhas roupas de inverno por roupas de verão. Eu sempre adiava essa mudança até ser quase tarde demais, quando o verão estava quase acabando. Passei o dia inteiro lavando roupas, separando itens para doação e organizando perfeitamente minhas gavetas. O tempo estava quente e seco, e as janelas do meu apartamento ficaram abertas.

Decidi que merecia uma taça de vinho Moscato depois do longo dia de trabalho. Sentei-me na varanda e fiquei olhando para a rua lá embaixo. Uma brisa suave de verão soprava enquanto o sol começava a se pôr; era um fim de tarde perfeito.

Fechei os olhos e fiquei ouvindo os sons da vizinhança: trânsito, pessoas gritando, crianças brincando no pequeno campo do outro lado da rua. O cheiro de churrasco flutuou até mim vindo de outra varanda ali perto. Aquilo me lembrou de que eu não tinha comido nada o dia inteiro, o que explicava por que o vinho tinha batido tão rápido.

Eu dizia a mim mesma que amava a minha independência: poder fazer o que eu quisesse, ir aonde quisesse, comer o que e quando quisesse, mas, lá no fundo, eu ansiava poder compartilhar minha vida com alguém.

Meu pensamentos sempre pareciam voltar para ele, não importava o quanto eu tentasse evitar. O que eu não esperava nessa noite tranquila de verão era reciprocidade.

Quando ouvi o alerta da chegada de mensagem, não conferi imediatamente. Eu tinha certeza de que era Sully me convidado para seu apartamento para assistir a alguma coisa na televisão ou minha mãe para saber como eu estava.

Meu coração começou a bater descontrolado quando vi o nome dele. Não tive coragem de abrir a mensagem de imediato porque, independentemente de qualquer coisa, eu sabia que iria perturbar o clima calmo da noite. Eu não sabia por que estava com tanto medo. Não tinha como as coisas com Elec terem piorado, a menos, é claro, que ele estivesse me contatando para anunciar formalmente seu noivado, o que me devastaria.

Inspirei fundo, terminei de beber meu vinho em um só gole e contei até dez antes de ver a mensagem.

Eu quero que você o leia.

CAPÍTULO 18

Uma simples frase, e qualquer pequeno progresso que eu tinha feito durante o fim de semana tentando esquecê-lo foi por água abaixo. Minha mão tremia enquanto eu pensava em uma resposta.

Ele queria que eu lesse a autobiografia na qual ele estava trabalhando. Por que agora? De todas as coisas que ele poderia ter dito, essa era a última que eu esperava.

A ideia de descobrir tudo que eu sempre quis era absolutamente empolgante e apavorante ao mesmo tempo — principalmente apavorante. Mesmo que eu tivesse certeza de que havia partes que me deixariam chateada, já sabia qual seria a minha resposta para ele. Como eu poderia dizer não?

Greta: Eu adoraria ler.
Elec: Eu sei que isso é inesperado, especialmente depois de como as coisas ficaram entre nós.

Sua resposta foi imediata, como se estivesse esperando pela minha.

Greta: Eu certamente não estava esperando por isso.
Elec: Não confio em mais ninguém para lê-lo. Preciso que seja você.
Greta: Como você vai me enviar?

Elec: Posso te mandar por e-mail esta noite.

Esta noite? Eu soube naquele momento que definitivamente iria pedir folga no trabalho no dia seguinte. Tinha certeza de que não conseguiria parar de ler assim que começasse. No que eu estava me metendo?

Greta: Ok.
Elec: Não está finalizado, mas é bem longo.
Greta: Vou conferir meu e-mail já, já.
Elec: Obrigado.
Greta: Por nada.

Servi o restante do vinho na taça e inspirei o ar noturno profundamente. O cheiro do churrasco do apartamento vizinho, que antes estava tão apetitoso, agora estava me deixando enjoada.

Saí da varanda, entrando no quarto pela janela. Abri meu laptop e, ansiosa, digitei a senha rápido demais, tendo que tentar várias vezes até conseguir digitá-la corretamente.

No topo da tela, em negrito, havia um novo e-mail de Elec O'Rourke. O assunto era simplesmente *Meu Livro*. Não havia mensagem no corpo do e-mail, somente um documento do Word em anexo. Imediatamente, eu o converti para outro formato, para poder ler no meu Kindle.

Eu sabia que essa história me devastaria. Nela, haveria revelações que explicariam o comportamento de Randy e Elec em relação um ao outro.

O que eu não esperava era que ficaria estarrecida logo na primeira frase.

Prólogo:

A Maçã Não Cai Longe da Árvore

Eu sou o filho bastardo do meu irmão.

Está confuso?

Imagine como eu me senti quando essa bomba foi jogada em mim.

Desde que completei catorze anos, essa revelação passou a me definir.

Minha infância infeliz teria feito muito mais sentido se eu tivesse ficado ciente desse pequeno detalhe antes.

Esse segredo deveria ficar escondido. O plano era me fazer acreditar que o homem que me degradou desde o instante em que comecei a compreender palavras era meu pai.

Quando ele deixou minha mãe por outra mulher, mami acabou tendo um colapso nervoso e me contou toda a verdade, certa noite, sobre como nasci. Assim que ela me revelou todos os detalhes doentios, não conseguia decidir quem era pior: o homem que eu sempre acreditei ser meu pai ou o doador de esperma que nunca tive a chance de conhecer.

A história ferrada da minha vida, na verdade, começou há 25 anos, no Equador. Foi quando um homem de negócios dos Estados Unidos imigrado da Irlanda, Patrick O'Rourke, avistou uma linda adolescente vendendo seus trabalhos artísticos na rua.

Seu nome era Pilar Solis. Patrick sempre gostara bastante de arte e lindas mulheres, então ficou instantaneamente encantado. Com sua beleza exótica e extremo talento, ela era diferente de qualquer pessoa que ele já havia conhecido.

Mas ela era jovem, e logo ele iria embora. Isso não o impediu de ir atrás do que queria.

Patrick tinha um cargo importante em uma usina de café nos Estados Unidos e havia sido encarregado de supervisionar a compra de algumas plantações próximo a Quito.

A única coisa que Patrick estava supervisionando, na verdade, era Pilar.

Ele a visitava em sua banca na rua todas as manhãs e comprava uma pintura todo dia, até que, finalmente, comprou todas. As pinturas de Pilar eram a principal fonte de renda da sua família grande e pobre. Todas as imagens representavam vitrais intrincados pintados a partir de suas memórias.

Patrick ficou obcecado — mais pela garota do que por sua arte. Sua viagem deveria ter durado somente três semanas, mas ele estendeu esse tempo para seis semanas.

Sem o conhecimento de Pilar, Patrick decidiu que só voltaria para casa se pudesse levá-la com ele.

Embora ela tivesse menos de dezoito anos, ele localizou seus pais e começou a cortejá-la com a aprovação deles. Ele lhes deu dinheiro e comprou presentes para cada membro da família Solis.

Ele conversou com o pai dela sobre a possibilidade de levá-la para os Estados Unidos, onde ele poderia cuidar dela, oferecer-lhe estudos e ajudá-la a construir uma verdadeira carreira na arte. A família estava desesperada para que ao menos um deles pudesse ter esse tipo de oportunidade. Eventualmente, eles concordaram em deixá-la ir embora para os EUA com Patrick.

Pilar via-se cativada e assustada ao mesmo tempo em relação àquele homem. Ela sentiu-se obrigada a ir com ele, apesar de seu receio. Ele era bonito, carismático e controlador.

Após levar Pilar para os Estados Unidos, Patrick cumpriu sua palavra. Ele se casou com ela quando ela completou dezoito anos para facilitar sua permanência no país, fez sua matrícula em uma escola de arte e aulas de inglês, e usou suas conexões para conseguir expor seus trabalhos artísticos em algumas galerias. A desvantagem nem precisava ser citada: Pilar era dele. Era sua posse.

O que ela não sabia era que Patrick tinha uma família: uma ex-mulher distante que tinha acabado de se mudar de volta para a cidade com o filho deles.

Certa tarde, Pilar estava pintando no ateliê que Patrick construiu para aquele propósito. Um jovem rapaz forte usando nada além de uma calça jeans, que parecia ter a mesma idade que ela, apareceu na porta. Pilar não fazia ideia de quem ele era, apenas que seu corpo reagiu a ele instantaneamente. Ele era uma versão mais jovem e mais bonita de seu marido. Ela ficou chocada ao descobrir que Patrick tinha um filho e que ele passaria o verão na casa deles.

Todas as tardes, enquanto Patrick estava no trabalho, seu filho, Randy, sentava-se no ateliê para ver Pilar pintando. Começou como algo inocente. Ela contava a ele histórias sobre o Equador, ele a apresentava músicas novas e a cultura pop americana — coisas com que Patrick não se identificava, sendo 20 anos mais velho que eles.

Não demorou muito até Pilar se dar conta de que estava apaixonada pela primeira vez na vida. Randy, que sempre sentiu que Patrick o abandonara, não devia fidelidade ao pai. Quando Pilar admitiu que seus sentimentos por seu marido eram platônicos, Randy não hesitou em tirar total vantagem daquilo.

Certo dia, ele ultrapassou o limite e a beijou. Daquele momento em diante, não teve mais volta. Seus encontros durante as tardes foram de conversas inocentes para encontros sórdidos. Eventualmente, eles começaram a conversar sobre um futuro secreto. O plano era continuarem aquele caso até Randy terminar a faculdade e não depender mais de Patrick financeiramente. Depois, os dois fugiriam juntos.

Enquanto isso, Randy mudou-se de vez para a casa de Patrick para ficar mais perto de Pilar e fingia ter namoradas para disfarçar. Randy e Pilar sempre foram extremamente cautelosos, até que, certo dia, isso não aconteceu, por terem calculado errado a data em que Patrick retornaria de uma viagem de negócios para a Costa Rica.

Aquele foi o dia em que Patrick flagrou sua jovem esposa transando com seu filho na cama deles. Aquele também foi o momento que desencadeou a série de eventos que resultaram na minha existência.

Furioso, Patrick prendeu Pilar em um armário enquanto dava uma surra em Randy antes de expulsá-lo de casa. Em seguida, Patrick presumivelmente estuprou a minha mãe na mesma cama onde a encontrara com seu filho. Quando Randy enfim conseguiu invadir o quarto pela janela, era tarde demais.

O que aconteceu em seguida não está completamente claro, porque os detalhes que recebi sempre foram suspeitos. A única coisa que sei com absoluta certeza é que Patrick não saiu vivo daquele quarto.

Mami disse que ele caiu e acidentalmente bateu a cabeça, em meio a uma luta com Randy. Suspeito que talvez Randy o tenha matado, mas ela nunca admitiria isso, se fosse verdade. Eu sabia que ela protegeria Randy até o dia de sua morte, apesar de ele ter traído o casamento deles.

A polícia nunca suspeitou de nada e acreditou na história de que Patrick caiu e bateu a cabeça.

Por viver esbanjando luxos e pagar as faculdades de Randy e Pilar, Patrick não tinha dinheiro para deixar para eles. Randy teve que abandonar a faculdade e deixar seus sonhos de lado para arranjar um emprego.

Aquele foi o pior momento possível para Pilar descobrir que estava grávida. Ela sabia que não tinha como ser de Randy, já que eles sempre foram extremamente cuidadosos com proteção.

O bebê era de Patrick.

Randy a amava e culpou a si mesmo pela situação em que estavam.

Ele implorou que ela fizesse um aborto, mas ela se recusou.

Randy sabia que nunca poderia aprender a amar o produto da noite em que seu pai estuprou Pilar.

Ele estava certo. Ele não pôde, mas me criou como seu filho mesmo assim e passou o resto de sua vida descontando tudo em mim.

Foi assim que Randy se tornou meu pai, e foi assim que me tornei o filho bastardo do meu irmão.

Aquele era somente o prólogo, e eu já estava sentindo como se minha cabeça tivesse sido atingida por um terremoto. Não conseguia acreditar no que tinha acabado de ler.

Minha mente e meu corpo estavam agora em meio a uma guerra, porque, enquanto meu coração precisava de um longo descanso antes de continuar, meu cérebro tinha a necessidade urgente de virar a página. Assim que comecei a ler, as páginas não pararam de virar pelo resto da noite.

Cheguei à metade do livro quando estava anoitecendo. Ler sobre o abuso verbal que Elec sofreu nas mãos de Randy foi extremamente doloroso. Quando era um garotinho, Elec se escondia no quarto e se perdia nos livros para escapar da realidade. Às vezes, Randy o punia sem motivo algum e lhe arrancava os livros. Em uma dessas vezes, Elec começou a rabiscar uma história em um papel e descobriu que escrever era um escape ainda mais satisfatório. Ele podia controlar o destino de seus personagens, enquanto não tinha controle algum sobre a vida que era forçado a viver na casa de Randy.

Quando era criança, ele não sabia qual era a verdadeira razão por trás do ódio de Randy. O jeito como Pilar protegia Randy era inaceitável, e conforme eu passava as páginas, tive vontade de estrangulá-la. A única coisa boa que ela fez foi ir contra os desejos de Randy e comprar um cachorro para Elec. Lucky se tornou o conforto e o melhor amigo de Elec.

Elec também recontou sobre quando descobriu a infidelidade de Randy. Ele hackeou o computador do pai e descobriu que ele tinha um caso on-line com a minha mãe. Elec sentiu-se culpado, porque foi ele que deu a notícia para Pilar. Randy saiu de casa pouco tempo depois disso.

O colapso de Pilar, subsequente a isso, abriu uma nova onda de desafios. Ela tornou-se dependente de Elec, da mesma maneira que sempre dependeu de Randy. Isso, junto ao momento em que Elec descobriu a verdade sobre Patrick e, em seguida, a morte de Lucky, fez com que ele fosse parar no fundo do poço.

Ele começou a fumar e beber para lidar com o estresse, desenvolveu um vício em tatuagens como uma forma de se expressar e se tornou promíscuo sexualmente. Ele perdeu a virgindade aos quinze anos com uma tatuadora após convencê-la de que já tinha dezoito.

Foi muito difícil aguentar ler certas partes do livro, mas sua honestidade brutal era admirável.

Continuei lendo até chegar ao momento em que foi imprescindível eu fazer uma pausa antes de continuar.

Era o capítulo sobre mim.

Capítulo 15:
Greta

Vingança.

Essa era a única coisa que me faria aguentar ter que passar boa parte do ano morando com Randy e sua nova família, enquanto mami "viajava a trabalho".

Meu único conforto seria a satisfação que eu sentiria por fazer da vida deles um inferno.

Ele ia me pagar por ter feito a minha mãe surtar e me deixado sozinho para juntar os pedaços.

Eu já tinha decidido que a odiava — a filha. Nunca a tinha visto, mas imaginava o pior, baseando-me somente em seu nome, que ironicamente rimava com vendeta.

Greta.

Achei aquele nome feio.

Eu apostava que seu rosto combinava.

No segundo em que saí do avião, a fumaça e o cheiro horroroso de Boston me receberam com um enorme "vá se foder". Eu já tinha ouvido aquela música que falava sobre a água suja daqui, e aquilo não me surpreendeu após dar uma olhada em volta.

Quando estacionamos em frente à casa, recusei-me a sair do carro de Randy, mas estava frio, e minhas bolas estavam congelando, então finalmente cedi e arrastei os pés para entrar.

Minha meia-irmã estava no meio da sala de estar esperando por mim com um sorriso enorme. Meus olhos imediatamente pousaram em seu pescoço.

Puta. Que. Pariu.

Lembra da aposta que fiz sobre o rosto combinar com o nome? Bem, aparentemente, eu tinha perdido aquela aposta para o meu pau. Greta não era feia... nem um pouco.

Esse fato era apenas um pequeno obstáculo ao meu plano, mas eu estava determinado a não deixar que isso me detivesse.

Lembrei a mim mesmo de manter o rosto sério.

Seus longos cabelos loiro-morango estavam presos em um rabo de cavalo que balançaram de um lado para o outro conforme ela veio em minha direção.

— Eu sou a Greta. Prazer em conhecê-lo — ela disse.

Ela tinha um cheiro maravilhoso. Dava vontade de devorá-la.

Corrigi o pensamento em minha cabeça: dava vontade de devorá-la e CUSPI-LA EM SEGUIDA. Não perca o foco.

Sua mão ainda estava entendida enquanto esperava que eu a cumprimentasse. Eu nem ao menos queria tocá-la. Isso me desestabilizaria ainda mais. Eventualmente, acabei colocando a mão na sua, apertando com muita força. Eu não estava esperando que ela fosse tão macia e delicada, como o pé de um passarinho ou alguma merda assim. Ela tremia um pouco. Eu a estava deixando nervosa. Ótimo. Era um bom começo.

— Você é diferente... do que imaginei — ela disse.

O que ela queria dizer com isso?

— E você é muito... sem graça — retruquei.

Você deveria ter visto a cara dela. Por um rápido segundo, ela achou que eu ia ser legal. Cortei aquela expectativa pela raiz quando completei com "sem graça". Seu sorriso bonito transformou-se em uma expressão franzida. Aquilo deveria ter me deixado feliz, mas não gostei nem um pouco.

Na verdade, ela era tudo, menos sem graça. Seu corpo

era bem o meu tipo: pequena com algumas curvas. Sua bunda perfeitamente redonda esticava uma calça de yoga cinza. Claro que ela fazia yoga, com um corpo daqueles.

E o pescoço dela... eu não sabia explicar, mas foi a primeira coisa que notei nela. Tive uma vontade insana de beijá-lo, mordê-lo, colocar a mão em volta dele. Foi estranho pra caralho.

— Você gostaria que eu te mostrasse o seu quarto? — ela perguntou.

Ela ainda estava tentando ser gentil. Eu precisava sair dali antes que perdesse a compostura, então a ignorei e segui para as escadas. Após um breve encontro com Sarah, a quem eu sempre me referi como monstra, finalmente cheguei ao meu quarto.

Depois que Randy veio me encher o saco por meia hora, fumei vários cigarros um atrás do outro e coloquei música para afogar o barulho em minha mente.

Após isso, fui tomar um banho quente.

Esguichei um sabote líquido feminino de romã na mão. Havia uma esponja cor-de-rosa pendurada em um suporte com ventosas na parede. Aposto que era o que ela usava para limpar sua bundinha gostosa. Peguei a esponja e esfreguei meu corpo com ela. Aquela porcaria de romã não estava ajudando muito, então usei um pouco de sabonete líquido masculino para terminar.

O banheiro estava cheio de vapor. Saí do chuveiro, e quando estava me enxugando, a porta se abriu.

Greta.

Aquela era a minha chance de provar que eu mordia, além de latir.

Deixei a toalha cair no chão para deixá-la chocada. A ideia era fazê-la sair correndo dali tão rápido que mal veria nada.

Em vez disso, ela permaneceu parada ali, com os olhos fixos no piercing do meu pau.

Que porra é essa?

Ela nem ao menos estava tentando desviar o olhar,

subindo-o até meu peito. Finalmente, depois do que pareceu uma eternidade, foi como se ela despertasse e percebesse o que estava fazendo. Ela desviou o olhar e pediu desculpas.

Mas eu estava começando a me divertir com aquilo, então a impedi de sair.

— Está agindo como se nunca tivesse visto um cara pelado antes.

— Na verdade... eu nunca vi.

Ela estava brincando, não estava?

— Que pena para você. Vai ser dureza o próximo cara superar isso.

— Você é convencido, hein?

— Me diga você. Não mereço ser?

— Deus... você está agindo como um...

— Um grande escroto?

Hehe. Aquilo a calou.

Mas então, ela começou a encarar meu pau de novo.

Estava começando a ficar desconfortável.

— Agora não tem mais volta, então, a menos que você esteja planejando fazer alguma coisa, é melhor ir embora e deixar que eu termine de me vestir.

Ela finalmente saiu dali.

Eu esperava mesmo que ela estivesse brincando. Se ela nunca tinha visto um cara pelado antes, eu tinha acabado de fazer uma merda muito grande.

Alguns dias depois, eu a ouvi contar à amiga que me achava gato — gato pra caralho, para ser exato. Honestamente, mesmo que eu soubesse que tinha um tipo de efeito sobre ela, não tinha muita certeza se era atração física. Então, ouvir aquilo meio que mudou o jogo. A parte boa: eu sabia que poderia usar aquilo a meu favor. A parte ruim: eu me sentia incrivelmente atraído por ela também, e precisava garantir que ela não soubesse disso.

Morar naquela casa parecia estar ficando mais fácil com o passar dos dias. Embora eu nunca tivesse admitido, não estava mais tão infeliz assim — longe disso.

Eu me divertia fazendo certas coisinhas para mexer com ela, como roubar todas as suas calcinhas e seu vibrador. Ok, talvez isso não fosse só uma coisinha. Contudo, no geral, comecei a perceber que a motivação por trás das minhas ações não era mais o que eu pretendia originalmente.

Me vingar de Randy mal passava mais pela minha cabeça. Agora, eu estava mexendo com Greta simplesmente para chamar sua atenção.

Em questão de dias, eu já tinha praticamente esquecido do meu "plano maligno".

Entretanto, certa tarde, a porra ficou séria quando, intencionalmente, levei uma garota da escola para o Kilt Café, onde Greta trabalhava. Tenho que admitir, eu não tinha dificuldade alguma de conseguir pegar alguma garota e já tinha ficado com algumas das mais gatas da escola só no primeiro mês. Mas todas elas me entediavam. Tudo me entediava — exceto irritar a minha meia-irmã.

Greta nunca me entediava.

A primeira coisa em que eu pensava quando acordava pela manhã era o que iria fazer para torturá-la.

Aquele dia no café não foi diferente, mas foi um ponto de virada — que não tinha mais volta.

Greta estava atendendo a nossa mesa, e eu estava dificultando as coisas para ela de propósito. Ela acabou tentando se vingar de mim colocando um monte de molho picante na minha sopa. Quando percebi, engoli o troço inteiro só para provocá-la. Mesmo que estivesse queimando pra caralho, não demonstrei. Fiquei tão impressionado com ela que poderia beijá-la.

Então, foi o que fiz.

Sob o disfarce de uma retaliação, usei a sopa como uma desculpa para encurralá-la em um corredor escuro e fazer o que vinha querendo há semanas. Nunca me esquecerei do som que ela emitiu quando a agarrei e tomei sua boca molhada na minha. Foi como se ela estivesse faminta por isso. Eu poderia passar o dia inteiro beijando-a, mas isso deveria parecer que era somente pelo molho picante, e não porque eu queria. Então, relutante, afastei-me dela e voltei para a mesa.

Eu estava duro pra cacete, e isso não era bom. Falei para a garota com quem eu estava para me esperar do lado de fora, para que não notasse.

Tive que fazer parecer que o que tinha acabado de acontecer não me afetou e precisava reforçar e rápido a ideia de que tinha sido uma brincadeira. Fazia dias que eu carregava uma calcinha de Greta comigo, apenas esperando pela oportunidade perfeita de provocá-la com isso. Então, deixei sua calcinha fio-dental como parte de sua gorjeta e um bilhete que sugeria que ela trocasse de calcinha, porque devia estar um pouco molhada.

Eu queria poder ter visto sua reação.

Estávamos começando a passar mais tempo juntos. Ela vinha para o meu quarto jogar videogame, e eu olhava rapidamente para seu pescoço vez ou outra, quando ela não estava me observando.

Eu pensava naquele beijo constantemente, às vezes até mesmo quando estava com outras garotas.

Greta e eu sempre tomávamos sorvete juntos, e a vontade de lambê-lo do canto de sua boca era enorme.

Eu podia sentir que estava me apaixonando por ela de várias maneiras, e não gostava daquilo.

Além de me sentir atraído, ela era a primeira garota cuja companhia eu realmente gostava.

No entanto, eu precisava me controlar, já que avançar

qualquer passo com ela não era uma opção. Então, continuei trazendo garotas para casa e fingindo não sentir nada por Greta.

Isso estava dando certo, até que descobri que ela ia sair com um cara da escola, Bentley. Ele não prestava. A amiga dela acabou me convidando para me juntar a eles em um encontro duplo, e aproveitei a oportunidade para poder ficar de olho neles.

Aquilo foi uma tortura. Tendo que esconder meus ciúmes, fui forçado a ficar quieto e assistir àquele panaca colocar as mãos nela. Ao mesmo tempo, a amiga de Greta, Victoria, estava se jogando em mim, e eu não tinha o mínimo interesse. Eu só queria levar Greta para casa em segurança, mas a noite acabou se transformando em algo que não previ. Antes que terminasse, eu quase mandei Bentley para o hospital depois que ele confessou que tinha apostado com o ex de Greta que tiraria a virgindade dela. Fiquei furioso. Nunca tinha sentido na vida a necessidade de proteger alguém como queria protegê-la.

No dia seguinte, Greta retribuiu o favor de uma maneira muito significativa.

Randy entrou em meu quarto e começou com seus discursos abusivos. Ela ouviu e me defendeu de uma maneira que ninguém fizera antes. Mesmo que eu tivesse fingido estar bêbado demais para me lembrar, agarrei-me a cada palavra até ela conseguir expulsá-lo do quarto.

Pensando bem, tenho quase certeza de que aquele foi o momento em que me apaixonei por ela.

Naquele mesmo fim de semana, nossos pais viajaram. O timing foi bem ruim, porque meus sentimentos por Greta estavam mais fortes do que nunca. Inventei uma história sobre ter um encontro só para não ter que ficar sozinho com ela.

Naquela noite, ela me acordou no meio de um sonho. Eu estava tendo um dos meus pesadelos sobre a noite em que mami quase se matou.

Tentei deixar o clima mais leve, porque eu provavelmente pareci um louco gritando enquanto dormia. Falei algo para ela, do tipo "Como posso saber se você não está tentando se aproveitar de mim no meio da noite?".

Foi uma brincadeira.

Ela começou a chorar.

Merda.

Eu tinha ido longe demais.

Todas as provocações que eu vinha usando para mascarar meus verdadeiros sentimentos pesaram nela. Eu tinha que parar, mas sem os insultos e piadas para me esconder, aqueles sentimentos ficariam muito óbvios.

Quando ela saiu correndo para seu quarto, eu sabia que não ia conseguir dormir até, ao menos, fazê-la sorrir novamente. Tive uma ideia e peguei seu vibrador que estava escondendo e o levei para seu quarto. Comecei a fazer cócegas nela com ele.

Eventualmente, ela cedeu às risadas. Nós passamos o resto da noite deitados em sua cama, conversando. Aquela foi a primeira vez em que realmente me abri e cometi o erro de admitir minha atração por ela.

Ela tentou me beijar, e eu cedi. Foi tão bom sentir o sabor de sua boca de novo e não ter que fingir que não era de verdade. Segurei seu rosto e tomei o controle. Eu disse a mim mesmo que nada de ruim aconteceria, contanto que ficássemos apenas nos beijos. Quase consegui me convencer daquilo quando ela me deixou pasmo com as palavras que me arruinariam.

— Eu quero que você me mostre como fode, Elec.

Surtei e a afastei de mim. Foi a coisa mais difícil que já tive que fazer, mas era necessário. Expliquei a ela que nunca poderíamos deixar as coisas irem longe demais.

Tentei muito me distanciar, depois daquilo. Mas aquelas palavras ainda soavam em minha mente à noite, no chuveiro — o dia inteiro, basicamente. Perdi o interesse por outras garotas e preferia bater uma pensando em como seria satisfazer o pedido de Greta de maneiras que ela nunca poderia imaginar.

Semanas se passaram, e eu me sentia cada vez mais desesperado para me conectar com ela novamente de alguma maneira. Decidi deixá-la ler o meu livro. Depois que terminou, ela me escreveu uma carta que colocou em um envelope. Com medo de ver o que dizia nela, não a li de imediato.

E então, veio a noite em que tudo mudou.

Greta tinha saído para um encontro. Eu sabia que o cara da vez era inofensivo, então não fiquei preocupado com ela, dessa vez. Fiquei preocupado comigo. Mesmo que eu não pudesse ter Greta, também não queria que ela ficasse com mais ninguém.

Observei-o pela janela, aproximando-se da porta com um buquê de flores. Que otário. Eu tinha que fazer alguma coisa. Quando ele veio até o andar de cima para usar o banheiro, eu o encurralei no corredor. Dei a ele uma calcinha de Greta e disse que ela tinha deixado a peça no meu quarto. Foi algo muito babaca de se fazer, mas eu estava desesperado.

Fiquei ainda mais puto quando ela saiu com ele. Quando ela me mandou mensagem do carro, pedi que voltasse para casa. Ela achou que eu estava brincando. Eu não estava. Eu tinha perdido minha força de vontade.

Pouco tempo depois, meu celular tocou, e tive certeza de que era Greta.

Mas acabei sendo tomado por um pavor ao ver que era minha mãe.

Ela me ligou para dizer que estava de volta à Califórnia, que tinha sido liberada da reabilitação. Entrei em pânico, porque ela não deveria ficar sozinha, dado seu estado mental. Fiquei sem saber o que fazer, porque, agora, eu teria que voltar para casa imediatamente.

Eu não queria deixar Greta.

Mas tinha que ir.

Mandei uma mensagem para ela pedindo que voltasse para casa, que tinha acontecido uma coisa. Felizmente, dessa vez, ela me deu ouvidos.

Eu sabia que tinha que contar a ela o verdadeiro motivo pelo qual eu ia embora. Quando ela chegou ao meu quarto, estava tão linda usando um vestido azul justo em sua cintura fina. Eu quis tomá-la em meus braços e nunca mais soltá-la.

Contei a ela o máximo que pude sobre mami naquela noite, porque ela precisava saber que eu não estava indo embora por escolha própria.

Tudo estava acontecendo tão rápido. Pedi a ela que voltasse para seu quarto, porque não confiava em mim mesmo. Após tentar muito persuadi-la, ela por fim atendeu. Eu realmente tinha a intenção de fazer a coisa certa e manter distância dela naquela noite.

Eu estava sozinho e já sentia sua falta, mesmo que ela estivesse no quarto ao lado. Decidi abrir sua carta, esperando encontrar algumas correções gramaticais e pequenas críticas sobre o meu livro.

Ela disse coisas naquela carta que ninguém nunca me dissera antes, coisas que eu precisava tanto ouvir: que eu era talentoso, que eu a inspirava a seguir seus próprios sonhos, que me respeitava, que se importava comigo, que mal podia esperar para ler mais coisas escritas por mim, que tinha se apaixonado pela minha escrita, que estava orgulhosa de mim, que acreditava em mim.

Greta me fez sentir coisas que nunca senti antes. Ela me fez sentir amado.

Eu amava essa garota, e não podia fazer nada a respeito disso.

Sem pensar demais, bati à sua porta e decidi dar a ela o que me pediu.

Eu poderia dar detalhes sobre todas as coisas que Greta e eu fizemos naquela noite, mas, sendo sincero, não é algo que eu me sinta confortável para escrever devido à tamanha importância que isso teve para mim. Ela confiou em mim o suficiente para me dar algo que nunca pertenceria a mais ninguém. Aquela noite foi sagrada para mim, e espero que ela saiba disso.

A única coisa que direi é que nunca vou me esquecer de uma expressão sua em particular. Seus olhos estavam fechados, e então, ela os abriu e olhou para mim no primeiro instante em que estive completamente dentro dela.

Até hoje, ainda não consegui me perdoar por tê-la deixado na manhã seguinte. Eu nunca me senti tão apegado a alguém. Ela havia se entregado completamente para mim. Ela era minha, e eu a joguei fora. Deixei que a culpa e a necessidade profunda de proteger minha mãe, para poder justificar minha existência, vencessem minha felicidade.

Acho que Greta nunca soube que eu já a amava muito antes daquela noite.

E enquanto escrevo isto, o que ela definitivamente não sabe é que, alguns anos depois, eu voltei por ela, mas era tarde demais.

CAPÍTULO 19

Ele voltou por mim?

Cobri o peito com a mão, como se isso fosse impedir que meu coração saltasse para fora.

Estava no meio da manhã, e a agitação diária da cidade podia ser ouvida através da minha janela. O sol estava iluminando o apartamento. Eu já tinha ligado para o trabalho para avisar que não iria, porque eu precisava terminar esse livro hoje.

À noite, teria uma comemoração do aniversário de trinta anos de uma colega de trabalho em uma boate no centro da cidade, e eu não sabia se seria capaz de largar o livro a tempo de ir.

Fui para a cozinha beber um pouco de água e forcei-me a comer uma barrinha de granola. Eu precisaria muito de energia para conseguir ler a próxima parte.

Ele voltou por mim?

Aconcheguei-me no sofá, respirei fundo e virei a página.

Você tem que tratar o vício por uma pessoa da mesma maneira que trataria o vício em drogas. Se eu não podia ir até o fim com Greta, então não podia fazer nenhum contato com ela, porque isso me faria perder o controle.

Nem mesmo ligar ou mandar mensagem seria possível. Isso parecia rigoroso, mas eu não seria capaz de aguentar nem ouvir a voz dela se não podíamos ficar juntos.

Isso não significava que eu não estava sofrendo e pensando nela todo santo dia. Aquele primeiro ano foi um inferno.

Mami não estava nem um pouco melhor do que antes da minha ida para Boston. Ela ficava me interrogando e pedindo informações de Randy e Sarah, bisbilhotando o perfil de Sarah no Facebook e me acusando de ser um traidor depois que admiti que minha madrasta não era tão ruim assim depois que você a conhecia. Eu nem ao menos podia mencionar o nome de Greta, porque não queria que minha mãe também a bisbilhotasse na internet ou suspeitasse de nada. Mami tinha voltado a tomar remédio para dormir, e eu tinha que vigiá-la como um falcão.

Eu estava certo ao presumir que ela não aguentaria nem imaginar que estive com Greta naquele tempo. Era uma ironia triste: mami estava obcecada por Sarah, e sem que ela soubesse, eu estava obcecado pela filha de Sarah. Éramos um par bem fodido.

Não se passou um dia sem que eu pensasse na possibilidade de Greta estar com outro cara. Aquilo me enlouquecia. Eu estava tão longe e tão impotente. Ironicamente, havia uma parte de mim que desejava que, pelo menos, eu pudesse protegê-la como minha irmã, mesmo que não ficássemos juntos. Doentio, não é? Mas e se alguém a machucasse? Eu nem ao menos saberia e não poderia dar uma surra nele. E nem me fale sobre a ideia dela transando com outro cara. Eu cheguei a abrir um buraco na parede do meu quarto com um soco, certa vez, só de pensar nisso.

Então, uma noite, perdi o controle e mandei uma mensagem, dizendo que sentia sua falta. Pedi que ela não respondesse. Ela não respondeu, e aquilo me fez sentir pior. Jurei que nunca mais repetiria aquele erro.

Minha vida tinha voltado a ser exatamente como era antes

da minha mudança para Boston: fumar, beber e foder garotas com as quais eu não me importava. Era vazio. A única diferença de antes era que agora, bem lá no fundo, por baixo de toda aquela promiscuidade, havia um anseio por mais... por ela. Ela tinha me dado um gostinho do tipo de conexão humana que nunca existiu na minha vida antes.

Eu esperava que esse sentimento torturante em meu peito fosse embora com o tempo, mas nunca foi; apenas se intensificou. Acho que era porque, no fundo, eu também sentia que, onde quer que estivesse, Greta estava pensando em mim, sentindo-se da mesma forma. De alguma maneira, eu sentia, e isso me corroeu por anos.

Dois anos depois, o estado mental de mami finalmente melhorou depois que ela conheceu um cara.

Ele era seu primeiro namorado desde que Randy a deixara. George era libanês e proprietário da loja de conveniências que ficava na rua onde morávamos. Ele passava bastante tempo na nossa casa e sempre levava pão sírio, húmus e azeitonas. Pela primeira vez na vida, a obsessão da minha mãe por Randy parecia ter minguado.

George era um bom homem, mas, quanto mais feliz ela ficava com ele, mais amargo eu me tornava. Eu tinha desistido da única garota pela qual já havia me apaixonado porque pensei que isso devastaria a minha mãe irreparavelmente. Agora, ela estava feliz, e eu continuava infeliz. E tinha perdido Greta.

Senti que tinha cometido o maior erro da minha vida.

Eu precisava conversar com alguém sobre isso, porque a minha raiva estava me corroendo por dentro, dia após dia. Nunca mencionei o que aconteceu com Greta para absolutamente ninguém. A única pessoa em que eu podia confiar era o amigo de Randy, Greg, que havia se tornado um segundo pai para mim.

Ele me deu algumas informações durante nossa ligação

naquele dia: ao que parece, Greta tinha se mudado recentemente para Nova York. Ele tinha até mesmo seu endereço, da sua lista de cartões de Natal. Greg tentou me convencer a pegar um voo até lá e dizer a ela como me sentia. Achei que ela não ia querer me ver, mesmo que ainda se importasse comigo. Eu a tinha magoado tanto que não sabia como ela poderia me perdoar. Greg achou que ir vê-la demonstraria bem meu arrependimento. Apesar dos meus medos, comprei uma passagem para o dia seguinte, que seria véspera de Ano-Novo.

Falei para mami que estava indo visitar uma amiga que conheci há alguns anos para comemorar o feriado na cidade. Eu não contaria a ela sobre Greta a menos que as coisas dessem certo.

O voo de seis horas foi a experiência mais estressante da minha vida. Eu só queria chegar logo. Eu só queria abraçá-la novamente. Não sabia o que ia dizer ou o que ia fazer quando colocasse os olhos nela. Nem sabia se ela estava com alguém. Estava dando um tiro no escuro.

Foi a primeira vez na vida em que me coloquei em primeiro lugar e segui meu coração.

Esperava não ter chegado tarde demais, porque queria muito ter a oportunidade de dizer a ela tudo que deveria ter dito há três anos. Ela nem ao menos sabia que eu a amava na noite em que me entregou sua virgindade.

Se o voo tinha demorado uma eternidade, a ida de metrô até seu prédio pareceu ainda mais longa e frustrante. Enquanto o transporte balançava, cada lembrança que eu tinha dela passou em minha mente como um filme. Não pude evitar sorrir ao pensar em algumas das merdas que aprontei com ela e em como ela levava na esportiva. Ela me fazia feliz. Mais ainda, minha mente viajou até nossa última noite, quando ela me entregou a posse completa de seu corpo. O metrô parou; havia um leve atraso. Chegar até ela parecia tão urgente agora.

Eu precisava chegar até ela.

Quando finalmente cheguei em seu prédio, conferi de novo o endereço que tinha anotado em um pedaço de papel.

Seu sobrenome, Hansen, estava escrito em caneta ao lado do apartamento 7B na lista do interfone.

Não houve resposta. Descartei a ideia de ligar para ela ou mandar mensagem, porque tive medo de ela dizer que não queria me encontrar antes que eu tivesse a chance de vê-la. Eu precisava, pelo menos, ver seu rosto.

O restaurante que ficava no térreo serviu como um local perfeito para esperar antes de tentar ir bater à sua porta novamente.

Bati àquela porta a cada hora, desde quatro da tarde até nove da noite. A cada vez que eu fazia isso, não havia resposta, e eu voltava para o Charlie's Pub e esperava.

Eram 21:15. Eu nunca esqueceria o momento em que consegui o meu desejo.

Eu a vi.

Mas não da maneira que eu queria que acontecesse.

Greta.

Ela estava usando uma parka off-white grossa ao entrar no Charlie's. Ela não estava sozinha. Um cara — que parecia bem mais ajeitado que eu — estava com um braço em volta dela.

A comida gordurosa em meu estômago ameaçou voltar.

Ela estava rindo quando eles se sentaram a uma mesa no meio do restaurante. Ela parecia feliz. Não notou minha presença, porque eu estava em uma mesa em um canto e ela estava de costas para mim.

Seus cabelos estavam presos em um coque. Fiquei observando-a retirar o cachecol lavanda que estava usando, revelando a parte de trás de seu lindo pescoço — o pescoço que eu deveria estar beijando esta noite depois de dizer a ela o quanto a amava.

O cara se aproximou e a beijou delicadamente no rosto.

Uma voz dentro de mim gritou "Não encoste nela!".

Pude ler os lábios dele dizendo "Eu te amo".

O que eu deveria fazer? Ir até lá e dizer "Oh, olá, eu sou

o meio-irmão da Greta. Transei com ela até cansar, uma vez, e fui embora no dia seguinte. Ela parece estar feliz com você, e aposto que você realmente a merece, mas eu queria saber se você poderia me dar licença e me deixar assumir a partir de agora".

Meia hora se passou. Vi o garçom servir a comida deles. Eu os vi comer. Vi o cara se inclinar várias vezes para beijá-la. Eu fechava os olhos e ouvia o doce som de sua risada. Não sei por que fiquei ali. Eu simplesmente não conseguia deixá-la. Sabia que aquela provavelmente era a última vez que a veria.

22:15. Greta levantou de sua cadeira e o deixou colocar a parka em seus ombros. Ela não olhou na minha direção uma única vez. Eu não tinha parado para pensar no que teria feito se ela me notasse. Estava muito entorpecido para me mover ou pensar claramente.

Observei-a cada segundo até a porta se fechar atrás deles.

Naquela noite, perambulei pela cidade e acabei indo parar na Times Square para ver a bola descer na virada do ano. Em meio aos confetes, apitos e gritos, me perguntei como tinha chegado ali, porque ainda estava desnorteado desde que saí do restaurante.

Uma mulher aleatória de meia-idade me puxou e me abraçou quando o relógio marcou meia-noite. Não tinha como ela saber, mas nunca precisei tanto de um abraço na vida quanto naquele momento.

Embarquei em um avião de volta para a Califórnia na manhã seguinte.

Alguns meses depois, Randy ligou para mim pela primeira vez depois de quase um ano. Casualmente, perguntei por Greta, e ele me contou que ela estava noiva. Aquela foi a última vez que mencionei seu nome.

Demorei quase três anos até conseguir realmente seguir em frente com outra pessoa.

Tive que parar. Arremessei meu Kindle do outro lado do quarto. Meus olhos estavam tão cheios de lágrimas que as palavras começaram a ficar embaçadas.

Fechei os olhos com força para ver se conseguia me lembrar de alguma coisa que podia ter me dado algum indício sobre o fato de que Elec estava lá. Ele estava lá. Como eu pude não perceber que ele estava logo atrás de mim?

Ele tinha voltado por mim.

Eu ainda não tinha assimilado aquilo.

Lembrei-me daquela noite.

Lembrei que Tim e eu ainda estávamos na fase de lua de mel do nosso relacionamento. As coisas estavam indo bem.

Lembrei que, embora fosse véspera de Ano-Novo, passamos o dia inteiro fora, procurando um computador novo para mim.

Lembrei que passamos em meu apartamento para guardá-lo e, depois, fomos para o Charlie's jantar antes de irmos para a Times Square assistir à bola descer.

Lembrei que, quando o relógio marcou meia-noite, Tim aqueceu-me do frio com seus beijos.

Lembrei de me perguntar por que, mesmo em meio àquela noite mágica com um homem que parecia perfeito e que gostava de mim de verdade, tudo o que eu queria era Elec. Tudo em que eu conseguia pensar era Elec: onde ele estava naquele exato momento, se estava assistindo às festividades pela TV, se também estava pensando em mim.

O tempo todo, Elec estava bem ali.

O destino não estava a nosso favor.

Nos capítulos seguintes, ele escreveu sobre encontrar uma carreira que fizesse a diferença, e como acabou se estabelecendo no serviço social. Ele sentia que tinha a responsabilidade de ajudar os outros, particularmente crianças que vinham de lares problemáticos, assim como ele.

Passei rápido pelos capítulos que detalhavam como ele conheceu Chelsea. Foi a única parte do livro que senti vontade de acelerar. A essência deles era que ele a conheceu no centro juvenil, e eles saíram bastante como amigos após o trabalho. Ele estava apreensivo quanto a se envolver com ela, porque sabia que ela era o tipo de garota que queria um relacionamento sério. Ele não tinha certeza se estava pronto para isso. Com o tempo, ela passou a fazê-lo me esquecer, o fazia rir, ele aprendeu a amá-la e a se importar com ela. Ela foi sua primeira namorada séria, ele pretendia pedi-la em casamento... até que...

Senti como se meu mundo estivesse desabando naquele dia.

As coisas estavam melhor do que nunca na minha vida. Meu emprego era estável e satisfatório. Chelsea e eu estávamos morando juntos, e eu pretendia pedi-la em casamento no casamento de sua irmã, dali a apenas alguns dias. Eu estava guardando um anel de ouro branco com um diamante de um quilate há semanas.

Mami estava bem melhor. Ela estava muito envolvida em seus novos projetos de arte. Embora tenha terminado com George há um ano e tido uma recaída enorme, ela agora estava namorando outro cara chamado Steve, que, mais uma vez, tirou o foco dela de Randy. Então, a vida estava tão boa quanto possível — até que uma ligação de Clara mudou tudo.

— Sinto muito por te dizer isso, Elec. Randy teve um ataque cardíaco e morreu.

Aquelas foram as primeiras palavras que saíram de sua boa. A princípio, minha reação foi a mesma que seria se ela estivesse me ligando para dizer em que dia da semana estávamos.

Randy estava morto.

Não importava quantas vezes eu repetisse aquilo mentalmente naquele dia; a ficha não caía.

De alguma maneira, Chelsea me convenceu a ir para o

funeral, apesar do meu bom senso dizer que era melhor não. Randy não iria querer que eu estivesse lá. Eu ainda estava em choque e dessensibilizado demais para lutar contra sua tentativa de fazer eu me sentir culpado se não fosse. Ela não sabia o tipo de relacionamento que Randy e eu tivemos. Em sua perspectiva, não havia desculpa para eu não ir. Foi mais fácil simplesmente ceder do que ter que contar tudo a ela. Eu também sabia que mami não ia aguentar ir. Ela queria que eu fosse em seu lugar para representar a nós dois. Então, quando dei por mim, estava em um avião com Chelsea indo para Boston.

O ar parado no avião estava sufocante. Chelsea ficou segurando minha mão, enquanto eu ouvia música nos fones de ouvido no volume máximo. Eu estava quase conseguindo me acalmar, quando uma lembrança do rosto de Greta me induziu mais pânico ainda. Além de eu ter que lidar com a morte de Randy, ela provavelmente também estaria lá com seu marido.

Porra.

Eu sabia que seriam os piores dias da minha vida.

Quando chegamos à casa de Greg e Clara, eu estava muito nervoso. Chelsea e eu tomamos um banho juntos no banheiro de hóspedes, mas isso não ajudou em nada a acalmar meu nervosismo. Antes de sairmos da Califórnia, comprei um maço dos cigarros de cravo importados que eu costumava fumar. Peguei um e o acendi, sentado na cama enquanto Chelsea ainda estava no banheiro se vestindo. Fiquei decepcionado comigo mesmo por ter uma recaída e voltar a fumar, mas parecia ser a única coisa capaz de me ajudar a me manter inteiro, àquela altura.

Eu não tinha ânimo algum para me vestir e descer as escadas. Acendi outro cigarro, traguei profundamente e segui para as portas de vidro que davam para uma varanda com vista para o quintal. O céu estava nublado.

Olhar para baixo foi um erro colossal.

Fechei uma mão em punho em resposta ao fato de que meu coração estava muito acelerado.

Não era para nos reencontrarmos. Uma parte de mim que

havia morrido estava voltando à vida quando não deveria. Eu não sabia como lidar com aquilo.

Greta estava de costas para mim. Ela estava encarando o jardim e devia ter acabado de descobrir que eu estava ali. Provavelmente estava tentando planejar sua fuga para não ter que me encarar, ou talvez só estivesse tão zangada com essa situação quanto eu. O fato de que ela estava ali sozinha me disse que minha presença a estava afetando.

— Greta — sussurrei comigo mesmo.

Foi como se ela tivesse me ouvido, porque virou para mim. De repente, um maremoto de emoções que passei a tentar enterrar desde aquela noite em Nova York veio com tudo, me inundando. Eu não estava preparado para ver seu rosto me olhando.

Dei mais uma longa tragada.

Eu também não estava preparado para a raiva que sentiria desse momento. Com apenas um olhar em seus olhos, eu estava começando a sentir tudo: a compreensão da morte de Randy, o lembrete doloroso dos meus sentimentos não-resolvidos por ela, o ciúme e a decepção esmagadora daquela noite em Nova York, a contração do meu pau traidor.

O nível de fúria que estava se formando dentro de mim foi uma surpresa desagradável.

Eu estava tão confuso.

Eu não queria te ver nunca mais, Greta.

Porra, é tão bom te ver de novo, Greta.

Senti como se ela estivesse me enxergando além naquele momento, e não gostei disso. Ficamos apenas olhando um para o outro por, provavelmente, um minuto inteiro. Sua expressão antes perplexa ficou mais sombria assim que senti as mãos de Chelsea me envolverem.

Instintivamente, virei-me e voltei para o quarto, empurrando Chelsea para longe da janela. Acho que eu estava tentando proteger os sentimentos de Greta naquele momento, mas não sabia por que tinha me dado a esse trabalho. Que porra ela esperava que eu fizesse? Ficasse sentado sofrendo por ela sozinho enquanto ela se casava com o sr. Maravilhoso? Ainda assim, eu sabia que ver Chelsea aparecer do nada daquele jeito devia ter sido um choque.

— Você está bem? — Chelsea perguntou. Ela não viu Greta.

— Sim — eu disse.

Precisando ficar sozinho, fui para o banheiro e fechei a porta para me preparar antes de ter que encarar o que me esperava.

Ela estava sentada na extremidade da mesa de jantar quando chegamos ao andar de baixo. Não estava olhando para mim.

Odeio quando você faz isso, Greta.

Sarah se levantou e me deu um abraço. Cumprimentei-a brevemente, disse que sentia muito por Randy, mas estava o tempo todo pensando em que porra diria para Greta. Olhei rapidamente para ela e, dessa vez, ela estava olhando para mim. Mantive-me recuado enquanto Chelsea abraçava Sarah e lhe oferecia condolências.

Eu precisava apertar logo o gatilho.

Caminhei até ela e mal pronunciei seu nome.

— Greta.

Ela se levantou, nervosa, como se eu ter dito seu nome a tivesse despertado. Ela gaguejou um pouco.

— Eu... eu sinto muito... sinto muito por Randy.

Seus lábios tremeram. Ela estava desconcertada — uma bagunça, eu disse a mim mesmo. Eu não queria admitir que ela estava ainda mais linda do que eu me lembrava, que as luzes em seus cabelos realçavam as nuances douradas que havia em seus olhos cor de avelã, que eu senti falta das três pequenas sardas em seu nariz, que o jeito como seu vestido preto delineava seus seios me fazia lembrar de coisas que eu precisava esquecer.

Eu não conseguia me mexer, fiquei apenas ali, assimilando-a. O cheiro familiar de seu cabelo era intoxicante.

Meu corpo titubeou quando ela se aproximou para me abraçar. Eu estava realmente tentando não sentir nada, mas estar em seus braços foi o epicentro de tudo. Seu coração batia forte contra meu peito, e o meu respondeu imediatamente, palpitando no mesmo ritmo. Nossos corações estavam se comunicando de uma maneira que nossos egos não permitiam com palavras. As batidas do coração são a forma mais pura de honestidade.

Pousei a mão em suas costas e pude sentir a alça de seu sutiã. Antes que eu pudesse processar o que aquilo fez comigo, a voz de Chelsea me fez despertar, e Greta afastou-se de mim bruscamente. O espaço entre nós pareceu infinitamente vasto.

Eu não conseguia acreditar que isso estava acontecendo de verdade: meu passado colidindo com o meu presente. A pessoa que eu havia perdido estava frente a frente com a pessoa que havia me ajudado a superá-la.

A mão esquerda de Greta não tinha aliança. Onde estava seu noivo ou marido? Onde ele estava, porra?

Submerso em pensamentos, nem ao menos ouvi o que elas disseram uma para a outra.

Clara salvou o dia ao entrar na sala de jantar com a comida, e Greta foi ajudá-la.

Greta voltou para a sala de jantar e começou a distribuir os talheres para nós. Ela estava tão tensa que eles ficavam deslizando e tilintando enquanto ela se atrapalhava. Senti vontade de brincar e perguntar quando ela tinha começado a tocar percussão com colheres. Mas não brinquei.

Quando ela finalmente se sentou, Greg perguntou:

— Então, como vocês se conheceram?

Greta ergueu o olhar pela primeira vez quando Chelsea começou a explicar como nos conhecemos no centro juvenil. Quando Chelsea se aproximou para me beijar, senti o olhar de Greta em nós, e o clima ficou bastante desconfortável.

O assunto mudou para minha mãe, e Greta voltou a fingir

que estava envolvida em seu prato de comida.

Meu corpo enrijeceu quando Chelsea lhe fez uma pergunta.

— Onde você mora, Greta?

— Moro em Nova York, na verdade. Eu vim para Boston há alguns dias.

"Eu" vim para Boston, não "nós".

Desejei ter uma câmera para capturar a expressão de Greta quando Chelsea sugeriu que a visitássemos em Nova York.

O clima ficou quieto novamente, e roubei alguns olhares quando ela não estava prestando atenção. Quando ela me flagrou, mudei a atenção de volta para meu prato.

— Elec nunca me contou que tinha uma meia-irmã — Chelsea disse.

Eu não sabia para quem ela tinha direcionado aquela afirmação, mas de jeito nenhum eu ia tocar naquele assunto. Greta ainda se recusava a olhar para mim.

Sarah se manifestou.

— Elec morou conosco por pouco tempo quando eles eram adolescentes. — Ela olhou para Greta. — Vocês dois não se davam muito bem naquele tempo.

Por alguma razão, a expressão desconfortável de Greta me incomodou. Ela ainda estava olhando para baixo e não fez nenhum comentário em relação à sentença de sua mãe, não reconhecendo minha presença. Uma necessidade inexplicável de fazê-la olhar para mim, reconhecer o que tivemos, venceu meu bom senso. Voltei aos velhos tempos por um momento e comecei a provocá-la para chamar sua atenção.

— Isso é verdade, Greta?

Ela pareceu agitada.

— O que é verdade?

Ergui uma sobrancelha.

— Que não nos dávamos bem?

Ela cerrou a mandíbula, e seus olhos se mantiveram fixos

nos meus, silenciosamente me avisando para não forçar.

— Tivemos nossos momentos — ela disse finalmente.

Minha voz baixou para um tom mais gentil.

— É, tivemos.

Seu rosto estava ficando vermelho. Eu tinha forçado. Tentei fazer um controle de danos ao deixar o clima mais leve.

— Como era que você me chamava mesmo?

— Como assim?

— "Querido meio-irmão", não era? Por causa da minha personalidade admirável? — Virei-me para Chelsea. — Eu era um fodido miserável naquela época.

Eu fui, por um tempo... até que Greta me fez querer ser uma pessoa melhor.

— Como você sabia sobre esse apelido? — Greta perguntou.

Ri baixinho, lembrando-me de como eu ficava ouvindo seus telefonemas com sua amiga.

Foi bom vê-la finalmente abrir um pequeno sorriso ao dizer:

— Ah, é. Você costumava bisbilhotar as minhas conversas.

Chelsea alternou olhares entre nós dois.

— Parece ter sido uma época divertida.

Eu não conseguia tirar os olhos de Greta. Eu queria que ela soubesse que aqueles dias foram os melhores da minha vida.

— Foi, sim.

A única coisa boa em focar nos meus sentimentos mal resolvidos por Greta era que isso me distraía de pensar em Randy.

Contudo, quando escapuli para ficar sozinho no quintal após o jantar, o fato de que ele estava morto começou a ficar mais claro para mim.

Agora, ele e eu nunca mais teríamos a chance de fazermos as pazes. Era interessante como fazer as pazes nunca pareceu importar quando ele estava vivo, mas agora que ele não estava mais aqui, isso estava me assombrando. Agora, ele estava em algum lugar em outra dimensão, possivelmente ficando frente a frente com Patrick.

Pensar nisso sem uma distração por tempo demais fodeu a minha mente. Peguei um cigarro e tentei apenas meditar. Não funcionou, porque as minhas emoções foram de tristes para irritadas.

Ouvi a porta de vidro se abrir e passos se aproximarem por trás de mim. Não me pergunte como eu sabia que era ela.

— O que você está fazendo aqui, Greta?

— Chelsea me pediu para vir falar com você.

De que porra elas estavam falando? Aquilo só me irritou mais ainda. Chelsea não podia descobrir o que tinha acontecido entre Greta e mim. Soltei uma risada sarcástica.

— É mesmo?

— Sim.

— Vocês estavam comparando opiniões?

— Isso não tem graça.

Não tinha, mas meu clássico mecanismo de proteção que consistia em agir como um cretino em momentos de estresse veio com força total. Era tarde demais. E, droga, eu queria que ela nos reconhecesse.

Apaguei meu cigarro.

— Você acha que ela te pediria para vir aqui falar comigo se soubesse que, na última vez que estivemos juntos, estávamos fodendo como coelhos?

O rosto dela ficou pálido.

— Você tem que falar dessa forma?

— É a verdade, não é? Ela surtaria pra caralho se soubesse.

— Bem, não vou contar a ela, então não precisa se preocupar. Eu nunca faria isso.

O olho de Greta começou a tremer, o que provou que eu a estava afetando. Velhos hábitos nunca morrem. Agora, eu estava viciado.

— Por que você está piscando para mim?

— Não estou... meu olho está espasmando porque...

— Porque você está nervosa. Eu sei. Você costumava fazer isso quando nos conhecemos. Que legal termos voltado ao ponto de partida.

— Acho que algumas coisas nunca mudam, não é? Faz sete anos, mas parece...

— Que foi ontem — interrompi. — Parece que foi ontem, e isso é uma merda. Essa situação toda é uma merda.

— Isso nunca deveria ter acontecido.

Meus olhos pousaram em seu pescoço, e não consegui desviar. Eu sabia que ela tinha notado. Me senti possessivo, de repente, algo que eu sabia que não tinha o direito de sentir. Mas eu ainda precisava saber que porra estava acontecendo.

— Onde ele está?

— Quem?

— O seu noivo.

— Eu não estou noiva. Eu estava... mas não estou mais. Como você sabia que eu tinha ficado noiva?

Tive que baixar o olhar. Não podia deixar que ela visse o efeito que ouvir aquela notícia me causou.

— O que aconteceu?

— É uma história meio longa, mas fui eu que terminei. Ele se mudou para a Europa a trabalho. Não era para ser.

— Você está com alguém agora?

— Não.

Merda.

— A Chelsea é muito legal — ela continuou.

— Ela é maravilhosa; uma das melhores coisas que já aconteceram comigo, na verdade.

Ela realmente era. Eu amava Chelsea; amava de verdade. Eu nunca poderia magoá-la. Eu precisava convencer Greta e a mim mesmo que Chelsea era a pessoa certa para mim. Mas era uma merda eu ter ficado perturbado por ouvir Greta dizer que não havia outro homem.

Greta mudou de assunto rapidamente para minha mãe e Randy.

Estava começando a chover, então usei aquilo como desculpa para mandá-la entrar.

Ela não fez isso.

E então, seus olhos começaram a lacrimejar.

De repente, meu coração parecia estar se partindo. Eu precisava lutar contra essas emoções, e só conhecia um jeito de fazer isso com Greta: sendo um grande babaca.

— O que você está fazendo? — vociferei.

— Chelsea não é a única que está preocupada com você.

— Ela é a única que tem o direito de estar. Você não precisa se preocupar comigo. Não sou problema seu.

Meu coração estava martelando ainda mais rápido, protestando contra o que tinha acabado de sair da minha boca, porque, lá no fundo, eu queria que ela se importasse.

Ela estava magoada. Eu a tinha magoado novamente, mas precisava lutar contra esses sentimentos.

— Quer saber? Se eu não me sentisse tão mal pelo que você está passando agora, te mandaria ir se foder — ela disse.

Suas palavras foram direto para o meu pau. Tive uma vontade descontrolada de agarrá-la e beijá-la até não aguentar mais. Eu tinha que cortar isso pela raiz.

— E se eu quisesse ser um escroto, eu diria que você está falando em foder porque lembra que gostou pra caralho quando eu te fodi.

Que porra eu tinha acabado de dizer? Precisava sair dali antes que fizesse algo ainda mais estúpido, embora achasse que não teria nada pior que aquilo.

Ao passar por ela, falei:

— Cuide da sua mãe esta noite.

Deixei-a sozinha no jardim. Quando abri a porta, puxei Chelsea e a beijei com mais intensidade do que nunca, em uma tentativa desesperada de extinguir Greta da minha mente.

O velório foi mais difícil do que eu esperava, de várias maneiras. Recusei-me a olhar para o caixão. Eu não conhecia ninguém. Ali não era o meu lugar.

Vozes se misturavam. Eu não ouvia nada. Não via nada. Estava contando os minutos até estar de volta ao avião.

Chelsea estava me mantendo de pé.

O único momento em que eu sentia dor era quando olhava para Greta. No instante em que saí para fugir de tudo, acabei me deparando com ela no porão da funerária. Ela tentou fingir que não me viu após sair do banheiro, mas eu sabia que aquela era a minha única chance de me desculpar pelo meu comportamento mais cedo.

Eu não esperava que ela fosse usar aquele momento para me dizer que ainda tinha sentimentos por mim.

Aquilo tinha quebrado o resto da minha determinação. Todos os aspectos daquele dia me enfraqueceram. Seus cabelos estavam presos e, em certo momento, envolvi seu pescoço com a mão. O trauma de toda aquela experiência tinha afetado totalmente o meu bom senso. Parecia surreal, quase como se eu estivesse sonhando. Mas não havia nada que eu precisasse mais naquele momento.

Os passos de Chelsea interromperam meu transe. Ela foi ver como eu estava, mas não viu nada. Senti-me envergonhado quando olhei nos olhos amorosos da minha namorada. Ela estava preocupada comigo e, enquanto isso, eu estava no meio de algum tipo de sonho molhado.

Eu me odiava.

Pouco tempo depois que voltamos do porão, insisti que fôssemos embora mais cedo e pegássemos um táxi para a casa de Greg e Clara. Desesperado para lavar cada pedaço de Greta das minhas mãos e da minha mente, eu praticamente ataquei Chelsea quando chegamos ao quarto.

Eu disse a ela que precisava de sexo urgentemente. Ela não questionou, apenas começou a tirar as roupas. Esse era o tipo de namorada que ela era. Ela me amava incondicionalmente, mesmo no meu estado maníaco.

O problema era que... o que o meu corpo realmente desejava naquele momento não estava no quarto.

Enquanto entrava e saía de Chelsea, fechei os olhos e só via Greta: o rosto de Greta, o pescoço de Greta, a bunda de Greta.

Foi a coisa mais baixa que já fiz na vida. A culpa me consumiu, e parei abruptamente. Sem explicação, corri para o banheiro e liguei o chuveiro. A necessidade por alívio estava enorme. Comecei a bater uma imaginando Greta de joelhos e olhando para mim enquanto eu cobria seu pescoço com meu gozo. Levei apenas um minuto para chegar lá.

Eu era um doente.

Após me recuperar do orgasmo, me senti ainda pior do que antes.

Naquela noite, meus pensamentos pareciam alternar obcecados entre Greta e Randy. Não dormi absolutamente nada. Randy ganhou durante a maior parte da noite, conforme lembranças dele me atormentavam.

Chelsea ia para o aeroporto cedo de manhã para pegar o voo de volta para a Califórnia, para o casamento de sua irmã. Eu não imaginava como ia conseguir aguentar o enterro no dia seguinte sem Chelsea lá para me dar suporte... ou me manter longe de Greta.

Embaralhe as letras da palavra funeral; o resultado é "real fun". Muito divertido. Mas, é claro, foi tudo menos isso.

É só não erguer o olhar. Foi o que eu disse a mim mesmo. Não olhe para o caixão no altar. Não olhe para as costas de Greta. Apenas continue olhando para o relógio e a cada minuto estará mais próximo de acabar.

Aquela regra de ouro funcionou para mim até chegarmos ao cemitério, onde tive o maior ataque de pânico da minha vida e acabei indo parar na estrada no Honda de Greta, seguindo para lugar nenhum.

Eu precisava fumar, mas o desejo não estava tão forte a ponto de arriscar parar o carro para comprar cigarros.

Tudo passou em um borrão: o funeral, meu ataque de pânico e, agora, até mesmo as árvores que delineavam a interestadual, enquanto Greta dirigia tão rápido que elas se transformavam em uma linha verde borrada.

Tudo era a porra de um borrão.

Fiquei olhando pela janela pelo que pareceram horas, até que ela falou pela primeira vez.

— Só mais uns vinte minutos e vamos parar em algum lugar, ok?

Olhei para ela. Ela estava cantarolando suavemente.

Doce Greta.

Porra.

Meu peito se comprimiu. Fui um completo babaca com ela esses dias e, agora, eu a tinha basicamente sequestrado. Ela me salvou de mim mesmo naquela tarde, e eu não fiz nada para merecer que ela saísse dirigindo comigo por aí assim. Eu não tinha energia para dizer a ela o quanto aquilo era importante para mim, então apenas falei:

— Obrigado.

Um fio de seus cabelos loiros compridos havia caído, pousando na minha calça preta. Fiquei brincando com ele entre os dedos e, eventualmente, relaxei o suficiente para adormecer. Era a primeira vez que eu dormia em dias.

Acordei desnorteado. Quando me dei conta de onde estávamos, caí na risada.

Um cassino.

Era brilhante.

Quando entramos no prédio, Greta começou a tossir incessantemente e reclamou da fumaça. Era estranho, mas meu desejo por um cigarro tinha ido embora. A adrenalina de estar naquele ambiente havia desviado meu foco dos meus problemas. Eu estava empolgado.

— Tente curtir, maninha. — Sacudi seus ombros, de brincadeira, e arrependi-me na mesma hora de colocar as mãos nela porque, aparentemente, eu não podia confiar que meu corpo não iria reagir como um animal.

— Por favor, não me chame assim.

— Do que você prefere que eu te chame aqui? Ninguém nos conhece. Podemos inventar nomes. Nós dois estamos usando roupas pretas. Parecemos apostadores mafiosos importantes.

— Qualquer coisa, menos maninha. O que você gosta de jogar?

— Quero ir para alguma das mesas. E você?

— Só jogo nos caça-níqueis.

— Caça-níqueis? Uau! Pensei que você ia pegar leve hoje.

— Pare de rir.

— Não se vem a um cassino desses para jogar nos caça-níqueis com moedas.

— Eu não sei como jogar em nenhuma das mesas.

— Posso te mostrar, mas, primeiro, precisamos de bebidas. — Pisquei para ela. — Primeiro a gente molha, depois a gente brinca.

Ela revirou os olhos.

— Algumas coisas não mudam mesmo. Pelo menos, você voltou a fazer piadas sujas. Isso significa que fiz alguma coisa certa hoje.

— Sério, essa ideia... Vir aqui... foi perfeita.

O que eu queria poder dizer era que poder passar tempo com ela novamente era a melhor parte.

Compramos batatinhas e eu fui buscar bebidas para nós. Estava me sentindo muito bem, até voltar para onde Greta estava me esperando. Um cara usando um chapéu de caubói deu um tapa na bunda dela enquanto ela estava ao seu lado perto da mesa de craps.

Sem pensar mais, meu corpo entrou no modo briga.

— Me diga que não acabei de ver aquele palerma do caralho batendo na sua bunda. — Entreguei as bebidas para ela. — Pegue isso aqui.

Segurei o cara pelo pescoço. Precisei das duas mãos para envolver seu pescoço.

— Quem você pensa que é para colocar as mãos nela desse jeito, porra?

O homem ergueu as mãos.

— Eu não sabia que ela estava com alguém. Ela estava me dando uma ajuda.

— Parecia que você a estava forçando a te dar outra coisa. — Eu acidentalmente cuspi nele quando as palavras saíram da minha boca e, em seguida, o arrastei pelo pescoço até Greta. — Peça desculpas a ela agora.

— Olha, cara...

— Peça desculpas — gritei e apertei ainda mais seu pescoço.

— Me desculpe.

Minhas orelhas estavam latejando. Eu ainda queria matá-lo.

— Vamos, Elec — Greta estava implorando. — Por favor, vamos sair daqui.

Sua expressão assustada me fez perceber que dar uma surra nesse cara não valia a pena. Peguei minha bebida de sua mão e comecei a sair dali.

Mas então, ouvi o cara falar atrás de mim:

— Sorte a sua ter chegado naquele momento. Eu estava prestes a sugerir que ela desse um beijinho nos meus dados.

Virei-me de uma vez, avançando em direção a ele, e quase machuquei Greta quando ela tentou usar seu pequeno corpo para bloquear meu ataque. Ela acabou ficando ensopada das bebidas derramadas nela.

— Elec, não! Não podemos ser expulsos daqui. Por favor. Estou te implorando.

Percebi, naquele momento, que, mesmo que eu encostasse nele, ia acabar matando-o ou machucando-o de verdade. Eu precisava sair dali.

— Agradeça a ela por você ainda estar com o rosto inteiro.

Eu ainda estava fervendo ao sairmos do salão. A única outra vez em que coloquei as mãos em alguém daquela maneira também foi para defender Greta. Eu a estava protegendo agora como um irmão ou ex-amor? Essa era a questão.

Seus cabelos estavam desalinhados de uma maneira selvagem e seu vestido estava ensopado.

— Merda, Greta. Você está um desastre.

Na verdade, ela nunca esteve mais linda. Ela riu.

— Um desastre completo.

— Vamos. Vou comprar uma roupa nova para você.

— Tudo bem, não precisa. Só estou um pouco molhada.

Um pouco molhada. Merda. Tire a mente do esgoto, Elec.

— Não, não está tudo bem. Isso foi culpa minha.

— Logo vai secar. Vamos fazer assim: se você ganhar alguma coisa, pode gastar tudo em uma roupa nova para mim em uma das lojas caras que tem por aqui. Só assim vou te deixar gastar dinheiro comigo.

Senti-me um idiota, e sabia que não iria embora dali sem comprar para ela o vestido mais lindo daquele lugar para me redimir pelo que fiz.

Depois que peguei mais bebidas para nós, eu disse a ela

que seria melhor nos separarmos um pouco enquanto eu jogava pôquer. Tinha um monte de caras que pareciam predadores no salão de pôquer, e eu não queria ter que esmurrar ninguém esta noite. Greta não se dava conta do quão atraente era.

Fiquei impressionado quando ela concordou em ir jogar nas máquinas caça-níqueis por um tempo.

Quando sentei à mesa, meu celular vibrou.

Greta: Por que você se incomodaria com outros caras dando em cima de mim? Você não deveria ligar para isso.

Merda. Eu não deveria me surpreender por ela me chamar a atenção por causa do meu comportamento.

Ela tinha razão.

Eu estava sendo egoísta. Não estava realmente com medo de algum cara dar em cima dela. O que me assustava era a possibilidade de eu ter que vê-la retribuindo o interesse ou encorajando-o. Ela era solteira, e eu não. O que a impediria? Eu só estava com ciúmes, como sempre, e não tinha o direito de estar. Era irracional e errado. Então, não respondi à mensagem, porque não havia uma resposta boa o suficiente.

Eu não conseguia me concentrar no jogo e perdi todas as rodadas. Minha mente estava focada demais na mensagem e no meu comportamento inaceitável. Peguei meu celular e abri algumas fotos de Chelsea na tentativa de me lembrar a quem eu pertencia. Passei as imagens: nossa viagem de carro para San Diego, ela e minha mãe cozinhando comida equatoriana, nós nos beijando, nosso gato Dublin... o anel que ela ainda não tinha visto. Tentei voltar a atenção para o jogo, mas a pergunta de Greta continuava a me corroer. Então, mandei para ela uma não-resposta que, no fim das contas, era a verdade.

Elec: Eu sei que não deveria ligar para isso. Mas parece que, quando se trata de você, o que eu deveria sentir não importa.

Cerca de vinte minutos depois, eu tinha perdido duzentos dólares quando ela me encontrou e balançou mil dólares em dinheiro na minha cara. Não dava para acreditar que ela tinha ganhado todo aquele dinheiro nas caça-níqueis.

— Cacete, Greta! Parabéns!

Quando lhe dei um abraço para felicitá-la, pude sentir o quão rápido seu coração estava batendo. Eu disse a mim mesmo que era por causa da vitória, e não a mesma razão pela qual o meu coração estava explodindo.

Decidimos procurar um lugar para jantar e escolhemos a churrascaria. Durante toda a refeição, fiquei pensando sem parar sobre uma mensagem estranha que eu tinha recebido um pouco mais cedo de um número desconhecido. Era o número 22, e tinha chegado exatamente às 2:22. 22 de fevereiro era o aniversário de Randy. Eu estava convencido de que a mensagem era dele, que era seu jeito de me fazer surtar do além. Então, eu mal estava encostando na comida.

Greta, por outro lado, não teve problema algum em terminar seu bife e o meu. Ela afogou a carne em molho de churrasco.

Aproveitei para mexer com ela.

— Que tal comer um pouco de carne com o molho?

— Eu adoro. Me lembra do meu pai. Ele costumava colocar esse molho em tudo.

Vê-la comer me fez sorrir. Ela não imaginava o quanto tê-la ao meu lado naquela noite significava. Eu tinha surtado de um milhão de maneiras diferentes e, ainda assim, ela ainda estava ali... com o rosto sujo de molho.

Ela notou meu sorriso em sua direção.

— O que foi? — perguntou com a boca cheia.

Peguei meu guardanapo e estendi a mão sobre a mesa para limpar o canto de sua boca.

— Nada, bagunceira.

A ficha caiu de repente: amanhã poderia ser a última vez que eu veria Greta.

Meu corpo inteiro ficou tenso. Esse dia tinha me feito sentir todas as emoções imagináveis. Me dei conta de mais uma coisa: a resposta para a pergunta que ela tinha me feito mais cedo, o motivo pelo qual eu me incomodaria se outros caras flertassem com ela. Eu só tinha conseguido abrir mão de Greta porque pensei que ela estava feliz com alguém que a amava. Tudo em que acreditei para me ajudar a superá-la era mentira. Perceber aquilo fez com que meus sentimentos voltassem à estaca zero, mesmo que eu não pudesse agir de acordo com eles.

Apoiei a cabeça no encosto do sofá e soltei um suspiro profundo. Ter a oportunidade de ver o que se passava na cabeça dele estava me matando. Eu precisava fazer mais uma pausa na leitura, porque sentia uma quantidade enorme de ansiedade se formando dentro de mim, imaginando que rumo essa história estava tomando.

Para completar, eu estava atrasada para a festa de aniversário de trinta anos da minha amiga no Club Underground. Eu não podia faltar, porque fui uma das organizadoras junto com alguns outros colegas de trabalho.

Decidi que tomaria um banho, me vestiria e levaria o Kindle comigo para ler sempre que pudesse enquanto estivesse fora. Meu dispositivo mostrava que faltavam apenas quinze por cento do livro. Presumi que não teria problema terminá-lo em público.

Mas você sabe o que dizem sobre presumir as coisas.

CAPÍTULO 20

A noite estava inesperadamente fria quando segui para a esquina para tentar chamar um táxi. O vestido vermelho fino que eu estava usando era definitivamente apropriado para o Club Underground, mas eu deveria ter pegado um casaco.

Sully me mandou mensagem.

Divirta-se esta noite!

Eu tentei convencê-la a ir comigo, mas ela disse que tinha um encontro com um barbeador elétrico para sua noite mensal em que dava uma aparada em suas "partes de menina".

Nós reservamos um pequeno ambiente privativo com um bar para a festa. Essa noite tinha tudo para ser épica, se eu não estivesse tão preocupada em terminar o livro.

Finalmente, consegui pegar um táxi.

— Rua 16, oeste.

Fechei a porta e, sem perder tempo, peguei meu Kindle.

Depois que saímos da churrascaria, meu mau humor voltou com força total. Greta tinha ido pegar mais bebidas para nós, enquanto fui comprar mais batatinhas.

Sentei-me a uma mesa para esperar por ela quando, do nada, lágrimas simplesmente começaram a escorrer pelo meu rosto. Aquilo não fazia sentido, porque eu nem ao menos tive um pensamento que levou àquilo. Parecia que tudo que eu havia acumulado por dentro estava sendo liberado. Esse era o último lugar onde eu queria desmoronar. Assim que as lágrimas começaram, não consegui contê-las.

De um modo autopunitivo, adicionei gasolina ao fogo e comecei a focar em coisas que pioraram meu estado. Às vezes, eu me culpava por ter vindo ao mundo e feito da vida de Randy um inferno. Eu me perguntava se o casamento dele e mami teria durado se não fosse por mim. Lá no fundo, sempre existiu uma esperança de que as coisas mudariam, que ele e eu poderíamos olhar nos olhos um do outro algum dia e ver outra coisa além de ódio — que ele me diria que me amava, mesmo que não soubesse demonstrar.

Agora, isso nunca aconteceria.

Ergui o olhar e encontrei Greta ali de pé, de frente para mim, observando-me com uma bebida em cada mão.

Lambi uma lágrima quente dos meus lábios.

— Não olhe para mim, Greta.

Ela pousou as bebidas na mesa e imediatamente me puxou para si.

Nos braços de Greta, minhas lágrimas se multiplicaram. Minhas mãos agarraram suas costas com força, em uma súplica silenciosa para que ela não me soltasse. Eventualmente, eu me acalmei.

— Odeio isso. Eu não deveria estar chorando por ele. Por que estou chorando por ele?

— Porque você o amava.

— Ele me odiava.

— Ele odiava o que quer que via em você que o lembrava

de si mesmo. Ele não odiava você. Não tinha como. Ele só não sabia ser um pai.

Fiquei surpreso por ela ter quase acertado, apesar de não saber meu segredo. Randy odiava o que via em mim que o lembrava de Patrick.

— Tem muitas coisas que não te contei. E a parte mais fodida disso tudo é que, mesmo depois de todas as merdas que passamos, eu ainda queria deixá-lo orgulhoso de mim algum dia, queria que ele me amasse.

Soltei mais um suspiro profundo, porque nunca admitira aquilo para ninguém.

— Eu sei que sim — ela disse suavemente.

Olhar em seus olhos me lembrou que eu estava fitando a alma da primeira pessoa que realmente conseguiu me fazer sentir amado. Por isso, eu seria eternamente grato a ela.

— Onde eu estaria esta noite, se não fosse por você?

— Ainda bem que sou eu que estou com você hoje.

— Eu nunca chorei na frente de ninguém. Sequer uma vez.

— Tudo tem uma primeira vez.

— Tem uma piada ruim escondida nisso aí. Você sabe, não é?

Nós dois rimos. Eu amava a risada dela.

— Você me faz sentir coisas, Greta. Sempre fez. Quando estou perto de você, seja bom ou ruim... eu sinto tudo. Às vezes, não sei lidar muito bem com isso, e meu jeito de lutar contra é agindo como um babaca. Não sei o que é, mas sinto como se você enxergasse o meu verdadeiro eu. No instante em que te vi de novo na casa de Greg, quando você estava no jardim... foi como se eu não pudesse mais me esconder atrás de mim. — Toquei seu rosto. — Eu sei que foi difícil me ver com Chelsea. Sei que você ainda se importa comigo. Posso sentir, mesmo quando você tenta fingir que parou.

Foi a coisa mais honesta que eu disse a ela a noite inteira. Greta nunca soube disfarçar o que realmente sentia, e mesmo que tivesse tentado não deixar transparecer, seu desconforto perto de Chelsea tinha sido evidente — se bem que Chelsea pareceu não notar. Eu não conseguia imaginar como eu teria lidado se a situação fosse contrária.

Minhas lágrimas finalmente secaram. Enquanto continuávamos envolvidos naquele abraço, seus lábios imploravam que eu os beijasse. Eu queria que existisse uma borracha mágica que me permitisse experimentá-los ao menos uma vez e deletar as consequências logo depois. É claro que isso nunca seria possível. Eu não achava que ninguém era digno daqueles lábios, e eu era o menos digno de todos. Então, fiquei simplesmente encarando sua boca, querendo beijá-la, mas sabendo que não beijaria.

Talvez ela tivesse lido minha mente e se assustado, porque se levantou como um gato fugindo de água fria.

Quando dei por mim, ela se aproximou da mesa da roleta, apostou uma parte de seu dinheiro no número 22, e o resto foi história. Essa garota tinha uma sorte do caralho.

Dezenove mil dólares. Eu não sabia o que tinha me deixado mais chocado: ela ter ganhado pela segunda vez seguida ou ter conseguido mudar o humor da minha noite com aquela jogada incrível no número 22. A mensagem misteriosa não estava mais me preocupando. Em vez disso, eu estava animado novamente por estar ali e jurei que, pelo resto da noite durante nossas últimas horas juntos, nos divertiríamos pra valer.

Ela me fez aceitar mil dólares em dinheiro. Eu não tinha a menor intenção de gastá-los. Estava usando meu próprio dinheiro o tempo todo. Nunca poderia retribuir o que ela tinha feito por mim naquela noite. E não tinha feito nada para merecer.

Acabamos indo a uma das lojas de roupas do cassino, e foi aí que o clima da noite tomou um rumo do qual não conseguimos mais voltar pelo resto da viagem.

Escolhi um vestido que achei que ficaria perfeito nela, e ela foi ao provador para experimentá-lo. Fiquei mexendo no celular para me distrair do fato de que ela estava se despindo a poucos metros de mim.

Ela estava demorando muito, então perguntei:

— Está tudo bem aí? — Ela disse que o zíper estava emperrado, então sem pensar, afastei a cortina e entrei no provador. — Venha aqui.

No segundo em que olhei para suas costas lindas naquele vestido, me dei conta imediatamente de que me colocar naquela posição foi um grande erro. Meus dedos formigaram ao segurar seu cabelo com delicadeza, afastando-o de sua pele sedosa para ficar sobre seus ombros.

Conforme puxei o zíper para tentar desprendê-lo, sua respiração ficou mais acelerada. Saber que meu toque tinha causado aquilo me fez ficar ofegante também. Eu estava perdendo o controle. Pensamentos obscenos invadiram meu cérebro. Em um deles, eu rasgava o vestido de seu corpo em um só movimento e a tomava por trás enquanto olhava para seu rosto no espelho.

São apenas pensamentos, eu disse a mim mesmo. Foque na tarefa.

— Você não estava brincando — eu disse, dando o meu melhor para desemperrar o zíper e dar logo o fora dali. Finalmente, ele se moveu. — Consegui.

— Obrigada.

Eu não precisava ter abaixado o zíper alguns centímetros, mas não pude resistir a um vislumbre da pele cremosa de suas costas.

— Prontinho.

Aquilo me lembrou de todas as outras partes de seu corpo que ela tinha entregado a mim por completo por uma noite. Podia ter sido apenas uma vez, mas eu sentia lá no fundo que uma parte sua ainda pertencia a mim. Sua linguagem corporal provava isso e me fazia ponderar se eu tinha sido a primeira e última pessoa que lhe deu prazer de verdade.

Minhas mãos permaneceram em seus ombros. Ela estava olhando para baixo, e eu sabia que ela também estava batalhando contra seus sentimentos. Era a primeira vez desde o nosso reencontro em que eu percebia o quanto Greta ainda me queria sexualmente. Nosso desejo um pelo outro era tão poderoso nos confins daquele espaço minúsculo que dava para sentir no ar.

Fiquei olhando para ela pelo espelho até ela erguer o próprio olhar e encontrar o meu. Quando ela virou de repente, eu não estava preparado. Nossos rostos estavam a apenas centímetros de distância, e eu nunca quis tanto beijá-la quanto naquele momento. Meu olhar desceu para sua boca, e contei mentalmente para manter o controle. A contagem não estava ajudando, então fechei os olhos.

Quando os abri, não estava mais com a vontade insana de beijá-la. Estava pior ainda. Graças a Deus ela não podia ler a minha mente, porque a imagem que se formou nela — eu fodendo sua boca — estava tão clara que comecei a ficar duro e torci para que ela não olhasse para baixo.

Eu precisava sair dali, mas não conseguia me mover.

Chelsea.

Chelsea.

Chelsea.

Você ama Chelsea.

Tudo bem sentir essas coisas, contanto que você não aja de acordo, eu disse a mim mesmo. Isso é natural. Você não pode impedir o que o seu corpo quer, somente impedi-lo de ir em frente com isso. E eu merecia um troféu enorme e brilhante como prêmio pela minha resistência. Prêmio bolas azuis.

A vendedora aproximou-se por trás da cortina.

— Está tudo bem aí?

— Sim! — Greta gritou.

Mas eu soube por sua voz que não estava. Isso estava bagunçando a cabeça dela, e de jeito nenhum eu permitiria que a noite terminasse com ela magoada.

Embora não tenhamos reconhecido o que estava acontecendo entre nós verbalmente, por instinto, eu disse:

— Me desculpe.

E então, abri a cortina e saí.

Decidimos passar a noite no hotel, já que tínhamos bebido. Depois que nos separamos para tomar banho antes de ir para a boate do cassino, encontrei Greta em seu quarto. Quando ela abriu a porta, vê-la naquele vestido bordô justo me deixou sem fôlego. Seus cabelos ainda estavam ensopados, mas ela estava maravilhosa.

— Uau — suspirei, mas não tive a intenção de dizer em voz alta. A palavra saiu dos meus lábios antes que meu cérebro pudesse me alertar para não ser tão óbvio. Tive que fazer uma piada para disfarçar meu deslize. — Você definitivamente não parece mais uma senhora de luto.

— O que estou parecendo agora?

— Você parece agitada, na verdade. Você está bem?

Sendo bem honesto, ela parecia ter acabado de ser muito bem comida, e isso fez meu pau doer.

— Estou bem — ela disse.

— Tem certeza?

— Aham.

— Foi tão bom tomar um banho — eu disse.

E quanto a isso, me referi aos dois orgasmos que me dei pensando em um final alternativo para o nosso encontro no provador.

— Também achei — ela concordou.

— Você precisa secar o cabelo?

— Sim. Me dê só um minuto.

Liguei a TV na ESPN e deitei na cama.

Cerca de dez minutos depois, ela saiu do banheiro.

— Estou pronta.

Seu cabelo estava preso, seu pescoço, exposto em toda a sua glória, e eu sabia que estaria encrencado pelo resto da noite.

Levantei em um pulo e desliguei a televisão.

Seguimos pelo corredor, e o cheiro de sabonete em sua pele invadiu meus sentidos. Olhei para ela e quis que soubesse o quanto estava linda.

— Você está bonita. — Quando entramos no elevador, acrescentei: — Eu gosto do seu cabelo preso assim.

— Gosta?

— Sim. Você o estava usando assim quando te conheci.

— Estou surpresa por você se lembrar disso.

Eu não tinha me esquecido de nada.

Absolutamente. Nada.

Começamos a relembrar os velhos tempos, falando sobre como eu costumava torturá-la e, em determinado momento, ela disse:

— Bom, você não era exatamente tão malvado quanto queria que eu acreditasse.

Respondi àquilo com:

— E, no fim das contas, você não era tão inocente assim.

Meu tom não disfarçou a que eu me referia. Trocamos um olhar com a compreensão silenciosa de que a conversa precisava terminar ali.

Eu estava completamente errado ao pensar que a noite ia ficar mais fácil em meio à distração de uma boate.

Dançamos bastante. Foi o momento em que mais diverti a

noite inteira. A batida estava estrondando, e eu podia senti-la pulsando em mim. Corpos dançantes se emaranhavam à nossa volta, mas Greta e eu mantivemos um espaço entre nós.

Era necessário.

Em certo momento, fui ao banheiro e quando estava retornando por entre as luzes multicoloridas, avistei um cara dançando muito perto dela e falando próximo ao seu ouvido.

Quando cheguei ao lugar onde ela estava dançando ao lado dele, minha consciência cedeu lugar a uma reação primitiva e impulsiva. Coloquei meu braço em volta de sua cintura fina e a puxei com firmeza contra mim. Ela não apresentou resistência. Meu braço ainda estava prendendo-a de maneira dominante quando ela virou para me olhar. Lancei um olhar de alerta para ela. Naquele momento, éramos Elec e Greta de sete anos atrás. Eu estava com ciúmes, e mais uma vez, deixando isso óbvio. Diante do detalhe não tão pequeno de que eu estava em relacionamento sério, era injusto esperar que ela aceitasse coisas que eu não conseguiria, mas ela se importava comigo o suficiente para permitir que eu me safasse, de alguma maneira.

Não falamos sobre isso e, eventualmente, meu momento homem das cavernas passou. Eu a soltei, e voltamos a nos perder no ritmo da música.

No entanto, tudo mudou quando uma música lenta começou a tocar. Algumas pessoas se embaralharam para lá e para cá para encontrar um par, enquanto outras saíram da pista de dança. De alguma maneira, parecia que tinha sobrado apenas nós dois ali.

Greta entrou em pânico e começou a se afastar.

Eu não podia culpá-la, mas e se esta noite fosse o fim para nós? Eu queria aquela dança.

Segurei sua mão.

— Dance comigo.

Ela pareceu assustada, mas me deixou puxá-la mesmo assim. Soltei uma respiração profunda quando seu corpo inteiro derreteu em meus braços. Ela fechou os olhos ao pousar a cabeça em meu peito. Meu coração estava martelando contra ela, como se tentasse me dizer que eu era um idiota por não perceber que era exatamente isso que ele queria.

Pela primeira vez desde que chegamos ao cassino, lembranças de Chelsea foram completamente enterradas pela intensidade dos meus sentimentos por Greta. Precisando saber se ela sentia o mesmo, olhei para baixo e, no mesmo instante, ela ergueu o olhar para mim. Eu estava perdendo minha capacidade de respirar. Toquei sua testa com a minha e simplesmente soube. Aquele foi o momento em que parei de mentir para mim mesmo. Eu ainda estava apaixonado por ela. Não sabia o que fazer a respeito disso, porque eu também amava Chelsea.

Antes que eu pudesse pensar melhor, Greta se afastou e saiu correndo por entre a multidão.

— Greta, espere!

Em segundos, eu a perdi. Segui para a saída e corri em direção aos elevadores. As portas estavam se fechando, e enfiei o braço entre elas para impedi-las.

Ela estava chorando. Deus, o que eu tinha feito com ela?

— Mas que porra, Greta! Por que você fugiu de mim daquele jeito?

— Eu precisava voltar para o meu quarto.

— Não desse jeito.

Sem pensar, apertei o botão de parada do elevador.

— O que você está fazendo?

— Não era assim que eu queria que a nossa noite terminasse. Eu ultrapassei um limite. Sei disso. Fiquei perdido no momento com você, e, porra, eu sinto muito. Mas não ia passar daquilo, porque não vou trair Chelsea. Eu não poderia fazer isso com ela.

— Então eu não sou tão forte quanto você. Você não pode dançar comigo daquele jeito, me olhar e me tocar daquele jeito se não podemos fazer nada. E, só para constar, eu não ia querer que você a traísse!

— O que você quer?

— Quero que pare de dizer uma coisa e agir de uma forma

que a contradiz. Nosso tempo juntos está acabando. Eu quero que fale comigo. Naquela noite, no velório... você colocou a mão em volta do meu pescoço. Por um momento, senti como se você tivesse voltado ao momento em que paramos. Na verdade, é assim que me sinto perto de você o tempo todo. E então, mais tarde naquela noite, Chelsea me contou o que aconteceu depois que vocês chegaram em casa.

Do que ela estava falando?

— O que exatamente ela te contou?

— Você estava pensando em mim? Foi por isso que não conseguiu transar com ela?

Que porra é essa?

Fiquei sem palavras. O fato de que Chelsea tinha contado a Greta sobre aquele momento pessoal me deixou irritado. Não conseguia encontrar o que dizer.

— Eu quero que me diga a verdade.

Ela não aguentaria a verdade, e eu não sabia mais lidar com meus sentimentos por ela. Mas eu estava zangado por elas terem falado sobre aquelas coisas pelas minhas costas. Para completar, parecia que a minha vida tinha virado do avesso em apenas uma noite.

Então, perdi as estribeiras.

— Você quer a verdade? Eu estava fodendo a minha namorada e só conseguia enxergar você. Essa é a verdade. — Me aproximei dela de maneira predatória, e ela recuou. — Fui para o chuveiro, e o único jeito de terminar o serviço foi me imaginar gozando por todo o seu pescoço. Essa é a verdade.

Eu deveria ter parado aí.

Em vez disso, apoiei as mãos na parede, um braço em cada lado de seu corpo, prendendo-a ali. Continuei:

— Você quer mais? Eu ia pedi-la em casamento hoje, no casamento da irmã dela. Eu deveria estar noivo nesse exato momento, mas, em vez disso, estou em um elevador lutando contra a vontade insana de te prender nessa parede e te foder com tanta força que teria que te carregar para o seu quarto.

Meu coração doía. Deixei meus braços caírem.

— Tudo que eu achava que sabia virou de cabeça para baixo nas últimas quarenta e oito horas. Estou questionando tudo, e não sei o que fazer, porra. Essa. É. A. Verdade.

Liberei o botão de parada, porque seria prejudicial passarmos mais tempo ali, embora ter sido brutalmente honesto para variar tenha retirado um peso enorme do meu peito.

Quando chegamos ao nosso andar, seguimos para nossos quartos separados.

Sozinho em minha cama, a culpa começou a surgir e me impediu de dormir.

Eu estava me torturando, olhando fotos de Chelsea novamente.

Ela não merecia isso.

Fiquei me revirando na cama, alternando entre pensar em Randy, sentir culpa por Chelsea e meu favorito: ter pensamentos carnais por Greta. Se eu não me importasse em magoar Chelsea, teria ido para o quarto de Greta esta noite. Eu sabia que, com toda a nossa frustração acumulada, teria sido o melhor sexo da minha vida. Mas eu não era um traidor, e não faria isso. Então, deixei minha imaginação se encarregar disso.

Em determinado momento, as fantasias sexuais ficaram tão vívidas que tentei desfazer meus pecados mandando uma mensagem para Chelsea às duas da manhã.

Eu te amo.

Imediatamente depois, mandei uma mensagem para Greta.

Se eu bater à sua porta esta noite, não me deixe entrar.

O táxi estava se aproximando do meu destino, então pensei que era um bom momento para parar de ler, já que eu teria que cumprimentar meus amigos. Foi doloroso ter que largar o Kindle.

Paguei ao motorista e guardei meu e-reader na bolsa. Ao entrar no Club Underground, o contraste entre a escuridão e as luzes brilhantes causaram uma sensação de irrealidade. Minha cabeça esteve na história de Elec o dia todo, e foi quase estranho entrar no mundo real. Comecei a sentir um leve pânico acompanhado de uma vertigem, que eu sentia de vez em quando.

Meu estado de nervos aumentou assim que vi dois dos meus colegas de trabalho, Bobbie e Jennifer, que me cumprimentaram quando entrei na área privada. Um pequeno bar estava iluminado por uma luz arroxeada, e fui imediatamente até lá para pegar uma vodca com refrigerante.

Tomei um gole.

— A convidada de honra já chegou?

— Nem sinal de Hetty — Jennifer disse.

Como Hetty não tinha chegado, pedi licença para ir ao banheiro, onde peguei meu Kindle novamente. Não me julgue.

Ainda considero um milagre eu ter conseguido passar a noite toda sem fazer besteira. Greta acabou me mandando uma mensagem, dizendo que não estava conseguindo dormir. Liguei para ela imediatamente, e conversamos até ela adormecer em algum momento depois das quatro da manhã. Fiquei ao telefone ouvindo o som de sua respiração.

O caminho para casa na manhã seguinte foi completamente doloroso. Uma serra elétrica não seria forte o suficiente para cortar a tensão que pairava no ar.

Greta ia me levar para o aeroporto. Acabamos passando na casa de sua mãe primeiro. Estar de volta ao lugar onde tudo começou foi mais difícil do que pensei que seria.

Greta nos serviu seu sorvete caseiro. Foi nostálgico dividi-

lo com ela na mesma tigela. Por alguma razão, de tudo que vivenciamos durante nossa pequena aventura, aquele momento foi o mais significativo para mim e o que mais pareceu uma despedida, tudo ao mesmo tempo.

Tive que baixar meu Kindle quando Hetty entrou no banheiro. Ela devia ter me achado patética.

— Aí está você. Estávamos te procurando!

— Ah, eu perdi a noção do tempo. Você ainda não tinha chegado, então vim relaxar um pouco aqui antes de começarmos a festa. — Eu a abracei. — Feliz aniversário, querida.

— Obrigada. Você estava lendo?

— Sim. — Eu ri e fiz um gesto vago com a mão. — Você sabe como é quando começa um livro e não consegue parar de ler.

— É erótico?

Tive que pensar um pouco.

— Não exatamente.

— Certo. Ok, então, vamos! Quase todos já chegaram.

Eu a segui de volta para a boate e fui direto para o bar pedir mais uma vodca com refrigerante. Comprometi-me a não pegar o livro por pelo menos uma hora e fui interagir com as pessoas, percebendo que estava olhando para seus rostos, mas não ouvia direito o que estavam dizendo. Suas bocas se moviam, mas meu cérebro não estava processando nada; minha mente ainda estava com Elec.

Assim que minha hora autoimposta terminou, voltei de fininho para o banheiro. Meus amigos provavelmente pensariam que eu estava cheirando carreiras de cocaína, mas eu precisava terminar o livro, já que faltava muito pouco. Assim, eu poderia aproveitar o resto da noite sem preocupações.

Respirei fundo.

Greta não fez contato visual comigo durante o caminho para o aeroporto. Tínhamos compartilhado tantos momentos especiais e, agora, ela não conseguia nem me olhar na cara. Esse foi o resultado de tudo, e eu não podia culpá-la.

Eu estava desmoronando e não sabia o que dizer a ela. Tínhamos praticamente ido do céu ao inferno durante as últimas vinte e quatro horas e, agora, eu a estava deixando... mais uma vez.

Quando saímos do carro, o vento estava forte. Parecia uma cena de filme. Essa teria sido a parte triste, em que começa a tocar uma música dramática.

O som retumbante dos aviões decolando deixou ainda mais difícil articular o que eu queria dizer. O que você diz para alguém que está abandonando pela segunda vez?

Ela colocou os braços em volta de si mesma e olhava para todo lugar, menos meu rosto.

Por fim, eu pedi:

— Olhe para mim.

Greta sacudiu a cabeça repetidamente, e uma lágrima desceu por sua bochecha.

Era oficial. Eu era a escória do mundo.

Meus olhos também começaram a lacrimejar, porque eu não podia arrancar a dor que ela estava sentindo, porque eu não podia fazer a única coisa que realizaria isso: ficar.

Ela gesticulou para mim.

— Está tudo bem. Vá. Por favor. Me mande mensagem, se quiser. É só que... não vou aguentar uma despedida longa... não com você.

Ela tinha razão. Isso não ia terminar bem, então por que prolongar?

— Ok.

Ela me surpreendeu ao se aproximar e me dar um beijo rápido na bochecha. Ela voltou com pressa para o carro e bateu a porta antes que eu pudesse ao menos processar aquilo.

Os resquícios de sua saliva estavam ardendo em minha pele enquanto eu entrava no aeroporto em transe.

Eu queria olhar para ela uma última vez, então me virei. Grande erro. Pelo vidro, vi que sua cabeça estava apoiada no volante. Imediatamente, voltei correndo para fora e bati na janela do carro. Ela se recusou a erguer o olhar e ligou a ignição, então bati com mais força. Ela finalmente olhou para mim e saiu do carro, enxugando as lágrimas.

— Você esqueceu alguma coisa?

Quando dei por mim, minha boca estava na dela. Meu coração tinha tomado as rédeas. Eu não separei os lábios, porque convenci a mim mesmo de que isso seria inocente se eu não sentisse seu sabor. Era um beijo firme e desesperado, e eu nem ao menos sabia o que significava.

Senti-me vazio e confuso.

Ela se afastou.

— Vá logo. Você vai perder o seu voo.

Minhas mãos ainda estavam em suas bochechas.

— Eu nunca superei ter te magoado naquela primeira vez, mas te magoar duas vezes... acredite quando digo que essa era a última coisa que eu queria ver acontecer na minha vida.

— Por que você voltou?

— Eu virei e te vi chorando. Que tipo de babaca sem coração te deixaria desse jeito?

— Não era para você ter visto isso. Você deveria ter continuado a andar, porque agora está piorando tudo.

— Eu não queria que aquela fosse a última coisa que vi.

— Se você realmente a ama, não deveria ter me beijado — ela gritou.

— Sim, eu a amo. — Aquilo saiu na defensiva. Olhei para o céu, porque eu precisava pensar por um segundo.

Como eu explicaria aquilo que me dei conta na pista de dança na noite passada?

— Quer saber a verdade? Porra, eu também te amo. Acho que eu não tinha me dado conta do quanto te amo até te ver novamente.

— Você ama nós duas? Isso é errado, Elec.

— Você sempre me disse que queria honestidade. Acabei de te entregar isso. Sinto muito se a verdade é uma confusão fodida.

— Bem, ela tem vantagem sobre mim. Você vai me esquecer de novo, em breve. Isso vai simplificar as coisas.

Ela estava entrando no carro novamente.

— Greta... não vá embora assim.

— Não sou eu que estou indo embora.

Ai.

Ela se foi e me deixou ali, o que era apropriado, já que eu intencionalmente tinha feito isso com ela... duas vezes.

Fiquei muito tentado a pegar um táxi e segui-la. Mas entrei naquele avião para voltar à Califórnia, porque, por uma vez na vida, eu precisava fazer a coisa certa.

Meu dedo ficou pressionando o botão para passar para a próxima página, esperando que tivesse mais história. Não era possível ele ter me feito passar por tudo aquilo para terminar bem ali, no momento em que nos separamos de novo.

Quando me enviou o manuscrito, ele disse que não estava finalizado. Ele provavelmente achou que eu não precisava saber de nada além do que me envolvia. Como o resto de sua vida envolveria ela, não havia necessidade de me torturar com mais. Agora eu entendia, e fiquei grata por isso. Ele queria que eu entendesse o que ele estava sentindo o tempo todo, para assim ter uma conclusão e seguir em frente.

Bem, que bom para ele.

Peguei meu celular mandei uma mensagem, que soou cordial apesar da minha raiva.

Greta: Terminei. Obrigada. Foi uma jornada incrível. Estou honrada por você ter me pedido para ler. A história da sua família me deixou abismada e explicou tanta coisa. Sinto muito por você ter passado por tudo aquilo. Eu compreendo tudo muito melhor agora, e também por que você terminou daquele jeito.

Merda.

Eu estava chorando, e tinha que voltar para os meus amigos.

Devastada, decidi que naquela noite eu o esqueceria de uma vez por todas.

"Me ajude a afogar as minhas mágoas", lembrei-me dele dizendo isso no cassino. Era disso que eu precisava agora mesmo.

Meus amigos estavam na pista de dança e gritaram ao me ver. Eles me puxaram e dançamos juntos por pelo menos uma hora. Quanto mais eu pensava em Elec, mais rápido e mais intensamente eu balançava os quadris e sacudia a cabeça, bagunçando meus cabelos de maneira que provavelmente parecia que eu tinha sido eletrocutada. Perdendo-me na música, eu não queria parar para não dar espaço às emoções dolorosas que suas palavras me causaram. Eu não queria aceitar que a personagem Greta Hansen tinha sido deletada da história de sua vida.

Meia hora depois, meu celular vibrou.

Qual a sua teoria sobre o final? Por que terminei daquele jeito?

Sua pergunta me deixou atônita. Para evitar que eu perdesse a compostura no meio da pista de dança, continuei dançando como se nada tivesse acontecido. Eu não queria que meus amigos pensassem que havia algo de errado.

Rebolei a bunda e digitei.

Greta: Porque você não queria me magoar. O resto não tem nada a ver comigo.

Elec: Tem certeza disso?

Greta: O que você quer dizer?

Elec: Pare de balançar a bunda por cinco segundos e talvez eu te explique.

O quê?

Antes que eu pudesse me virar, senti mãos fortes agarrando as laterais do meu vestido por trás, fazendo-me parar de me mover de repente. Elas deslizaram lentamente por minha cintura e pousaram na minha bunda com muita autoconfiança. Aquele toque. Aquele cheiro. O jeito como meu corpo imediatamente reagiu.

Não. Não podia ser.

CAPÍTULO 21

Virei e me deparei com olhos acinzentados, incandescentes mesmo na escuridão da boate. Meus batimentos cardíacos estavam tão intensos que pareciam duelar com a batida da música acelerada que tocava. Tudo à minha volta pareceu desvanecer quando me dei conta de que Elec estava bem diante de mim, segurando-me como se soubesse que sua presença me chocaria de uma maneira que eu poderia desabar no chão e precisasse que ele me equilibrasse.

Minha voz estava tremendo. Eu estava tão nervosa que minha primeira pergunta foi bem idiota.

— O que aconteceu com os seus óculos?

— Estou usando lentes de contato esta noite.

— Ah.

Finalmente, o choque começou a se dissipar o suficiente para que eu tentasse perguntar algo que fizesse sentido.

— Eu tenho um milhão de perguntas. Como você chegou aqui? Como me encontrou? Como...

— Cale a boca, Greta.

Sua boca quente encostou na minha e interrompeu abruptamente meu interrogatório. Ele me devorou sem prudência. Se ainda existia alguma dúvida de como as coisas estavam entre nós, a sensação de seu beijo possessivo, o jeito como ele pressionava seu corpo inteiro contra o meu, a aniquilou.

Sem precisar de palavras, aquele beijo disse tudo, alto e claro. Com sua língua colidindo com a minha, os sons guturais vindos de sua garganta conforme ele fazia aquilo, era a primeira vez desde que o conheci que senti verdadeiramente em minha alma: ele era meu. Todos os empecilhos do passado, cada pedaço de tudo aquilo que nos impedia, não existiam mais.

Eu ainda não sabia a história completa de como ele tinha chegado ali tão de repente, mas não tinha certeza se realmente importava.

Meus dedos correram por seus cabelos desesperadamente enquanto eu o puxava mais para mim.

Nunca mais me deixe, Elec.

Continuamos em nosso próprio mundinho, apesar das pessoas dançando à nossa volta, esbarrando em nós. Ele suspirou contra meus lábios, com a testa encostada na minha.

— Eu estava esperando você terminar o livro para poder vir te encontrar. Esse era o plano.

— Você estava em Nova York esse tempo todo?

— Eu já estava em Nova York quando o enviei.

— Ai, meu Deus. — Escondi o rosto em seu peito e deleitei-me com seu cheiro livre de cigarro. Ergui o olhar para ele e tive que fazer a pergunta que achei que deveria ser óbvia. — Você terminou com ela?

Ele assentiu com o rosto no meu.

— Mas, no final... — continuei. — Você disse que estava fazendo a coisa certa. Eu pensei que...

Ele me interrompeu com mais um beijo, e em seguida, disse:

— Imaginei que você presumiria isso. Mas a coisa certa... foi admitir que eu não posso amá-la por completo quando meu coração bate mais forte por outra pessoa. — Ele envolveu minhas bochechas com as mãos. — Meu coração não cala a boca desde que te avistou naquele jardim. Eu finalmente dei ouvidos a ele. Só levei um tempo para clarear a mente o suficiente para entender o que ele realmente queria.

Eu sabia que era uma longa história, que terminar com Chelsea não foi fácil para ele. Eu sabia que ele a amava de verdade e me contaria tudo no devido tempo, mas agora não era o momento apropriado para isso.

Como se tivesse lido a minha mente, ele falou:

— Prometo que vou te contar tudo que aconteceu, mas não agora, ok? Só quero estar com você.

— Ok.

Abracei-o pelo pescoço e soltei um suspiro tão intenso que quem visse pensaria que eu o estava segurando há sete anos. Talvez eu estivesse mesmo. Nos beijamos como se nossas vidas dependessem disso, sem nos separar por um segundo durante pelo menos três músicas consecutivas. Eu tinha certeza de que meus amigos estavam nos vendo, mas eu não conseguia desviar a atenção de Elec para conferir as reações deles. Eles provavelmente pensavam que eu estava ficando com um cara aleatório, e eu teria que explicar muita coisa no trabalho. Pressionei meu corpo no dele e pude sentir sua ereção através da calça jeans. Estávamos praticamente fazendo amor na pista de dança.

Era surreal.

Ele grudou os lábios à minha orelha, causando-me arrepios.

— Você me quer, Greta?

— Sim.

— Você confia em mim?

— Confio.

— Eu preciso de você agora.

— Aqui na boate?

Ele sorriu contra minha boca.

— Eu queria que você terminasse de ler, que soubesse de tudo antes que eu viesse te encontrar. Estou perambulando por essa cidade duro feito pedra há três dias só de pensar em estar com você. O seu apartamento fica muito longe daqui. Não posso mais esperar.

— Para onde podemos ir? — perguntei.

— Não ligo, mas precisamos descobrir antes que eu te coma aqui mesmo nessa pista de dança. — Ele me segurou pela mão. — Vamos.

Ele entrelaçou nossos dedos e me conduziu pelo ar denso e úmido da boate. Todos os pelos do meu corpo se eriçaram. O que estávamos fazendo parecia perigoso. Elec era um homem completo agora. Quando estive com ele pela última vez, sexualmente, ele era, a bem dizer, um garoto. Eu tinha certeza de que ele tinha ficado ainda melhor no decorrer dos anos em que estivemos separados, e eu não sabia o que me aguardava. Fazia muito tempo desde que eu estivera com alguém. Isso ficaria nítido e ele notaria.

Havia uma porta que dava para um cômodo nos fundos, mas, quando Elec tentou abri-la, estava trancada. Ele olhou para mim com um sorriso que me deu arrepios.

— Você disse que confia em mim, não é?

— Sim.

— Espere aqui.

Ele abriu uma porta dos fundos que parecia uma saída de emergência e deu uma olhada do lado de fora antes de voltar para onde eu estava.

— Eu quero te dar uma escolha, dependendo do que você estiver a fim.

— Ok.

— Podemos ir procurar o hotel mais próximo e fazer amor em uma cama, ou...

— Ok. Ou?

— Ou podemos ir lá para fora agora e foder com força naquele beco.

Os músculos entre minhas pernas nunca pulsaram tão intensamente em antecipação por alguma coisa. Meu corpo claramente escolheu por mim, querendo render-se completamente a ele. Eu precisava disso tanto quanto ele. Eu queria com força, e queria agora.

— Quero a opção b.

— Boa escolha.

Ele abriu a porta dos fundos e me conduziu para fora. O beco estava deserto. Uma fina camada de névoa permeava o ar. Andamos um pouco até chegarmos a um canto um pouco mais escondido.

— Ninguém vai nos ver aqui — ele disse, empurrando-me gentilmente contra a parede de tijolos. — Estou louco para te tirar da sua zona de conforto.

Meu peito subia e descia com a respiração pesada pela excitação de não saber exatamente o que ele ia fazer comigo. Eu só sabia que não o impediria. Estava me jogando às cegas de muito bom grado. E tremia um pouco.

— Você está nervosa? Não tenha medo.

— Só estou empolgada. Já faz um tempo.

— O seu corpo vai se lembrar de mim.

Elec puxou o topo do meu vestido para baixo, deixando meus seios expostos. Ele empurrou todo o meu cabelo para minhas costas antes de segurar meu pescoço com um pouco mais de firmeza. Mas a sensação foi boa. Ele trouxe sua boca para minha pele, arranhando-me com os dentes.

— Porra, esse pescoço... quase foi a minha morte... minha coisa favorita no mundo inteiro — ele disse ao chupá-lo e gemer contra ele, vibrando em minha pele. — Consigo praticamente sentir o cheiro do seu desejo por mim, Greta. — Ele manteve uma mão em meu pescoço e beliscou meu mamilo levemente com a outra. — Olhe como estão durinhos. Acho que seus mamilos nunca estiveram de outro jeito além de duros sempre que você está perto de mim. E eu queria que você pudesse ver o seu rosto agora. Mesmo no escuro, posso ver como as suas bochechas estão rosadas. Me dá um tesão sem fim saber que eu causo esse efeito em você. Quero que saiba que eu nunca quis tanto algo quanto reivindicar cada centímetro seu. Vou fazer isso agora. Ok?

Assenti, tão excitada que mal conseguia respirar. Enterrei os dedos nas ondas escuras de seus cabelos conforme ele subia os beijos por meu pescoço até chegar à minha boca e devorá-la. Deliciei-me com o doce sabor de seu hálito e sua barba arranhando meu rosto. Estar com Elec não era nada delicado, mesmo quando ele suavizava o ritmo. Movi minha língua pelo piercing em seu lábio, e ele rosnou quando puxei levemente. Não me cansava de sua boca. Eu a queria por todo o meu corpo.

A umidade estava se acumulando entre minhas pernas enquanto ele se ajoelhava no concreto para erguer meu vestido e puxar minha calcinha para baixo devagar. Ele ergueu o olhar para mim e exibiu seus lindos dentes.

— Você não vai precisar disso. — Ele sorriu e acrescentou. — Por pelo menos uma semana. — No mesmo instante, ele guardou minha calcinha no bolso traseiro. Minhas pernas estavam tremendo.

Ele se levantou lentamente, e a sequência de eventos em seguida não foi nada menos que uma provocação erótica perfeitamente coreografada. Cada som, cada movimento era mais sensual que o outro: a fivela de seu cinto abrindo, seu zíper abaixando, seus dentes rasgando o pacote da camisinha enquanto olhava para mim, o som do látex se esticando sobre seu pau que estava pingando líquido pré-gozo em volta do piercing na glande. Eu estava latejando de desejo.

Seus olhos pareciam ter escurecido. Sem abaixar muito a calça, ele me ergueu e colocou minhas pernas em volta de sua cintura, prendendo-me contra a parede.

— Me avise se ficar bruto demais — ele pediu com a voz profunda.

— Não vai...

Ah!

Elec me penetrou com um só movimento. Ele colocou a mão atrás da minha cabeça para protegê-la porque percebeu que quase me deu uma concussão.

Sua boca permaneceu em meu pescoço, mordiscando delicadamente enquanto me fodia, o calor de seu pau me queimando. Cada movimento era mais forte que o anterior e com somente um segundo de distância do outro.

Ele grunhia alto a cada estocada. Alguém ia acabar nos flagrando. Era o sexo mais bruto da minha vida, seguido apenas da vez em que ele me fodeu no chão do meu quarto há sete anos. Eu não transava há quase dois anos, e nem daria para saber diante do quão facilmente meu corpo o comportava, apesar de seu tamanho impressionante. Acho que eu já estava molhada para ele desde o instante em que o avistei novamente naquele jardim.

Ele continuou a me foder, feroz e desenfreadamente.

— Ninguém deveria ter isso além de mim — ele disse contra a pele do meu pescoço. Ele estocou novamente. — Eu te abandonei. — Ele empurrou mais fundo. — Eu te joguei fora.

Comecei a mover meus quadris, empalando-me nele.

— Então, me tome de volta. Me foda com mais força.

Minhas palavras lhe deram ainda mais impulso, e ele aceitou o desafio. Elec nos virou para que suas costas ficassem contra a parede dessa vez, e não precisou mais proteger minha cabeça. Ajustou minhas pernas em volta de si e envolveu meu pescoço com a mão, usando a outra para me segurar. Ele olhou em meus olhos ao entrar e sair de mim enquanto me enforcava levemente, apenas o suficiente para ser prazeroso. Saber o quanto aquilo o excitava me deixou louca.

Por sorte, ninguém apareceu ali. Ainda estávamos sozinhos na noite enevoada. Os únicos sons eram nossas peles se chocando, o tilintar da fivela de seu cinto e nossas respirações, que saíam em um ritmo sincronizado.

Estendi a mão para erguer sua camisa e poder ver seu abdômen. Ele estava ainda mais firme do que eu me lembrava e parecia ter sido esculpido. Eu queria que estivéssemos pele com pele, mas seria arriscado tirarmos as roupas ali.

— Não se preocupe. Mais tarde, nós tiraremos — ele disse. — Vamos fazer tudo esta noite.

De repente, meu orgasmo começou a se manifestar. Eu nem tive que dizer nada. Fiquei maravilhada com o quão bem ele conhecia meu corpo.

— Você está gozando — ele declarou. — Eu me lembro como é. Olhe para mim.

Ele segurou meu pescoço e olhou em meus olhos ao impulsionar a pélvis, fodendo-me o mais forte que podia até começar a estremecer.

Levei vários minutos para recuperar o ritmo normal de respiração. Ele continuou a segurar meu corpo mole, beijando meu pescoço.

— Eu te amo, Greta.

Eu o amava tanto que nem ao menos consegui articular as palavras. Tantos sentimentos vieram para a superfície, mas o medo chegou na frente.

— Nunca mais me deixe, Elec. Não volte para ela — pedi.

Ele me abraçou com mais força.

— Não vou, amor — ele prometeu, erguendo meu rosto para encontrar seu olhar. — Olhe para mim. Você nunca terá que se preocupar com isso. Não vou a lugar algum. Eu sei que tenho que provar isso a você, e é o que farei.

Ele me colocou de volta no chão e fechou sua calça antes de me erguer novamente. Seus pés esmagaram os cascalhos conforme ele me carregou nos braços até a calçada mais próxima, onde pegamos um táxi.

Ainda parecia um sonho.

No banco de trás, apoiei a cabeça em seu peito. Seu coração batia rápido contra minha orelha enquanto ele acariciava meus cabelos delicadamente durante todo o caminho até meu apartamento.

Quando entramos no prédio, ele pousou as mãos em meus ombros enquanto beijava minha nuca conforme subíamos as escadas.

Atrapalhei-me com as chaves e, assim que entramos, senti uma vontade insana e repentina de fazer algo que nunca tinha feito antes.

Empurrei-o contra a porta que tinha acabado de fechar atrás de nós e puxei sua camisa para cima para retirá-la. Sua expressão formou um misto de fome, choque e diversão diante de minha ousadia.

Circulei o piercing em seu mamilo com a língua e lambi cada músculo definido de seu peito, descendo até a tatuagem de trevos. Fiquei de joelhos, e quando ele se deu conta do que eu estava prestes a fazer, seu peito começou a ficar pesado.

— Porra — ele disse, com a voz rouca. — Isso está mesmo acontecendo?

Sem perder tempo, ele arrancou seu cinto e o jogou no chão. Abaixei sua cueca e liberei seu pau, tirando um momento para admirar sua grossura, seu tamanho, seu calor e o piercing brilhante na extremidade. Sempre tive várias fantasias sobre chupá-lo, porque era a única coisa que não tínhamos feito.

Ele juntou meus cabelos e segurou os fios entre os dedos.

— Você não imagina quantas vezes eu sonhei em foder essa boca linda. Tem certeza de que quer fazer isso?

Em vez de respondê-lo, passei a língua sobre o piercing e saboreei o gosto salgado do pré-gozo em sua glande enquanto acariciava seu comprimento. A cada movimento da minha mão, a cada lambida, ele ficava mais molhado.

Seu abdômen se contraiu, e sua respiração ficou ofegante.

— Porra. Que provocação.

Parei e lambi os lábios ao olhar para ele. Seus olhos se fecharam em resposta. Elec era sempre tão controlador, mas agora ele estava à minha mercê, e isso me excitou muito.

Seus olhos ainda estavam fechados quando o tomei em minha boca até a garganta pela primeira vez. Os sons de prazer que ele emitia eram incrivelmente sensuais e me encorajaram a tomá-lo ainda mais fundo e rápido. Adorei senti-lo tão macio preenchendo minha boca. Eu queria cada vez mais, chupava cada vez mais forte. Estava tão molhada que poderia gozar facilmente com isso se começasse a me tocar.

Ele enterrou as unhas em meus cabelos e os puxou.

— Pare. Você vai me fazer perder o controle, e eu quero gozar dentro de você.

Chupei-o mais forte.

— Não — eu disse, querendo que ele gozasse na minha boca.

Sua respiração estava errática.

— Você toma pílula, por acaso?

Confirmei com a cabeça.

— Tomo há anos. Regula o meu ciclo.

Ele puxou o pau da minha boca.

— Levante-se e vire-se.

Meu coração acelerou conforme ele ergueu meu vestido e o tirou por minha cabeça. Ele agarrou meus quadris por trás e enterrou-se em mim. Sem camisinha, a sensação quente e molhada de sua pele dentro de mim junto ao piercing de metal foi quase demais para aguentar. Cada sensação estava ainda mais intensa.

Suas mãos agarraram minha bunda enquanto ele me fodia. Pude ouvir minha umidade conforme ele impulsionava e recuava. Eu estava pronta para gozar a qualquer momento, de tão excitada por tê-lo chupado e estar sentindo-o sem barreiras.

— Nunca mais conseguirei usar camisinha com você — ele disse sem fôlego. — Isso é bom demais.

Meu orgasmo estava vindo.

— Goze dentro de mim agora.

Ele estocou em mim com tanta força que tive certeza de que minha bunda ficaria com hematomas.

— Porra... Greta... oh... — Ele continuou entrando e saindo até não sobrar mais nada e, ainda assim, ele continuou a me foder devagar por mais um tempo.

Por fim, Elec saiu de dentro de mim e me virou para me beijar. Ele deu uma risada.

— Nós não conseguimos ir além da porta da frente. Tem noção disso?

— Acho até que consigo fazer de novo.

— Ótimo, porque ainda tem muitas coisas que quero fazer com você esta noite — ele respondeu, arrastando-me para o quarto com a calça pendurada na cintura.

Quatro velas acesas chamejavam à nossa volta enquanto estávamos na minha cama às quatro da manhã tomando sorvete em um pote Ben & Jerry's.

— Então, como você sabia onde me encontrar esta noite?

— Bom, quando você me mandou a mensagem dizendo que tinha terminado, eu estava na Starbucks da esquina. Vim direto para cá, já que imaginei que era aqui que você estava lendo. Eu queria chegar até você e te fazer uma surpresa. Fiquei esperando você atender à porta. Mas aí, uma... pessoa... que disse ser sua fada madrinha veio até mim e disse "Alec, não é? Eu te reconheceria em qualquer lugar com a descrição que minha Greta me deu. Eu sabia que você viria atrás dela, seu burro do caralho".

— Está falando sério? — Caí na gargalhada. — É a Sully. Ela *é* mesmo a minha fada madrinha.

— Bem, você sabe que a sua fada madrinha tem um pacote maior que o meu, não é?

— Sim, estou bem ciente disso. Nós apenas não falamos sobre o assunto.

— Você deve ter falado muito sobre mim para ela. De qualquer forma, eu só precisava chegar até você, e perguntei se ela sabia onde você estava.

— Então ela te deu o nome da boate?

— Não de cara. Acho que ela queria me fazer sofrer.

— O que ela fez?

— Ela me fez tirar a camisa.

— Está brincando?

— Estou falando muito sério.

— Só isso?

— Quem me dera.

— O que foi?

— Ela me fez segurar uma placa feita de papelão que dizia "otário" e tirou uma foto minha.

Cobri a boca e falei contra minha palma:

— O quê?

— Pois é. Depois, disse que ia guardar isso como garantia.

— Sully é maluca.

— Bom, ele... ela obviamente se importa com você. Me identifico nesse aspecto. Enfim, somente depois que a deixei tirar essa foto, ela me deu o endereço da boate e disse "Essa é a sua última chance".

— Uau.

— É.

Elec virou para mim.

— Eu preciso que você saiba de uma coisa.

— Ok...

— Mais cedo, quando me pediu para não voltar para Chelsea depois que terminamos lá no beco, foi difícil de ouvir. Existe uma parte sua que não confia que isso seja real, e ainda está traumatizada porque eu te abandonei no passado. Isso me fez perceber o quanto te magoei, quanto trabalho tenho pela frente.

— Eu só estava muito emotiva naquele momento, principalmente depois de passar o dia todo lendo o seu livro. Todos os meus sentimentos, incluindo meu maior medo, vieram à tona.

Elec pegou o pote de sorvete das minhas mãos e o colocou de lado. Ele pousou as mãos em minhas bochechas.

— Nunca houve competição alguma. Eu amava Chelsea, mas era por tabela. Eu te amo muito mais. Durante cada segundo que passei com você novamente, tive que ficar constantemente me reassegurando de que amava Chelsea, e não é algo que eu deveria ter que fazer. Meus sentimentos por você sempre foram tão poderosos que me assustaram pra caralho. No instante em que entrei naquele avião, eu soube que estava indo para a Califórnia para terminar com Chelsea. Essa era coisa certa a fazer.

— Você a magoou muito, não foi?

— Sim. Ela não merecia isso.

— Eu sinto muito.

— Teria sido pior se estivéssemos noivos ou casados, porque não sei se o resultado poderia ser diferente. Não teria sido justo ficar com ela e te amar como amo em segredo.

— Acho que sei exatamente como ela deve estar se sentindo agora.

— Sim, você provavelmente sabe. Uma parte de mim sempre se sentirá péssima por magoá-la, mas não tinha como evitar isso. Levei vários dias depois de voltar para a Califórnia para descobrir como explicar tudo para ela da melhor maneira possível, porque eu queria ser honesto sobre você. Não fiz isso imediatamente, mas não dormi mais com ela; você precisa saber disso. Inventei algumas desculpas. O ponto principal é que eu não queria voltar para cá enquanto tivesse bagagem mal resolvida e enquanto você não soubesse de tudo sobre o meu passado. Então, depois que me mudei do apartamento de Chelsea, passei bastante tempo trabalhando no livro até que cheguei ao ponto em que me senti confortável em deixar você ler.

— Obrigada por compartilhá-lo comigo.

Ele me beijou.

— Eu te amo tanto, Greta.

— Eu também te amo.

— Não vou voltar para a Califórnia.

— O quê? Nem mesmo para buscar as suas coisas?

— Não. Coloquei tudo em um depósito. *Mami* está bem, por enquanto. Mas nós precisamos ir visitá-la em breve.

— Nós?

Minha vontade de conhecer Pilar era do mesmo tamanho da de Dorothy de conhecer a Bruxa Má do Oeste, em *O Mágico de Oz*.

— Sim. Eu já contei a ela sobre você. Ela não aceitou bem, a princípio, mas expliquei o quanto eu te amo e que ela precisa aceitar. Ela vai, Greta. E se não aceitar, não fará diferença.

— Espero que sim.

— Eu precisava encontrar outro emprego, porque pedi demissão do centro juvenil depois que terminei com Chelsea. Então, na verdade, uma das coisas que fiz durante os últimos dias foi uma entrevista em uma escola aqui na cidade, na sexta-feira passada. Me ofereceram um cargo de orientador.

— Está brincando?

— Não.

— Elec, que notícia maravilhosa!

Ele pegou o sorvete e começou a tomá-lo novamente.

— Mas eu vou precisar de um lugar para ficar. Você conhece uma garota que precisa de um colega de apartamento?

— Na verdade, Sully está procurando um.

Ele me deu uma colherada de sorvete na boca.

— Me referi a outra garota. Eu meio que estava pensando em ir morar com uma gostosa aí que curte chupada na boceta.

— Ah... talvez ela esteja interessada.

— Que bom, porque eu não pretendia aceitar um não como resposta. — Ele me beijou com a boca cheia de sorvete de cereja. — Ei... você nunca me explicou com o que realmente trabalha. Só disse que é um cargo administrativo, mas o que a empresa faz, exatamente? Ou você é, na verdade, uma agente do FBI ou algo assim?

Ai, ai. Fiquei surpresa por ter demorado tanto até eu ter que confessar. Havia uma razão pela qual nunca fiz isso.

— Não é exatamente administrativo, e você acertou a parte sobre ser uma agente. Existe um motivo pelo qual hesitei em te contar. Me senti muito culpada quando estávamos separados, porque queria poder ter te ajudado, na verdade.

— Não entendi.

— Eu sou uma agente literária, Elec.

Ele colocou o pote de sorvete na mesa de cabeceira.

— Como é?

— Eu represento autores, e acho que poderia te ajudar a publicar algum dos seus trabalhos, particularmente *Lucky e o Garoto*. Trabalho bem próxima a uma editora muito importante de livros do gênero jovem-adulto, e acho que deveríamos enviá-lo para ela.

— Porra, você está brincando comigo?

— Estou falando muito sério.

— Como você entrou nesse ramo?

— Na verdade, caí de paraquedas nele. Estava procurando um emprego depois que terminei a faculdade, comecei como estagiária e fui promovida até conseguir um cargo de agente. É recente, então a minha clientela ainda está crescendo.

— Por favor, me diga que vou ter que transar com você para ter vantagem na minha carreira na escrita.

— Isso definitivamente faz parte do acordo.

— Uau, mas, falando sério, estou muito orgulhoso de você.

— Você não faz ideia de como me senti culpada durante o último ano, vendo escritores que não tinham metade do seu talento conseguindo contratos de publicação e tendo sucesso. Eu não sabia como te contatar ou se você ao menos queria conseguir algo assim, porque sempre manteve a sua escrita em segredo.

— Sabe que eu nunca esperaria algum tratamento especial, não é? Você não me deve nada.

— A sua escrita me impressionou muito antes de eu encontrar essa carreira. Acredito em você. Vamos trabalhar juntos. Se não der em nada, ao menos teremos tentado.

— Se não der em nada, ainda serei o homem mais sortudo do mundo. —

Ele sussurrou para si mesmo, ainda pensando em minha confissão: — Isso é incrível.

Levantei-me e montei em seu colo, passando um dedo na lateral de seu corpo.

— Por falar em sorte, notei que você tem uma tatuagem nova bem aqui.

Ele começou a me fazer cócegas.

— Oh, você notou, hein?

Era uma pequena caixa de cereais *Lucky Charms* com as palavras *Get Cereal* logo acima.

Muito fofa, mas bizarra.

Mesmo que combinasse com o tema irlandês de todas as outras tatuagens, aquilo me fez rir.

— Qual é o significado dela?

— Sinceramente? Eu a fiz há pouco tempo. Me lembra de você e do quanto é sortuda em jogos. Além disso, você é o meu amuleto da sorte. Muitas vezes na minha vida, você transformou algo infeliz em algo mágico para mim. — Ele me puxou para um beijo profundo e, em seguida, disse: — E se você embaralhar as letras de *Get Cereal*, dá os nossos nomes.

Get Cereal = Coma cereal.

Get Cereal = ElecGreta.

Ai, meu Deus. Eu o amo.

— É o meu anagrama favorito dos que você já criou.

— Era isso ou *Rectal Gee,* e não fazia sentido algum. Tem a ver com *reto*, e eu ia ter que tatuar uma bunda na minha pele. Não teria dado certo.

Alguns meses depois, era Natal em Nova York. Era a minha época favorita do ano, com todas as luzes e decorações adornando a cidade. Esse Natal estava sendo incomparável, porque Elec e eu estávamos vivenciando-o juntos e apaixonados pela primeira vez.

Nosso plano era irmos para São Francisco para passar o dia de Natal com Pilar. Por sugestão de Elec, falei com ela por telefonema para tirar um pouco a tensão. Ela foi surpreendentemente cordial comigo, o que me fez sentir muito melhor em relação à viagem. As coisas nunca seriam perfeitas entre nós, e eu tinha certeza de que ela preferiria que ele tivesse ficado com Chelsea. Contudo, pelo menos, agora que Randy não estava mais aqui e com o decorrer do tempo, ela estava conseguindo me aceitar.

Alguns dias antes do voo para a costa oeste, Elec e eu fomos convidados para uma festa de Natal na casa de Sully.

O apartamento de Sully era o clássico de Nova York: muitas sancas de madeira escura e uma estante embutida robusta preenchida de cima a baixo com livros que variavam de temas eróticos a história militar. Ela tinha organizado uma festa completa, pendurando visco artificial e luzes brancas por todo o apartamento. Tinha até um banner dourado onde estava escrito *Coma, Beba e Alegre-se*. Ela também havia montado uma mesa com *eggnog* e aperitivos variados. Elec e eu estávamos nos sentindo muito bem depois de algumas canecas de *eggnog*.

Ele estava muito sexy usando um gorro de Papai Noel de veludo quando me puxou para um canto privado do cômodo.

Puxei a bolinha branca fofa na extremidade do gorro.

— Sabia que você é o Papai Noel mais sexy que eu já vi?

Ele deslizou as mãos pela minha cintura.

— Para sua sorte, eu aparecerei bem mais do que somente uma vez por ano.

Passei os braços em volta de seu pescoço e apoiei-me nele.

— E eu te darei muito mais do que somente biscoitos.

— Eu não me importaria de espalhar um pouco de alegria no banheiro agora — ele disse.

Então, foi o que fizemos.

Quando saímos, estava na hora de abrir os presentes. Sully deu um para Elec primeiro. Eles acabaram se aproximando bastante e estavam constantemente implicando um com o outro.

— Oh, Sully. Não precisava.

Todo mundo caiu na gargalhada quando Elec ergueu uma camiseta cuja estampa era sua foto com o peito exposto e segurando a placa de papelão onde estava escrito otário. Ele também ganhou uma caneca e um mouse pad com a imagem.

Sully riu.

— Com toda essa história de livro, eu não queria que você esquecesse as suas raízes.

Elec levou na esportiva e, depois, recebeu seu presente de verdade, que era um cartão-presente da Starbucks, onde ele passava bastante tempo escrevendo após o trabalho. Recentemente, havíamos fechado um contrato de publicação para *Lucky e o Garoto* e uma sequência na qual ele estava trabalhando atualmente. Ele ainda trabalhava como orientador em uma escola de ensino fundamental durante o dia.

Elec foi o último a me entregar um presente. Fiquei surpresa por ele ao menos ter trazido algo para mim, já que tínhamos concordado em trocar presentes na Califórnia. Digamos que, assim que abri a caixa, fez total sentido. Não era realmente o meu presente. Era a última calcinha que ele tinha roubado de mim tantos anos atrás. Era de renda e na cor turquesa. Eu me lembrava muito bem dela, e sacudi a cabeça.

— Não acredito que você guardou isso todos esses anos.

— Era a única recordação que eu tive sua por muito tempo.

Sussurrei em seu ouvido:

— Sorte a sua a minha bunda ainda caber nessa calcinha.

Ele sussurrou no meu:

— Acho que tenho mais sorte ainda porque eu caibo na sua bunda.

Dei um soco leve em seu braço.

— Você é tão safado. Mas eu adorei.

— Você não leu o cartão — ele disse.

Eu o abri. Tinha a imagem de um casal se beijando em frente a uma árvore de Natal. Era um daqueles cartões em branco em que você pode escrever seu próprio recado dentro.

Greta,

Este Natal será o melhor

da minha vida.

Por sua causa...

eu:

Estou grato.

Estou feliz.

Estou satisfeito.

Estou em paz.

Estou empolgado pelo futuro.

Estou apaixonado.

Por sua causa, neste Natal...

eu:

Am Merry[2].

Am Merry?

Não me toquei logo de cara, até vê-lo ajoelhando-se diante de mim e enfiando a mão no bolso.

Am Merry = Marry Me.

Case comigo.

---

2 Em tradução livre, Estou feliz. (N.E.)

— Eu não sabia o que era amor até encontrar você, Greta. Não somente dar, mas também receber. Eu te amo tanto. Por favor, aceite casar comigo.

Cobri o rosto, em choque.

— Eu aceito. Sim. Sim!

Todos em volta aplaudiram. Sully devia estar por dentro do plano, porque estourou uma garrafa de champanhe.

Quando Elec colocou o anel em meu dedo, arfei.

— Elec, este é o anel mais lindo que já vi, mas aposto que foi caro demais.

O diamante tinha pelo menos dois quilates, e o anel, que devia ser de ouro branco ou de prata, era cravejado de pequenos diamantes.

Ele levantou-se e acariciou meu nariz com o seu.

— Esse anel é o que Patrick deu para Pilar, há tantos anos. Dinheiro nunca foi problema para ele. *Mami* parou de usá-lo depois que Patrick morreu, mas não quis se livrar dele. Ela o guardou durante todos esses anos. Eu nunca o tinha visto, mas ela me mostrou logo antes de eu me mudar para cá. Perguntei imediatamente se podia ficar com ele, sabendo que queria te dar, algum dia. Ela me deu, mas insisti em retribuir a ela o valor dele. Este anel já representou uma época de muita dor para a minha família, mas não o vejo mais dessa forma. Se não fosse por tudo aquilo, nós não teríamos nos encontrado, e nem posso imaginar isso. Este anel é uma luz indestrutível em meio a toda a escuridão que foi o meu passado. Ele me lembra do seu amor por mim. É o anel perfeito para você.

Um ano depois, na véspera de Ano-Novo, Elec e eu fizemos uma cerimônia privada oficializada por um juiz de paz. Usei meu cabelo preso em um coque. Ele ficou muito feliz com isso.

Não foi necessário um casamento grande; nós só queríamos oficializar. Escolhemos a véspera de Ano-Novo como uma maneira de ressignificar o destino.

Após um jantar sozinhos no Charlie's Pub, depois da cerimônia, nos juntamos à multidão na Times Square.

Quando a bola desceu, Elec me ergueu e puxou-me para um beijo apaixonado que compensou completamente a oportunidade que tínhamos perdido cinco anos antes.

Quando me colocou de volta no chão, ele apoiou a cabeça em minha barriga e fez uma brincadeira espertinha, ao típico estilo Elec, sobre como a nossa vida era digna de um *reality show*: ele tinha oficialmente se tornado o filho bastardo de seu irmão que engravidou sua meia-irmã.

EPÍLOGO

Capítulo Final:
Romance Verdadeiro

— Você é o pai do bebê O'Rourke?

Uma pontada estranha atingiu meu coração ao ouvir a enfermeira usar aquele termo.

— Sim. Sou eu. Eu sou o pai.

O pai.

Minha vida inteira fora definida por ser a antítese do que é ser um pai. Eu era o filho: filho bastardo, filho ruim, filho distante. Mas agora, eu era o pai. Era minha vez de ser... o pai.

— Posso conferir sua identificação, por favor?

Ergui meu braço e mostrei a ela a pulseira de plástico presa em volta do meu pulso. Eu queria usá-la para sempre. Talvez nem mesmo uma gangrena poderia ser um motivo bom o suficiente para me fazer cortar aquela coisa.

— Venha comigo — ela disse.

Eu tinha perdido o parto. Estava visitando mami na Califórnia quando Greta me ligou para dizer que sua bolsa tinha estourado. Ela estava com apenas trinta e quatro semanas de gestação, então achei que seria seguro fazer uma viagem rápida até a Califórnia antes que meu tempo se tornasse mais limitado do que nunca.

Imediatamente, refiz minhas malas e dirigi para o aeroporto ao perceber que, provavelmente, ela já estava em trabalho de parto.

Quando dei por mim, Sully estava me ligando para dizer que Greta havia sido levada para fazer uma cesariana de emergência. Entrei em pânico, porque eu ainda não estava no avião. Sabia que não chegaria a tempo. Senti-me impotente da pior maneira possível. Rezei pela primeira vez na vida, provavelmente. É engraçado como você podia passar a vida inteira se perguntando se existia mesmo um Deus, até se deparar com um momento repentino de crise e se ver implorando a Ele como se nunca tivesse duvidado de Sua existência.

Sully me mandou uma mensagem pouco tempo antes de eu embarcar. Era uma foto do meu filho.

Meu filho.

Lembro-me de que estava saindo do banheiro e simplesmente congelei, fitando a tela do meu celular, maravilhado. Olhei em volta, como se todo mundo ao meu redor soubesse que esse era o momento mais monumental na história do universo. A mensagem dizia que o bebê tinha sido levado para a UTI Neonatal, mas estava bem. Greta estava bem. Eles estavam bem.

Obrigado, Deus. Juro que nunca mais duvidarei do Senhor.

Lágrimas arderam em meus olhos enquanto eu olhava para a foto, passando pelo portão para entrar no avião. Acho que devo ter passado as seis horas de voo apenas encarando aquela imagem.

Quando finalmente cheguei ao hospital, Greta estava dormindo, e eu não quis acordá-la, mas não podia esperar nem mais um minuto para conhecer o meu filho.

A enfermeira me conduziu para o local onde ele estava dormindo em uma incubadora.

Se eu tinha me emocionado ao ver a foto, não foi nada

comparado a vê-lo pessoalmente, observando seu pequeno peito subir e descer.

— Ele está respirando por conta própria e os sinais vitais estão bons. Ele provavelmente precisará ficar aqui por apenas cinco ou seis dias.

— Posso segurá-lo?

— Sim. Pedimos apenas que você lave as mãos com o sabão antibacteriano que está ali e coloque uma dessas máscaras.

Sem perder tempo, fui até a pia, lavei as mãos e coloquei a máscara no rosto.

Ela o pegou e o entregou para mim. Seu corpo quentinho estava envolto em uma manta e era leve como uma pena. De repente, fiquei apavorado, não somente por me dar conta de que teria que protegê-lo pelo resto de sua vida, mas também por me preocupar até mesmo com a ida para casa pela cidade. Ele era tão frágil, e ainda assim, esse ser humano minúsculo abrangia tudo que mais importava para mim no mundo. Isso era o que eu chamava de segurar o mundo inteiro nas palmas das mãos. Queria poder levá-lo para casa em uma caixa respirável e indestrutível com uma tranca. Eu queria protegê-lo de tudo que esse mundo louco tinha a oferecer.

Olhar para seu rostinho me fez realmente perceber que tudo que passei em minha vida aconteceu exatamente da maneira que deveria. Não poderia ter sido de nenhuma outra forma, se significasse que essa pequena pessoa não viesse ao mundo.

Ele tinha o nariz de Randy, o que significava que também era igual ao de Patrick. Era inconfundível. Com seus cabelos mais claros, ele parecia ainda mais com eles do que eu. Como era irônico como, depois de tanto ódio, o amor havia brotado com a semelhança deles.

Arrepios me percorreram quando me dei conta de que hoje — seu aniversário — era o dia 22 do mês, mas não permiti que isso me incomodasse de maneira alguma.

— Oi, amiguinho. É o papai. Eu sou o seu papai.

Suas pálpebras se agitaram, e ele começou a se remexer em meus braços.

— Você não precisa acordar agora. Estarei aqui. Você não vai se livrar de mim por um bom tempo.

Ele abriu a mãozinha, e fiquei olhando seus dedos minúsculos se fecharem em volta do meu dedo mínimo. Perguntei-me como eu ao menos tive inspiração para escrever antes dele. Eu sabia que, daquele momento em diante, cada pedaço dela seria derivada do meu filho.

Deixar para trás toda a raiva remanescente do passado seria mais necessário do que nunca. Não haveria mais espaço para isso em meu coração. Eu precisava de todo o espaço para ele. Foi naquele momento, segurando meu filho, que eu soube que tinha verdadeiramente perdoado Randy e Patrick. Eles me ensinaram o que não fazer como pai. Eu compensaria os erros deles ao dar ao meu filho mais amor do que ele aguentaria.

Pode ter sido estranho, mas, em silêncio, agradeci a Randy pelo que ele tinha me dado. Em vida, ele me conduziu até o meu verdadeiro amor. Em morte, ele me possibilitou encontrá-la novamente.

Através da morte, havia a vida. Através do ódio, havia o amor. Olhei para o meu filho.

— No fim, você veio, e isso fez tudo valer a pena.

Da mesma maneira que você pode facilmente embaralhar as letras de uma palavra para ver outro significado escondido nela, assim é a vida. Uma vida pode ser definida por suas dificuldades ou suas bênçãos. É tudo uma questão da perspectiva que você escolhe. Então, enquanto esse livro um dia esteve fadado a ser uma história trágica, acabou se tornando uma história de amor, um romance imperfeito, mas épico à sua própria maneira.

Embaralhe as letras de romance, e dá Cameron. Greta inventou esse sozinha. Foi seu primeiro anagrama.

Romance = Cameron.

Eu te amo, Cameron.

AGRADECIMENTOS

Em primeiro lugar, obrigada aos meus pais amorosos, por continuarem sendo meus maiores fãs.

Para meu marido. Obrigada pelo seu amor, paciência, humor e por finalmente enxergar isso como mais que apenas um hobby! Você assume muitas responsabilidades extras para que eu possa continuar escrevendo.

Para Allison, que acreditou em mim desde o início. Você manifestou tudo isso!

Para minhas melhores amigas, Angela, Tarah e Sonia. Amo muito todas vocês!

Para Vi. Sou tão feliz por ter encontrado a outra metade do meu cérebro! Obrigada pela sua amizade inestimável, apoio e conversas.

Para Julie. Você é a melhor escritora que conheço e amiga melhor ainda.

Para minha editora, Kim. Obrigada pela sua atenção total a todos os meus livros, capítulo por capítulo.

Para o meu grupo de leitores no Facebook, Penelope's Peeps, e para a Rainha Amy por conduzi-lo. Adoro todos vocês!

Para Aussie Lisa. Sempre teremos George. Você mora longe demais de mim.

Para Erika G. É um lance de E.

Para Luna. Obrigada pela sua paixão, as lindas artes de divulgação que ajudam a me motivar e por amar Jake!

Para Mia A. Como eu conseguia escrever antes de ter você para fazer *sprints* e procrastinar comigo?

Para Hetty, Amy C., Kimie S., Linda C. Obrigada pelo apoio de vocês.

Para Allison E. A música *Demons* está aqui por sua causa. O seu amor por Jake me incentivou muito a escrever esse livro.

Para todos os blogueiros que me ajudam e me apoiam. Vocês são A razão do meu sucesso. Tenho medo de listar todo mundo aqui, porque sem dúvidas acabarei esquecendo alguém sem querer. Vocês sabem quem são, e nunca hesitem em me contatar se eu puder retribuir o favor.

Para Donna, da Soluri Public Relations, que organiza as divulgações dos meus lançamentos, cuida das minhas relações públicas e é, resumindo, uma pessoa incrível. Obrigada!

Para Letitia, da RBA Designs. Obrigada por mais uma capa de livro maravilhosa.

Para os meus leitores. Nada me deixa mais feliz do que saber que entreguei a vocês um escape dos estresses diários da vida. Foi exatamente por esse escape que comecei a escrever. Não há alegria maior nesse ramo do que ouvir isso diretamente de vocês e saber que algo que escrevi os tocou de alguma forma.

Por último, mas não menos importante, para minha filha e meu filho. A mamãe ama vocês. Vocês são a minha motivação e inspiração!

Editora Charme

Entre em nosso site e viaje no nosso mundo literário.
Lá você vai encontrar todos os nossos
títulos, autores, lançamentos e novidades.
Acesse www.editoracharme.com.br

Você pode adquirir os nossos livros na loja virtual:
loja.editoracharme.com.br

Além do site, você pode nos encontrar em nossas redes sociais.

https://www.facebook.com/editoracharme

https://twitter.com/editoracharme

http://instagram.com/editoracharme

@editoracharme